¡NOSOTROS!

FERNANDA MELCHOR
Temporada de furacões

TRADUÇÃO
Antônio Xerxenesky

*mundaréu

© Editora Mundaréu, 2020
© Fernanda Melchor, 2017

Publicado por acordo com Michael Gaeb Literarische Agentur
Berlin e Villas-Boas & Moss Agência Literária

Título original
Temporada de huracanes

COORDENAÇÃO EDITORIAL E APRESENTAÇÃO – ¡NOSOTROS!
Silvia Naschenveng

CAPA
Estúdio Pavio

DIAGRAMAÇÃO
Estúdio Dito e Feito

PREPARAÇÃO
Valquíria Della Pozza

A tradução desta obra recebeu apoio do
Ministerio de Cultura y Deporte de España.

REVISÃO
Fábio Fujita e Ellen Maria Vasconcellos

Edição conforme o Acordo Ortográfico da Língua Portuguesa (1990). Vedada a venda em Portugal, Angola, Moçambique, Macau, São Tomé e Príncipe, Cabo Verde e Guiné-Bissau.

Dados Internacionais de Catalogação na Publicação (CIP)
Angelica Ilacqua CRB-8/7057

> Melchor, Fernanda
> Temporada de furacões / Fernanda Melchor ; tradução de Antônio Xerxenesky. — São Paulo : Mundaréu, 2020.
> 208 p.
> ISBN 978-65-87955-01-8
> Título original: Temporada de huracanes
> 1. Ficção mexicana   2. Crimes - México - Ficção
> I. Título   II. Xerxenesky, Antônio
> 20-3720   CDD 863.7

Índices para catálogo sistemático:
1. Ficção mexicana

1ª edição, 2020; 4ª reimpressão, 2025
Todos os direitos desta edição reservados à
EDITORA MUNDARÉU LTDA.
São Paulo — SP
🌐 editoramundareu.com.br
✉ vendas@editoramundareu.com.br
📷 editoramundareu

Sumário

7 Apresentação

Temporada de furacões

15 I
17 II
37 III
59 IV
93 V
143 VI
199 VII
203 VIII
207 Agradecimentos

Apresentação

Não existe amor em La Matosa, vilarejo ficcional cercado por canaviais, localizado no estado de Veracruz, México, próximo, mas fora da costa caribenha. Existem, contudo, misoginia, truculência, machismo, drogas, superstição, racismo, violações de todas as naturezas, homofobia, violência doméstica, urbana e institucional, marginalidade social, bares de estrada decrépitos, *tamales* de carne de cachorro, jovens que não trabalham nem estudam e, por isso mesmo, presas fáceis de abusos e da ignorância. Existe uma bruxa. Existem mulheres que dependem de suas poções ancestrais e de sua compreensão. Existem homens que a execram e que a desejam, que testemunham sua miséria e cobiçam seus lendários tesouros escondidos. Surgem cadáveres. Há histórias por trás desses cadáveres. Um deles é descoberto por meninos explorando as margens de um rio, *os cinco cercados por moscas verdes reconheceram enfim o que assomava sobre a espuma amarela da água: o rosto putrefato de um morto entre os juncos e as sacolas de plástico que o vento empurrava da estrada, a máscara preta que fervilhava com uma miríade de cobras negras, e sorria.*

A partir dessa descoberta, Fernanda Melchor logra contar, em ritmo eletrizante, a história desse cadáver, em nada devendo às páginas policiais dos jornais, sem se render a sensacionalismos nem nunca se intimidar diante da violência da situação. A realidade é brutal, e a escrita de Melchor não deixa de enfrentá-la, sem desvios ou ênfases desnecessárias.

O crime e a vítima estão claros desde a primeira página, mas por quê? Logo percebemos que o que importa é entender como se estabelece o caldo social e cultural que propicia que crimes como esse aconteçam. E é isso que passamos a saber ao longo de oito capítulos que soam como um jorro de confissão e desabafo, um fluxo narrativo magistral em que o narrador acaba cedendo terreno aos anseios e ao ritmo mental vertiginoso das personagens miseráveis e sem rumo – e Melchor prefere deixar de fora versões da própria vítima e do principal responsável. Aqui, a técnica narrativa transforma uma linguagem vulgar, mas que confere o peso devido às personagens, em feito literário. É com esses depoimentos que formamos uma visão de La Matosa, lugarejo dominado pelo imaginário sobre uma bruxa, temida e influente, aterrorizadora e digna de pena.

Como poderia ser diferente é outra pergunta que nos atravessa ao ler *Temporada de furacões*. Com tanto desamor, carência emocional e financeira, negligência, falta de recursos de toda sorte e de bons exemplos, a reprodução de condutas preconceituosas, intolerantes e violentas não chega a surpreender. Não há porto seguro, não há para onde fugir. Cancún é apenas uma ilusão.

Nesse ambiente absolutamente tóxico, a única esperança – demonstrada sempre com trágica beleza por Melchor – é o amor. Ou seria, se estivesse disponível. A forma como as personagens anseiam, imploram, e necessitam de amor, nos faz imaginar como as coisas poderiam ser diferentes se houvesse algum, ainda que temporário, mesmo que em migalhas.

Parafraseando Franz Kafka, há imensa esperança, mas não para os habitantes de La Matosa.

São Paulo, setembro de 2020

*mundaréu

Temporada de furacões
Temporada de huracanes

Para Eric

He, too, has resigned his part
In the casual comedy;
He, too, has been change in his turn
Transformed utterly;
A terrible beauty is born.

W. B. YEATS
"EASTER, 1916"

Alguns dos acontecimentos aqui narrados são reais.
Todas as personagens são imaginárias.

JORGE IBARGÜENGOITIA
LAS MUERTAS

I

Chegaram ao canal pela brecha que sobe a partir do rio, com os estilingues prontos para a batalha e os olhos espremidos, costurados quase no fulgor do meio-dia. Eram cinco, e o líder, o único que vestia traje de banho: uma bermuda vermelha que ardia entre as matas sedentas do canavial anão de começo de maio. O resto da tropa o seguia de cuecas, os quatro calçando botas de lama, os quatro revezando-se para carregar o balde de pedras que tiraram do rio naquela mesma manhã; os quatro de cenho franzido, ferozes e tão dispostos a se imolar que nem sequer o menor deles se atreveria a confessar que sentia medo, avançando em sigilo na retaguarda dos seus companheiros, com o elástico do estilingue tensionado nas mãos, a pedra apertada contra a tira de couro, pronta para atingir o primeiro que aparecesse se houvesse sinal de uma emboscada, no guincho do bem-te-vi, recrutado como vigia nas árvores às suas costas, ou no farfalhar das folhas ao ser afastadas com violência, ou no zunido das pedras ao rasgar o ar em frente aos seus rostos, a brisa quente, carregada de urubus etéreos contra o céu quase branco e de uma pestilência que era pior do que um punhado de areia na cara, um fedor que dava vontade de cuspir para que não descesse até as tripas, que tirava a vontade de seguir adiante. Mas o líder apontou para a margem do barranco, e os cinco de quatro sobre o mato seco, os cinco apinhados em um só corpo, os cinco cercados por moscas verdes reconheceram enfim o que assomava sobre a espuma amarela da água: o rosto putrefato de um morto entre os juncos e as sacolas de plástico que o vento empurrava da estrada, a máscara preta que fervilhava com uma miríade de cobras negras, e sorria.

II

Chamavam-na de Bruxa, assim como a sua mãe: a Menina Bruxa quando a velha começou o seu negócio de curas e malefícios, e apenas Bruxa quando ficou sozinha, lá pelo ano do deslizamento. Se algum dia teve outro nome, inscrito num papel mirrado pela passagem do tempo e pelos vermes, oculto talvez em um desses armários que a velha enchia de sacos e trapos imundos e mechas de cabelo arrancadas e ossos e restos de comida, se alguma vez chegou a ter um primeiro nome e sobrenome como o resto das pessoas do povoado, isso foi algo que ninguém nunca soube, nem sequer as mulheres que visitavam a casa às sextas ouviram ela ser chamada de outra maneira. Era sempre você, sua tonta, ou você, desgraçada, ou você, maldita filha do diabo, quando se queria que a Menina ficasse ao seu lado, ou que se calasse, ou apenas para que ficasse quieta debaixo da mesa e a deixasse escutar as queixas das mulheres, os lamentos com os quais temperavam suas desgraças, enfermidades e dores, os sonhos com parentes mortos, as brigas com aqueles que ainda estavam vivos, e o dinheiro, quase sempre tinha o dinheiro, mas também o marido, e essas putas de estrada, e um eu não sei por que me abandonam justo quando estava mais iludida, choravam, e tudo isso para quê, gemiam, melhor era morrer logo de uma vez, sem que nunca soubesse que existiram, e com a ponta do xale limpavam o rosto que, de toda maneira, era coberto ao sair da cozinha da Bruxa, afinal, nunca se sabe, não queriam dar o que falar para aquela gente fofoqueira, de que iam à Bruxa para tramar uma vingança contra alguém, uma maldade contra a cadela que levava o marido para o mau caminho, porque não faltavam pessoas que inventavam essas coisas quando alguém buscava, inocentemente, um remédio para a indigestão daquele imbecil que comeu sozinho um quilo de batatas, ou um chá que servisse para espantar o cansaço, ou uma pomada para os problemas do ventre, pois sim, ou apenas sentar ali por um tempo na cozinha, para desafogar o peito, aliviar a pena, a dor que batia asas, desesperançada, na garganta. Porque a Bruxa escutava, e a Bruxa pelo jeito não se espantava com nada, até diziam que tinha matado o marido, ninguém mais nem menos que o desgraçado do Manolo Conde, e por dinheiro, o dinheiro, a casa e as terras do velho, centenas de hectares de colheitas e de vacas para ordenhar que seu pai havia deixado, o que restava depois de ter ido vendendo tudo a troco de banana ao líder do Sindicato do Engenho para não ter de trabalhar nunca, para viver de renda e o que ele chamava de negócios, que sempre davam errado, e era tão grande aquele latifúndio que, quando seu Manolo morreu, ainda restava um bom pedaço que gerava uma renda interessante, tanto é que os filhos do velho, dois marmanjos já grandes, com as carreiras acabadas, que seu Manolo tinha com sua esposa legítima lá em Montiel Sosa, vazaram para o povo assim que souberam da notícia: um infarto fulminante, foi o que disse o médico de Villa quando os rapazes chegaram à casa aquela no meio dos canaviais onde estavam velando o cadáver, e ali mesmo, na frente de todo mundo, disseram à Bruxa que ela tinha até o dia seguinte para sair de casa e do povoado, que estava louca se achava que eles permitiriam que uma vagabunda ficasse com os bens do seu pai: as terras, a casa, aquela casa que depois de tantos anos ainda continuava no primeiro estágio da obra, grandiosa e mal-acabada como os sonhos do seu

Manolo, com sua escadaria e corrimão de querubins de gesso e o teto altíssimo onde os morcegos se aninhavam, e o dinheiro que diziam estar escondido em algum lugar da casa, um montão de notas de cem que seu Manolo herdou do pai e nunca botou no banco, e o diamante, o anel de diamantes que ninguém nunca vira, nem sequer os filhos, mas que diziam que tinha uma pedra tão grande que parecia falsa, uma autêntica relíquia que pertencera à avó de seu Manolo, a senhora Chucita Villagarbosa de los Monteros de Conde, e que por direito legal e até divino correspondia à mãe dos rapazes, a esposa legítima de seu Manolo perante Deus e perante os homens, não à sacripanta forasteira, rasteira e assassina que era a tal Bruxa, que tinha esses ares de senhora, mas não passava de uma puta que o seu Manolo tirara de uma cabana da selva para ter com quem desafogar seus instintos mais baixos na solidão da planície. Uma mulher má, afinal de contas, porque, sabe-se lá como, talvez aconselhada pelo diabo, alguns pensavam, ficou sabendo que havia umas ervas que cresciam no morro, quase na ponta, entre as velhas ruínas que segundo os do governo eram o túmulo dos ancestrais, os que habitaram essas terras antes, os que chegaram primeiro, antes mesmo dos *gachupines*[1], que de seus barcos velhos viram aquilo tudo e disseram *achado não é roubado*, essas terras são nossas e do reino de Castela, e os antigos, os poucos que restaram, tiveram de vazar para a serra e perderam tudo, até as pedras dos seus templos, que terminaram enterradas debaixo do morro quando do furacão de setenta e oito, quando do deslize, da avalanche de lodo que sepultou mais de cem vizinhos de La Matosa e as ruínas essas onde se dizia que cresciam ervas que a Bruxa cozinhou para transformá-las em veneno sem cor nem sabor, que não deixou rastro algum, pois até o médico de Villa afirmou que seu Manolo

1 Expressão pejorativa para designar espanhóis que se estabeleceram no México. (N.T.)

19

morrera de infarto, mas os filhos néscios disseram que tinha sido um veneno, e as pessoas logo botaram a culpa também na Bruxa pela morte dos filhos do seu Manolo, pois no mesmo dia do enterro foram atingidos na estrada, quando estavam a caminho do cemitério de Villa, encabeçando o cortejo; os dois morreram esmagados por uma carga de vigas de ferro que um caminhão na frente deles soltou, puro ferro ensanguentado se via nas fotos que o jornal publicou no dia seguinte, uma coisa espantosa, porque ninguém nunca soube explicar como foi que esse acidente aconteceu, como as vigas se soltaram das cordas e atravessaram o para-brisa e deixaram todos atravessados, e não faltou gente que partisse disso para dizer que a Bruxa era culpada, que a Bruxa tinha feito um feitiço maléfico, que para não perder a casa e as terras a mulher má havia se entregado ao diabo em troca de poderes, e foi mais ou menos nessa mesma época em que a Bruxa se trancou em casa e deixou de sair, nem de dia, nem de noite, talvez por medo de vingança dos Conde, talvez porque ocultasse algo, um segredo do qual não queria se afastar, algo naquela casa que não queria deixar desprotegido, e ficou magra e pálida, e era assustador vê-la porque parecia ter enlouquecido, e eram as mulheres de La Matosa que levavam coisas para ela comer em troca de algo que as ajudasse, para que preparasse seus remédios, as misturas que a Bruxa elaborava com as ervas que ela mesma plantava na horta de seu pátio ou as que mandava as mulheres buscarem no morro, quando ainda existia o morro. Essa também foi a época em que as pessoas começaram a ver o animal voador que, à noite, perseguia os homens que retornavam para casa pelas trilhas de terra entre os povoados, as garras abertas para feri-los, ou talvez para levá-los voando até o inferno, os olhos do animal iluminados por um fogo espantoso; a época também em que começaram com o boato da estátua aquela que a Bruxa tinha escondida em algum quarto daquela casa, decerto nos andares de cima, onde não deixava ninguém entrar, nem sequer as mulheres que iam vê-la, e diziam que era lá que se encerrava para fornicar com ela, com essa estátua que não passava de uma imagem grandona do namorado, que tinha um membro enorme e roliço como o braço de um homem empunhando uma faca, um caralho descomunal com o qual a Bruxa se agarrava todas as noites, sem falta, e era por isso que ela dizia não sentir falta de marido e, de fato, depois da morte do seu Manolo, a feiticeira não voltou a encontrar homem algum, e como seria diferente se ela mesma ficava praguejando contra os rapazes, dizendo que eram todos uns bêbados e imbecis, uns arrombados de merda, uns porcos infames, que antes morta que deixar algum desses cretinos entrar em sua casa, e que elas, as mulheres do povoado, eram umas idiotas por aguentá-los, e seus olhos brilhavam ao dizer isso, e por um segundo ela ficava bonita outra vez, com os cabelos alvoroçados e as bochechas pintadas de rosa pela emoção, e as mulheres do povoado faziam o sinal da cruz, pois podiam imaginá-la nua, montando no diabo e afundando-se no seu caralho grotesco até o talo, o sêmen do diabo escorrendo pelas suas coxas, vermelho como a lava, ou verde e espesso como as misturas que borbulhavam sobre o fogo e que a Bruxa preparava para que bebessem a colheradas para se curar de seus males, ou talvez preto como o piche, preto como as pupilas imensas e o cabelo emaranhado da criatura que um dia descobriram escondida sob a mesa da cozinha, agarrada à saia da Bruxa, tão muda e imóvel que, em silêncio, muitas mulheres rezaram para que não permanecesse viva por muito tempo, para que não sofresse; a mesma criatura que um tempo depois encontraram sentada ao pé da escadaria, com um livro aberto sobre as pernas cruzadas, seus lábios murmurando em silêncio as palavras que seus olhões negros iam lendo, e a notícia correu em poucas horas, e no mesmo dia em Villa souberam que a filha da Bruxa continuava viva, algo raro, porque até os rebentos que os animais de vez em quando pariam, os bodes de cinco patas ou os galos de duas cabeças, morriam logo depois de abrir os olhos, enquanto a filha da Bruxa, a Menina, como começaram a chamá-la desde então, aquela criatura parida em segredo e vergonha, tornava-se maior e mais forte a cada dia que passava, e logo foi capaz de levar adiante qualquer tarefa que a mãe lhe ordenava: cortar lenha e tirar água do poço e caminhar até o mercado de Villa, treze quilômetros e meio de ida e treze e meio de volta, com as sacolas de mercado e as caixas pelo morro, sem parar para descansar nem por um instante, muito menos se afastar do caminho ou tagarelar com as outras minas do povoado, porque, de toda maneira, nenhuma ousaria falar com ela, nenhuma sequer riria dela, dos seus cabelos crespos e emaranhados e seus vestidos esfarrapados e seus enormes pés descalços, tão alta e tão desengonçada, corajosa como um rapaz e mais inteligente que todos, porque depois de um tempo ficaram sabendo que era a Menina que cuidava dos gastos da casa, que negociava as rendas com as pessoas do Engenho, que acompanhavam de perto daquele pedaço de terra e aguardavam um descuido das Bruxas para despojá-las com argumentos legais, aproveitando que não havia documentos, que não havia homem nenhum para defendê-las, embora não fizesse falta, porque a Menina, sabe-se lá como, aprendeu a negociar a grana, e era tão safada que um dia apareceu na cozinha para cobrar as consultas porque a Velha – que nessa época não passava dos quarenta, mas que já parecia ter sessenta pelas rugas, pelos cabelos grisalhos e por todas essas pelancas caídas –, a Velha já estava perdida e se esquecia de cobrar as consultas, ou se conformava com o que as mulheres quisessem lhe dar: uma panela de rapadura, um punhado de grão-de-bico seco, um saco de limões já meio podres ou um frango bichado: porqueiras, vai, até que a Menina Bruxa deu um fim àquela bagunça e um dia apareceu na cozinha e, com sua voz tosca, desacostumada a falar, disse que os obséquios que as mulheres levavam não eram suficientes para cobrir o preço da consulta, e as coisas não podiam continuar assim, que a partir de então haveria tarifas conforme a dificuldade da tarefa, de acordo com os recursos que a mãe precisaria usar e o tipo de magia necessária para obter o resultado, porque como curar umas hemorroidas seria o mesmo que fazer um homem distante se render por completo aos pés de uma mulher, ou permitir que falassem com a mãe morta para saber se esta perdoara o abandono em que a mantiveram em vida, não é? Então, a partir desse dia, as coisas iriam mudar, e muitas não gostaram nada disso, e pararam de ir às sextas, e quando se sentiam mal visitavam esse senhor de Palogacho que parecia mais eficaz que a Bruxa, porque ele era frequentado por pessoas da capital, gente famosa da televisão, jogadores de futebol, políticos em campanha, embora cobrasse caro, e como a maioria das mulheres não tinha dinheiro nem para o ônibus até Palogacho, era melhor falar para a Menina que eita, como vai ser agora, porque elas só haviam trazido aquilo, e como fariam, e a Menina mostrou os dentes imensos que possuía e disse para não se preocuparem, que, se não tinham o bastante, podiam penhorar algo, como esses brincos que ela usava um dia desses, ou a correntinha da filha, ou já planejar uma panelada de *tamales* de cordeiro, ou a cafeteira, o rádio, a bicicleta, qualquer coisa pessoal, e se demorassem demais teriam de pagar juros, porque de um dia para outro também começou a cobrar em dinheiro vivo, a trinta e cinco por cento, ou taxas ainda piores, e todos no povoado diziam que essas mulheres espertas eram do diabo, que de onde tiraram aquilo, e não faltava quem comentasse no bar que isso de juros era um roubo, que tinham de mandar as autoridades para cima dessa velha idiota, a polícia, que a prendessem por agiotagem e abuso, que ela achava que podia ficar explorando as pessoas de La Matosa e dos arredores, mas ninguém fazia nada, pois quem mais iria emprestar dinheiro em troca de posses tão miseráveis, e além disso ninguém queria que as Bruxas virassem inimigas de verdade, pois morriam de medo delas. Se até os homens do povoado evitavam passar à noite por essa casa; todo mundo sabia dos ruídos que saíam lá de dentro, os gritos e as lamúrias que se escutavam da rua e que as pessoas imaginavam que eram as duas bruxas fornicando com o diabo, embora outros pensassem que fosse apenas a Velha Bruxa enlouquecendo, porque na época quase não se lembrava das pessoas e entrava em transe de quando em quando, e todos diziam que Deus a castigava por seus pecados e atitudes asquerosas, e sobretudo por ter dado à luz essa herdeira satânica, porque na época a Bruxa já presumia, quando as mulheres se atreviam a perguntar quem era o pai da Menina, um mistério que ninguém desvendava porque ninguém sabia ao certo quando a filha viera ao mundo; seu Manolo, esse aí estava morto fazia muitos anos, e não se sabia de marido algum, ela não saía de casa nem frequentava os bailes, e na verdade o que elas realmente queriam saber é se haviam sido os próprios maridos quem produziram aquela grosseria de criatura, e por isso ficavam arrepiadas quando a Bruxa as observava com um sorriso turvo e dizia que a Menina era filha do diabo, e meu Deus, de fato parecia ser, se você ficasse olhando a garota e a comparasse com a imagem do rapaz derrotado por San Miguel Arcángel que havia na igreja de Villa, especialmente nos olhos e no cenho, e as mulheres faziam o sinal da cruz e às vezes sonhavam à noite que o diabo as perseguia com o caralho pronto para fazer um filho nelas, e acordavam com lágrimas nos olhos e a parte interna das coxas molhada, o ventre dolorido, e iam correndo para Villa se confessar com o padre Casto, que as repreendia por acreditarem em bruxaria; porque também havia gente que ria disso tudo, gente que dizia que a Velha estava apenas louca e que a Menina certamente fora roubada de alguma fazenda, ou os que diziam que a Sarajuana, já velha, contava que uma noite chegaram a seu bar uns rapazes que não eram ali de La Matosa, e provavelmente nem sequer de Villa, pela maneira como falavam, e que, já bêbados, começaram a gabar-se de ter acabado de trepar com uma velha de La Matosa, uma que tinha matado o marido e que era metida a bruxa, e Sarajuana aguçou os ouvidos, e eles continuaram contando como foi que entraram na casa e como bateram nela para que ficasse quieta e para que todos pudessem trepar com ela, pois, bruxa ou não, a verdade é que essa velha maldita era muito gostosa, e que dava para ver que no fundo ela gostou, pela maneira como se retorcia e gritava enquanto a fodiam, e todas são umas putas neste maldito povoado de merda, disseram, e não faltou, porque nunca falta, como Sarajuana bem sabia, um imbecil que se ofendesse que alguém dissesse que La Matosa era um povoado de merda, e se irritou e foi para cima deles, e todos os que estavam no bar deram umas boas porradas nesses moleques, mas no final ninguém puxou o facão, talvez porque eles caíram fácil, ou porque estava quente demais para levar a ofensa a sério, e não havia mulheres para impressionar no Sarajuana, nem sequer as pobres esquálidas essas que subiam das barracas do litoral para dar em troca de cerveja, nada, só eles e Sara, que para eles já era igual a qualquer macho, esses de cara preta e bigode obrigatório e garrafa de cerveja esquentando na mão e o ruído do ventilador de teto, rompendo com dificuldade a nuvem de poeira que seus corpos deixavam e a caixa de som, *za-ca-ti-to pal conejo*, trovejando sozinha junto à vela, *tiernito-verde voy a cortar*, diante do pôster de Martín Caballero, *pa llevarle al conejito*, e a babosa amarrada à ripa empapada de água benta, *que ya-empiezá desesperar, sí señor, cómo no*, e aguardente, para conjurar as invejas, explicava a Bruxa, para devolver o mal a quem merece, a quem o envia. Por isso, sobre a mesa da cozinha, sozinha no centro, sobre um prato com sal grosso, sempre havia uma maçã vermelha atravessada de cima a baixo com uma faca afiada e um craveiro branco que ali, pela sexta de manhã, as mulheres que madrugavam para ir vê-la encontravam toda murcha e chupada, como se estivesse podre, amarelada pelas más vibrações que elas mesmas deixavam naquela casa, uma espécie de corrente negativa que pensavam ter acumulado em tempos de aflição e desgraça e que a Bruxa sabia como purgá-las com seus remédios, um miasma espesso mas invisível, que ficava flutuando no ar viciado da casa enclausurada, pois ninguém soube bem quando começara o pavor que a Velha tinha das janelas, mas quando a Menina já andava por aí correndo pela penumbra do salão do outro lado da cozinha, que ninguém nunca ousava pisar, nessa época, e com as próprias mãos, a Velha já tinha tapado todas as janelas com blocos e cimento e madeira e arame, e até a porta principal de carvalho quase preto, por onde tiraram o ataúde do seu Manolo para levá-lo para ser enterrado em Villa, até essa porta foi tapada com tijolo e pedaços de madeira e o que mais pode para que nunca fosse aberta, e então só era possível entrar na casa por uma portinha que dava para a cozinha pelo pátio, porque por algum lado a Menina tinha de sair para pegar água, cuidar da horta e cumprir as tarefas, e como não podia fechá-la então a Bruxa mandou pôr uma grade com vigas mais grossas que as celas da prisão de Villa, ou isso era o que o ferreiro que fez o trabalho supunha, e que era fechada com um cadeado do tamanho de um punho, cuja chave a Velha sempre carregava no corpo, sobre o seio esquerdo; uma grade que as mulheres do povoado encontravam fechada cada vez mais frequentemente, e como não se atreviam a tocar ficavam ali esperando até que escutassem, às vezes, os gritos e as blasfêmias e os alaridos que a Velha lançava enquanto surrava os móveis contra as paredes ou contra o chão, a julgar pelo ruído que se ouvia do pátio enquanto a Menina – como contaria anos depois às garotas da estrada – se escondia debaixo da mesa da cozinha e agarrava a faca e ficava como um novelo ali embaixo, como quando era pequena e todo o povoado achava e esperava e até rezava para que morresse em seguida, para que não sofresse, porque cedo ou tarde o diabo viria clamá-la como sua, e a terra se partiria em duas, e as Bruxas cairiam no abismo, direto no lago de fogo do inferno, uma por estar endemoniada e a outra por todos os crimes que cometeu com suas bruxarias: por ter envenenado seu Manolo e enfeitiçado os filhos para que morressem naquele acidente; por castrar os homens do povoado e debilitá-los com seus trabalhos e bruxarias e, acima de tudo, por ter arrancado do ventre das mulheres ruins a semente plantada ali por direito, dissolvendo-a naquele veneno que a Velha preparava a quem lhe pedisse, e cuja receita a Menina herdou antes que ela morresse, durante aquele tempo em que ficaram encerradas nos dias anteriores ao deslizamento de terra do ano setenta e oito, quando o furacão açoitou a costa com fúria e ódio, e relâmpagos retumbantes entupiram de água o céu durante aqueles dias todos, inundando os campos e apodrecendo tudo, afogando os animais que pasmados pelo vento e pelos trovões não conseguiram sair a tempo dos currais, e até aqueles meninos que ninguém conseguiu pegar nos braços quando o morro se despedaçou e veio abaixo com um fragor de rochas e carvalhos desenraizados e um lodo negro que arrasou com tudo até se derramar sobre a costa e transformar em cemitério três quartos do povoado diante dos olhos avermelhados pelo pranto dos que sobreviveram, apenas porque conseguiram agarrar os galhos das mangueiras quando a água chegou neles e aguentaram dias ali, abraçados às copas, até que os soldados os tiraram de lá a bordo de lanchas, depois que o meteoro se dissipou após adentrar a serra, e o sol voltou a brilhar entre as nuvens plúmbeas, e a terra começou a endurecer de novo, e o povo, empapado até a medula, com a carne invadida por líquens parecidos com corais minúsculos, com seus animais e os filhos que sobreviveram nos seus ombros, chegou em massa a Villagarbosa procurando refúgio, lá aonde o governo os mandara: o térreo do palácio municipal, o átrio da igreja, e até a escola suspendeu as aulas para recebê-los durante semanas inteiras com seus trastes e seus lamentos e suas listas de mortos e desaparecidos, entre os quais já contavam a

Bruxa e sua filha endemoniada, porque ninguém tornou a vê-las depois do meteoro. Passaram-se muitas semanas até a Menina aparecer uma manhã pelas ruas de Villa, vestida por completo de preto, pretas eram as meias e pretos eram os pelos de suas pernas, e preta a blusa de manga comprida, e a saia e os sapatos de salto e o véu que tinha prendido com abotoaduras o coque que recolhia seu cabelo longo e escuro no alto da coroa, uma imagem que deixou todos pasmos, não se sabia se por espanto ou escárnio, pela aparência ridícula dela, com o calorão cozinhando os miolos, e essa tonta vestida de preto, devia estar louca, ridícula, que vontade de se fazer de ridícula como os travestis que apareciam no carnaval de Villa, embora a verdade seja que ninguém se atreveu a gargalhar na sua frente, porque muitos haviam perdido seus entes queridos naqueles dias, e ao vê-la naquela fantasia de morte, com esse caminhar solene e ao mesmo tempo cansado com o qual a garota arrastava os pés até o mercado, supuseram que a outra havia morrido, a mãe, a Bruxa Velha, desapareceu do mundo, sepultada talvez na lama que engoliu meio povo; uma morte feia, mas que o povo no fundo achou muito boa para a vida de pecado e simonia que a feiticeira tivera, e ninguém, nem sequer as mulheres, nem sequer elas, as de sempre, as de todas as sextas, teve coragem de perguntar à enlutada o que aconteceria com o negócio, quem se encarregaria das curas, dos feitiços, e passaram anos antes que voltassem à casa entre os canaviais, anos inteiros que La Matosa levou para voltar a ser povoada e se encher outra vez de barracos e tendas erguidas sobre os ossos dos que ficaram enterrados ali debaixo do morro, gente de fora, a maioria atraída pela construção de uma nova estrada que atravessaria Villa para unir o porto e a capital aos poços petroleiros recém-descobertos ao norte, lá por Palogacho, e para essa obra levantaram barracas e motéis, e com o tempo, bares, pousadas e puteiros onde os motoristas e os operadores e os comerciantes que passavam por lá e os jornaleiros paravam para dar uma escapada da monotonia daquela estrada cercada por cana, quilômetros e quilômetros de canaviais e pastos e canas que entupiam a terra, da margem do asfalto até as saias da serra a oeste, ou até a costa abrupta do mar, sempre furioso naquela época, ao leste; matas e matas e matagais atarracados, cobertos de trepadeiras que na época das chuvas cresciam em velocidade escabrosa, que ameaçavam engolir as casas e as colheitas e que os homens podavam com a ponta do facão, curvados à beira da estrada, às margens do rio, entre os canais da escavação, os pés metidos na terra quente, ocupados demais e alguns orgulhosos demais para dar atenção aos olhares melancólicos dirigidos a eles, de longe, na trilha de terra, o espectro aquele vestido de preto que rondava os recantos solitários do povoado, os lugares onde trabalhavam os novatos, os rapazes recém-contratados por um salário de fome, todos imberbes, maleáveis como cordas, os músculos de seus braços e pernas e ventres esmagados pelo trabalho e pelo sol abrasador, e as perseguições atrás de uma bola de trapo no campinho do povoado, ao cair da tarde, e as corridas enlouquecidas para ver quem chegava antes à bomba d'água, quem se jogava antes no rio, quem era capaz de achar primeiro a moeda lançada à margem, quem de todos eles cuspia mais longe, sentados sobre o tronco da quaxinduba que se dependurava sobre a água morna do pôr do sol, os rugidos e os risos, as pernas torneadas balançando em uníssono, os homens colados uns aos outros, as costas reluzentes no seu lustro de couro polido; brilhantes e pretas como a semente do tamarindo, ou cremosas como o doce de leite ou a polpa terna do sapoti maduro. Peles cor de canela, cor de mogno com um toque de rosa, peles úmidas e vivas que, de longe, daquele tronco a vários metros de distância onde a Bruxa os espiava, pareciam tersas, porém firmes e apertadas como a carne ácida da fruta ainda verde, a mais irresistível, a de que ela mais gostava, pela qual suplicava em silêncio, concentrando a força do seu desejo no raio penetrante do seu olhar negro, oculta sempre na espessura ou paralisada pela ânsia na fronteira dos terrenos, com os eternos sacos de fazer compras no mercado pendurados nos seus braços e os olhos úmidos pela beleza de toda essa carne viçosa, o véu alçado por cima da cabeça para vê-los melhor, para sentir melhor o cheiro deles, para saborear na sua imaginação o aroma salitroso que os machos jovens deixavam flutuando no ar da planície, na brisa que ao final do ano virava um vento néscio que descabelava as folhas da cana e as franjas soltas dos chapéus de palha e as pontas dos seus panos coloridos e as chamas que corriam pelo canavial pulverizando as matas murchas de dezembro até que elas se tornem cinzas, esse vento que para o Dia dos Santos Inocentes já começava a cheirar a caramelo queimado, a chamuscado, e que acompanhavam o vaivém pesado dos últimos caminhões carregados de imensos fardos de cana enegrecida, afastando-se rumo ao Engenho, sob o céu sempre nublado, quando ao final os rapazes guardavam o facão sem sequer limpá-lo e corriam até a beira da estrada para torrar o dinheiro ganho com o suor e as fibras dos seus corpos exaustos, e entre goles e goles de cerveja só um pouco resfriada pela geladeira velha do Sarajuana, que fazia barulho sobre o *tumpa tumpa* da cumbia, *y lo primero que pensamos, ya cayó*, reunidos ao redor da mesa de plástico, *sabrosa chiquitita, ya cayó*, repassavam os acontecimentos das últimas semanas e às vezes ocorria que todos a haviam visto, ou algum deles inclusive tinha topado com ela no caminho, embora eles não a chamassem de Menina Bruxa, apenas de Bruxa, e em sua ignorância e juventude confundiam-na com a Velha e com os pavores das histórias que as mulheres do povoado contavam quando eles eram pequenos: as histórias da Chorona, a mulher que matou sua prole inteira por despeito e cujo capricho levou-a a ser condenada a penar por toda a eternidade sobre a terra e a lamentar-se por seu pecado, transformando-a em um espectro horrível, com cara de mula encabritada e patas de aranha peluda; ou a história da

Menina de Branco, o fantasma que aparece quando você desobedece à avó e sai à noite de casa para aprontar, e a Menina de Branco o segue e quando você menos espera de repente chama o seu nome, e quando você se vira morre de susto ao ver seu rosto de caveira, e a Bruxa era para eles um espectro semelhante, porém mais interessante por ser verdadeiro, uma pessoa de carne e osso que andava pelos corredores do mercado de Villa, saudando as vendedoras, e não essas besteiras fantasmagóricas que as avós e mães e tias contam, esse monte de velhas fofoqueiras que não querem que você ande aprontando por aí nos descampados, não é?, e o divertido que é sair de casa à noite fazendo maldades, espantando os bêbados e flertando com as safadas. Que besteira é essa de Bruxa, concordavam, essa velha quer mesmo é vara, dizia um espertalhão, se essa Bruxa for me chupar, que comece pelo talo, dizia outro, e agarrava as bolas, e entre a zoeira, a risada e os arrotos e as batidas na mesa e as gargalhadas que mais pareciam gritos, não faltava um brutamontes que ficava pensando que com todas essas terras e todo esse dinheiro que supostamente estava escondido nos cofres e sacos repletos de moedas de ouro, que com todas essas riquezas essa Bruxa dos canaviais bem que podia se dar ao luxo de pagar por aquilo que eles davam de graça às mulheres do povoado, e a um ou outro simplório perdido que andasse merecendo, não é? Embora ninguém saiba ao certo quem foi o valente que se animou primeiro, o que criou coragem para atravessar a noite até chegar ao casarão da feiticeira, cuidando para que não o vissem parar diante da grade, diante da porta da cozinha que de repente se abria para revelar a presença de uma mulher muito alta e magra, o molho de chaves tilintando entre suas mãos de palmas pálidas como caranguejos lunares que às vezes assomavam pelas mangas pretas daquela túnica que parecia flutuar na escuridão. É que o resplendor das brasas que aqueciam seu caldeirão mal alumiava, embora preenchesse a cozinha de vapores alcanforados que persistiam por vários dias no cabelo dos rapazes que foram se atrevendo, por ambição ou adrenalina, por morbidez ou necessidade, a transar com a sombra que todas as noites os aguardava, tremendo, o mais rápido possível, para depois correr pela rua, atravessar o campo até chegar à estrada, de volta à segurança do Sarajuana, onde o dinheiro que a sombra colocava no seu bolso quando enfim decidia soltá-lo era consumido em cervejas mornas. E nem sequer precisava ver o seu rosto, gabava-se o babaca da vez a quem quisesse ouvir; nem sequer foi preciso fazer algo além de suportar suas mãos e permitir ser lambido por uma boca que era também como uma sombra que aparecia e desaparecia detrás da tela áspera e suja que cobria sua cabeça e que só era levantada o suficiente, quando necessário, mas nunca se desvelava por completo, e até certo ponto eles eram gratos àquilo, assim como agradeciam ao silêncio quase absoluto no qual se desenrolava tudo aquilo, sem gemidos nem suspiros nem distrações nem palavras de nenhum tipo, só carne contra carne e um pouco de saliva na escuridão brumosa da cozinha ou nos corredores decorados com imagens de mulheres nuas cujos olhos de papel tinham sido arrancados com as unhas. E quando a fofoca de que a Bruxa pagava chegou até Villa e o resto das fazendas desse lado do rio, aquilo virou uma procissão, um peregrinar contínuo de rapazes e homens-feitos que brigavam para entrar primeiro e às vezes só iam lá curtir, a bordo de caminhonetes e com o rádio a todo o volume, e caixas de cervejas que enfiavam pela porta da cozinha e se encerravam lá dentro e se ouvia música e um rebuliço como de uma festa, para o espanto das vizinhas e sobretudo das poucas mulheres decentes que ainda restavam no povoado, que na época já tinha sido plenamente invadido por vagabundas e vadias, vindas sabe-se lá de onde, atraídas pelo rastro de dinheiro que os caminhões de gasolina deixavam cair pela estrada, mulheres de pouco peso e muita maquiagem, que permitiam, pelo preço de uma cerveja, que lhe enfiassem a mão e até dois dedos enquanto dançavam; mulheres mais roliças que pareciam besuntadas de manteiga debaixo dos ventiladores avariados e que depois de seis horas de festa já não sabiam o que era mais cansativo: passar uma hora socando a pica de um homem que as escolhera ou fingir que realmente escutavam aquilo que eles lhes contavam; mulheres mais veteranas que dançavam sozinhas quando ninguém as tirava para dançar, ali no meio da pista de terra batida, bêbadas de *cumbia* e breja, perdidas no ritmo amnésico do *tumpa tumpa*; mulheres gastas antes da hora, arrancadas sabe-se lá de onde pelo mesmo vento que enredava as sacolas plásticas nos canais; mulheres cansadas da vida, mulheres que de repente se davam conta de já não conseguir se reinventar com cada homem que conheciam, que logo riam, com os dentes podres, quando recordavam suas ilusões do passado; as únicas que, animadas pelos rumores e pelas fofocas que as velhas do povoado contavam quando desciam para lavar a roupa no rio ou enquanto aguardavam sua vez na fila para o leite subsidiado, se atreviam a ir ver a Bruxa em sua casa perdida entre as plantações, e a bater à porta até que aquela louca vestida de viúva aparecia pela porta entreaberta e elas lhe suplicavam que as ajudasse, que fizesse aquelas infusões das quais as mulheres do povoado continuavam falando, aquelas infusões que prendiam os homens e os dominavam por completo, e as que os repeliam para sempre, e as que se limitavam a apagar a lembrança deles, e aquelas que concentravam o dano na semente que esses desgraçados tinham posto no seu ventre antes de fugir em seus caminhões, e aquelas outras, ainda mais fortes, que supostamente liberavam o coração dos resplendores fátuos do suicídio. Elas foram as únicas, em suma, a quem a Bruxa decidiu ajudar e, coisa rara, sem cobrar um só peso, o que era bom porque a maioria das garotas da estrada tinha dificuldade de comer uma vez por dia, e muitas não eram donas nem da toalha com a qual limpavam os fluidos dos machos com quem trepavam, embora talvez no final fizesse isso porque as garotas da estrada não se envergonhavam de caminhar até lá com o rosto descoberto e as nádegas bem levantadas e suas vozes desgastadas pelo fumo e as noites sem dormir, gritando: Bruxa, Bruxinha, abra a porta, desgraçada, que já caguei tudo de novo, até que a Bruxa aparecia, vestida com sua túnica negra, e o véu retorcido que à luz do dia, na cozinha bagunçada, com o caldeirão virado e o chão sujo e salpicado de sangue seco, não bastava para dissimular as manchas que inflavam suas pálpebras, as crostas que rachavam a boca e as sobrancelhas cheias; as únicas a quem a Bruxa às vezes confessava suas próprias aflições, talvez porque elas compreendessem e sentissem na própria carne como era horrível o vício em homens, e até faziam piadas e tiravam onda para que ela risse, para que se esquecesse dos golpes e falasse e dissesse em voz alta os nomes dos desgraçados que bateram nela, os que entravam na sua casa e viravam os móveis de pernas para cima porque andavam irritados e queriam dinheiro, o tesouro que a Bruxa, diziam, escondia naquela casa, as moedas de ouro e o anel aquele com um diamante, que diziam ser tão grande quanto um punho, ainda que a Bruxa jurasse que não era verdade, que não possuía tesouro nenhum, que ela vivia do aluguel das terras que restavam, uns lotes espalhados ao redor da casa onde o Sindicato do Engenho cultivava cana, e bastava ver como vivia, num casebre cheio de tranqueiras e caixas de papelão podres, e sacos de lixo cheios de papéis e trapos e ráfias e espigas e bolsas de cabelo caspento e de pó e de caixas de leite e garrafas de plástico vazias, puro lixo, pura porcaria que os abusadores aqueles pisoteavam e quebravam tentando abrir a porta do quarto do andar de cima, o cômodo que fazia anos, desde a época de sua mãe, permanecia fechado, trancado por dentro pela Velha, quando em um dos seus ataques alucinados deslocou todos os móveis do quarto contra a porta de carvalho maciço de tal maneira que só a massa e a força dos sete uniformizados que constituíam o braço da lei de Villagarbosa, incluindo os cento e trinta quilos do comandante Rigorito, conseguiram finalmente vencer, o mesmo dia em que o cadáver da pobre Bruxa apareceu flutuando no canal de irrigação do Engenho. Espantoso, disse o povo, porque quando os moleques esses encontraram o corpo, este já estava todo inchado e os olhos tinham saído, e os animais comeram parte do rosto e parecia que a pobre louca sorria, espantoso, pois, puta que pariu, caralho, se ela no fundo era bem boa e sempre as ajudava e não cobrava nada delas, ela nem pedia nada em troca além de um pouco de companhia; por isso se animaram, todas as garotas da estrada, e uma ou outra que trabalhava nos bares de Villa, a juntar aquele dinheirinho para dar um enterro digno ao pobre corpo putrefato da Bruxa, mas esses desgraçados do Ministério de Villa, que vão todos se foder, de tão inumanos, não quiseram entregar o cadáver às mulheres, primeiro porque era prova de delito e as diligências ainda não haviam terminado, e depois porque elas não dispunham de documentos demonstrando parentesco com a vítima, e por isso não tinham direito de ficar com o corpo, malditos imbecis: que documentos poderiam mostrar se ninguém no povoado nunca soube como se chamava aquela pobre endemoniada; se ela mesma nunca quis dizer seu nome verdadeiro: dizia não ter, que sua mãe fazia psiu quando queria falar alguma coisa ou a chamava de tonta, desgraçada, filha do diabo, dizia, devia ter matado você quando nasceu, devia ter jogado você no fundo do rio, maldita Velha, maldita desgraçada, mas, pensando bem, ela tinha seus motivos para virar reclusa daquela maneira, depois do que esses imbecis fizeram com ela; pobre Bruxa, pobre louca, tomara que ao menos peguem o chacal ou os chacais que fatiaram seu pescoço.

III

Nesse dia, Yesenia tinha ido cedo tomar banho de rio, e o viu quando estava de saída. Vinha cambaleando pela rua, descalço e sem camisa, com uma lata chamuscada contra o peito e os joelhos ralados de tropeçar pelo caminho. Com certeza estava bêbado ou drogado porque, além de se atrever a se aproximar dela, ainda teve o descaramento de perguntar a Yesenia como estava a água do rio, e ela, sem se dignar a olhá-lo, ofendida no seu âmago porque seu primo tinha lhe dirigido a palavra, como se nada tivesse acontecido entre eles, como se não estivessem fazia três anos sem se falar, e da forma mais cortante possível, disse que a água estava clarinha, e deu as costas e foi para casa, pensando em tudo o que devia ter dito ao imbecil esse, tudo o que as besteiras que ele fez provocaram, puras desgraças para a família: a doença da avó, só para começar, a raiva que a deixou paralisada pela metade e, ao fim do ano, o tombo em que quebrou o quadril e do qual ainda não havia se recuperado, e talvez nunca fosse se recuperar, porque só vendo como a coitada ficava cada vez mais magra e transparente, embora ainda conservasse o gênio terrível de toda a vida e passasse os dias enchendo o saco de Yesenia a respeito do garoto, de quando aquele imbecil inútil iria visitá-la e por que ele não queria lhe apresentar sua nova namoradinha. Então ela ficou sabendo do boato de alguma maneira, e como era surda apenas quando conveniente, sem dúvida ouvira as fofocas das Güeras contando que o rapaz tinha se juntado com uma moça de fora e ido morar com ela num barraco que tinha erguido atrás da casa da puta da sua mãe; todo o tempo enchendo o saco de Yesenia: como era essa tal de mulher aí e por que se juntaram assim sem mais, por acaso estavam esperando uma criaturinha? Essa moça era trabalhadora? Sabia cozinhar e lavar roupa? Queria saber de tudo e queria que Yesenia contasse, como se ela não estivesse fazia anos sem dirigir a palavra ao moleque escroto imbecil esse, desde o dia em que o pegou fazendo suas merdas e o covarde preferiu vazar para sempre da casa a ter de enfrentar Yesenia e ouvir as verdades que ela jogaria na sua cara, em frente à avó, para que a velha enfim se desse conta do quão desgraçado era o seu neto, uma bichona covarde, um safado que nunca agradeceu por tudo que a avó fez por ele, tudo o que ela teve de suportar, porque se não fosse pela avó esse imbecil estaria morto, porque a puta que o pariu o abandonou cheio de vermes, todo surrado e morto de fome num caixote de madeira enquanto ela curtia a grande vida sendo puta na estrada. Que ódio Yesenia sentia quando se punha a pensar nessas coisas, até o fígado doía cada vez que se lembrava desse moleque imbecil ingrato, e que idiota sua vó foi ao se oferecer ao tio Maurilio para criá-lo, sabendo perfeitamente bem que essa vagaba com quem ele saía era uma puta de profissão, capaz de abrir as pernas e a buça a qualquer um que tivesse grana suficiente. Não percebia que esse moleque nem sequer era parecido com Maurilio?, disse a tia Balbi quando ficou sabendo que a avó iria se encarregar do pivete. Quem não via que ele não era parecido com mais ninguém da família?, disse a Negra, mãe de Yesenia, quando chegou em casa e viu que a avó estava com aquele moleque imundo preso no pescoço como um macaquinho. O que eu acho é que Maurilio e essa velha desgraçada suja viram a sua cara de idiota, mãezinha; acho esquisito que com essa mente suja não se lembraram do ditado que "filhos das minhas filhas, meus netos; filhos dos meus filhos, isso é com sua mãe desgraçada". Mas não conseguiram convencê-la, por mais que dissessem que criar esse moleque como se fosse da família seria um erro, que Maurilio certamente não era o pai, por que não o levavam ao hospício, mas não, necas, não havia poder humano capaz de convencê-la. Como a dona Tina deixaria essa pobre criatura desamparada, seu único neto homem, filho do seu adorado Maurilio, que estava tão doente, o coitado, que não conseguiria cuidar do menino! Como iria dizer não a Maurilio, o único que se sacrificou por ela e largou a escola quando chegaram a La Matosa, para ajudar a montar a estalagem enquanto vocês pagavam de putas, envolvendo-se com os caminhoneiros e os peões do Engenho, reclamou a avó. Porque para variar e não perder o costume, a avó quando estava irritada se lembrava das coisas ruins, e como Maurilio era o seu favorito, gostava de dizer que ele havia se sacrificado por ela, para que o negócio fosse adiante, mas tudo isso era bobagem que a velha contava a si mesma para se convencer de que Maurilio realmente a amava, porque na verdade o cretino largou a escola porque era burro e folgado e a única coisa de que gostava era tagarelar e vivia enfiado nos bares da estrada, cantando e tocando esse violão que um bêbado deixou empenhado na estalagem da avó e que nunca voltou para buscar; um violão que Maurilio aprendeu a tocar sozinho, sem que ninguém lhe ensinasse, apenas tocando as cordas e escutando os sons que saíam, sozinho debaixo da amoreira que tinham no pátio, e vendo como tocavam os jovens das missões na missa de Villa, e com isso conseguiu aprender a tocar canções inteiras e até inventar ele mesmo algumas melodias às quais acrescentava letras safadas, e quando tudo estava bem ajeitado chegou para a avó e disse: dona Tina, porque era assim que ele a chamava, pelo seu nome, nada de mamãe ou mãezinha, sempre dona Tina, o cretino; dona Tina, ele disse: lá vou eu trabalhar na estrada, agora sou músico, não me espere nem se desespere, vou mandar uns centavos assim que puder para ajudar, e lá se foi o cretino, assim sem mais, e se deu bem tocando nos bares porque era jovem e as pessoas gostavam dele e os bêbados achavam graça que um moleque de *sombrero* contasse causos, e naquela época a música do norte começou a ficar famosa e isso também agradava, porque o que Maurilio mais gostava de tocar eram os *corridos*, até se vestia como uma pessoa do norte e tudo o mais, sempre saía assim nas fotos dessa época, com suas calças de brim, botas pontudas e o cinto bordado e o *sombrero* enfiado até as sobrancelhas, com uma cerveja na mão e um cigarrinho na boca e as quengas tudo ao redor dele. Dizem que fazia muito sucesso com as coroas, mais por esse naipe rude de cafajeste do que pela música, porque a verdade é que o sacana era ruim, e por isso nunca chegou a tocar numa banda nem ganhou dinheiro de fato com a música; o que mais fazia era pedir esmola do que qualquer outra coisa, e por isso nunca podia dar dinheiro à avó; pelo contrário, seguia sendo um fardo para ela, que o ajudava o tempo todo, emprestando dinheiro que o cretino nunca devolvia, e além disso tinha de ficar levando-o para ser tratado quando quebravam a cara dele numa briga, e inclusive durante vários anos fez o tremendo sacrifício de visitá-lo na cadeia de Puerto, todos os domingos sem falta lá ia a avó ver o tio Maurilio, que estava preso por sua ideia maravilhosa de matar um senhor de Matacocuite, e tudo por culpa de uma velha casada de quem o safado do Maurilio andava atrás. A velha não aguentou as porradas que o marido deu nela e acabou abrindo a matraca, e uma vez que Maurilio vinha bebendo fazia vários dias vieram falar para ele que havia um sujeito perguntando sobre ele em Villa, um sujeito que dizia que queria arrebentar Maurilio Camargo por ter se metido com sua esposa, e o tio Maurilio se levantou da mesa onde estava bebendo e disse, pois bem, se for para chorar na minha casa ou na dele, melhor que chorem na dele, e deixou ali seu violão e se mandou para Villa, encarar seu destino, e teve tanta sorte que se deparou com o velho corno enquanto este mijava no banheiro de um bar, e foi assim, de costas, sem tempo para explicações, que lhe deu umas punhaladas com uma navalha que o tio Maurilio sempre carregava na bota, e foi assim que ele foi parar na cadeia de Puerto, preso por homicídio doloso, nove anos de pena, nove anos seguidos em que a dona Tina foi vê-lo aos domingos, para levar seus *raleighs* e seus centavos e seu sabão e uns mantimentos que ela mesma transportava de Villa, sozinha, porque não gostava que Yesenia e as outras a acompanhassem, porque os presos ficariam de olho nelas, e ela tinha medo de se perder nos bondes do Puerto, então ia caminhando da estação de ônibus até a cadeia para ver seu filhinho adorado, o único menino que Deus lhe dera e tirara tão cedo, na flor de sua juventude, apenas um ano depois que o cretino saiu da cadeia, porque sabe-se lá qual doença ele contraíra lá dentro; a avó dizia que não era nada, que eram os humores por ter ficado preso que o deixaram tão frágil e caído, deprimido além do mais porque essa puta com a qual vivia o trocara por outro havia muito tempo. A Negra e a Balbi tinham certeza de que Maurilio tinha aids, e não deixavam que as mulheres se aproximassem do tio, para que não se contaminassem com essa porcaria, mas no fim a avó não conseguiu continuar negando que o cretino estava morrendo, e numa tentativa desesperada para salvá-lo, decidiu interná-lo no hospital mais caro de Villa, construído para os petroleiros, e para pagar a conta e os remédios precisou vender a estalagem, o terreno à margem da estrada, e a Negra e a Balbi gritaram aos céus e arrancaram os cabelos quando ficaram sabendo o que a avó tinha feito, porque como era possível que sua mãe tivesse decidido vender o único patrimônio que possuíam, pelo qual lutaram todos esses anos, do que iriam viver agora, se o cretino do Maurilio iria morrer de qualquer maneira, se até os médicos já diziam que não guardasse esperanças, que o melhor era ir agilizando os trâmites para o enterro, e a avó ficou louca quando ouviu isso e acusou as filhas de semear discórdia, de serem gananciosas irremediáveis, a estalagem era dela e de mais ninguém, e, se elas não gostavam da ideia de vendê-la, então que fossem à merda, bando de víboras peçonhentas, egoístas, invejosas, como se atreviam a dizer que Maurilio não seria salvo, que se Deus permitisse ainda lhe restava muita vida pela frente, para ver crescer seu filho e ter muitos outros ainda, e então a Balbi e a Negra disseram: pois que vá à merda então, você, essa estalagem e esse bosta do Maurilio, vamos embora e você nunca mais vai nos ver, nem nós nem nossas filhas. E pegaram as meninas, mas a vó partiu para cima e as agarrou na porta e disse que estavam loucas se achavam que ela deixaria que levassem as meninas, para que elas virassem putas como vocês, não é? A Negra e a Balbi podiam se largar, mas as meninas ficariam com ela, e por mais que gritassem e xingassem a avó não arredou pé, e tiveram de partir sozinhas para o norte, onde diziam que havia muito trabalho nos poços petroleiros, e não voltaram a La Matosa nem mesmo quando o tio Maurilio finalmente bateu as botas, e que bom que não voltaram, porque ficariam furiosas de ver como a avó gastara o dinheiro que não tinha para dar ao seu santo filhinho um enterro que ela achava que ele merecia, um enterro desses que havia anos não se viam no povoado, com *tamales* de cordeiro para todos os presentes e uma banda do norte e *mariachis* e caixas e caixas de aguardente de cana para que todo mundo ficasse de pileque e chorasse a morte de Maurilio com muita intensidade, e depois ainda mandou construir uma tumba que mais parecia uma capela, e na parte principal do cemitério de Villa, a mais importante, porque dona Tina não podia enterrar seu filhinho adorado nos lotes baratos, não é?, onde em dez anos tiravam os corpos para meter outros e ela ainda nem sabia se viveria outros dez anos e então, o que aconteceria com os restos do pobre Maurilio? Terminariam na fossa comum por culpa dessas cobras rastejantes que tinha por filhas, e foi por isso que se decidiu por um desses lotes perpétuos que custavam o olho da cara, mais do que custava a casa de La Matosa, uma quantidade ridícula de dinheiro para ficar ombro a ombro com os ossinhos dos fundadores do povoado: os Villagarbosa, os Conde e seus primos, os Avendaño, que descansavam em suas tumbas elegantes de mármore e azulejo, e ali no meio deles ficou a tumba pintada de amarelo-canário do cretino do Maurilio Camargo. A avó passou anos inteiros pagando o velório e a tumba com o dinheiro que tirava vendendo sucos em um triciclo, na entrada de Villa, na altura do posto de gasolina. Até quando estava doente tinha de se levantar de madrugada para pedalar até o mercado e encher o triciclo de laranjas e cenouras e beterrabas e mexericas e mangas quando era época, enquanto Yesenia ficava em casa cuidando das primas menores e do moleque esse que cresceu para virar um cretino desgraçado infeliz que deixava a vida de Yesenia impossível, que por ser a mais velha tinha que aguentar o peso da responsabilidade da casa, das primas e do moleque desgraçado quando a avó não estava, e portanto era quem mais recebia xingamentos e a fúria da velha quando algo dava errado, quando as coisas não eram feitas do jeito que a vó queria, e também era Yesenia quem tinha de responder pelas maldades do seu primo, quando as vizinhas apareciam para se queixar de que o moleque roubava refrescos da tenda, entrava na casa delas e comia a comida e pegava coisas e o dinheiro que encontrava e batia nos pirralhos menores, e que gostava de brincar com fósforos e que quase queimara o galinheiro das Güeras, com as galinhas e tudo, e sempre era Yesenia quem tinha de andar pedindo desculpas pelo moleque, pagando os danos que ele causava, fazendo uma cara de idiota e depois aguentar o fato de que a vó nunca castigava as besteiras que o pivete desgraçado aprontava em sua ausência: fazer o quê?, sempre dizia, quando Yesenia listava todas as merdas que seu neto fizera durante o dia; ele é um moleque, não tem malícia, é coisa de menino, Lagarta, deixa ele, pobrezinho, seu pai era tão travesso quanto ele, e os dois são parecidos, iguaizinhos, contava a avó, embora fosse mentira, mas ela gostava de se fazer de boba e dizia que eram iguais, iguaizinhos, como duas gotas d'água, embora a única coisa que tinham de parecido era o fato de serem uns vagabundos e puxa-sacos com a avó, que sempre os deixava fazer o que lhes desse na telha, e por isso o moleque cresceu para se tornar um animal selvagem que se jogava na loucura sempre que alguém o deixava solto, inclusive tarde da noite, porque de acordo com a avó era assim que se criavam os meninos para que não tivessem medo de nada, mas era Yesenia quem tinha de caçá-lo para que se lavasse, para poder costurar sua roupa toda esfarrapada e tirar os piolhos e carrapatos que grudavam nele aos montes e arrastá-lo para a escola toda manhã, entre xingamentos e cascudos que Yesenia lhe dava para que obedecesse, embora claro que nunca batesse nele na frente da avó, só quando estavam a sós, nesses momentos frequentes nos quais Yesenia se enchia o saco de gritar com ele e agarrava o primo pelos cabelos e enchia de socos aquele corpo magricelo e várias vezes o jogou contra a parede com vontade de matá-lo, torcendo que o corninho esse se arrebentasse e parasse de vez de encher o seu saco, de chamá-la sempre com esse apelido que dera a ela quando criança e que Yesenia odiava com toda sua alma e que grudou nela de modo que todo o povoado já a conhecia como Lagarta, por ser feia, preta e magra como a avó, igualzinha a um lagarto de pé sobre duas patas. Lagarta, Lagarta, cantarolava o pivete idiota, tem pelos na barata, ali mesmo no ônibus para Villa ou na fila de algum lugar, diante de gente fofoqueira que escutava aquilo e ria, e ela não tinha alternativa a não ser dar um tapa naquele focinho, cala a boca, pivete desgraçado, e beliscá-lo onde pudesse e esbaldar-se loucamente quando sentia que a carne do moleque rasgava sob suas unhas, um prazer que parecia muito com o alívio que sentia quando coçava uma picada de mosquito até sangrar, e talvez o moleque também sentisse uma espécie de alívio porque depois das porradas sempre ficava tranquilo e até parava de encher o saco, mas logo a vó via os machucados e os arranhões, e todos os golpes que Yesenia tinha de dar no moleque ela mesma acabava recebendo em dobro na própria carne, com a toalha molhada que a avó usava para bater nas costas ou nas nádegas, ou até mesmo nas fuças se não as cobrisse com as mãos, até que Yesenia gritasse e implorasse para que a avó parasse, que a perdoasse, e às vezes a surra também sobrava para a Bola, ou a Picapiedra, e às vezes inclusive a Baraja, mesmo sendo quem melhor se portava, a que nunca ousava desobedecer à avó, enquanto o moleque ficava parado vendo como a velha batia nelas e as chamava de inúteis, preguiçosas, folgadas, pior que animais, teria sido melhor se as putas das suas mães as tivessem levado, ou que as largassem na rua para que acabassem no reformatório, onde as lésbicas violam as crianças com o cabo da vassoura, desgraçadas, são umas vagabundas, gritava, porque de repente a avó perdia a noção e confundia a Yesenia com a Negra, ou a Picapiedra com a Balbi, e acusava-as de coisas que as coitadas nem faziam, como fugir à noite para aprontar com os homens, e tudo por culpa da maldita Bola, que quando completou quinze anos começou a sair às escondidas à noite para ir aos bailes de Matacocuite, acompanhada de uma das Güeras mais jovens, e para pagar o ônibus e a entrada a gorda infeliz começou a tirar dinheiro da moedeira da avó, de tanta vontade de sair por aí e arranjar um namorado, até que uma noite a avó se deu conta de que a Bola não estava na cama com as outras e nos fez sair da cama a golpes de corda e nos mandou procurar a desgraçada por todo o povoado, e ai de vocês se voltarem sem ela, disse-nos, e não tivemos escolha a não ser percorrer toda La Matosa, casa por casa, deixando os cachorros alvoroçados e despertando as pessoas que no dia seguinte certamente sairiam dizendo por aí que a Bola já não era mais uma dama, e depois de um tempo Yesenia teve de carregar a

Baraja, e arrastando a Picapiedra, que na época era muito pequena e chorava porque estava com sono, e eram duas da manhã e nada de encontrar a Bola, e como não se atreviam a retornar para casa por medo da avó, escapuliram pelo pátio das Güeras, cujos cães já as conheciam e não as morderam, para se esconder dentro do galinheiro, e qual não foi a surpresa delas ao encontrar ali mesmo a maldita Bola de merda, que tinha se escondido lá quando lhe disseram que a avó estava furiosa e que mandara as primas procurá-la por todo o povoado. Yesenia precisou puxá-la pelos cabelos do galinheiro, e com esse escândalo acabaram acordando a dona Pili, a mãe das Güeras, que se ofereceu para acompanhá-las de volta à casa da avó, segundo ela para acalmar a dona Tina, mas por certo o que queria era saber da fofoca em primeira mão, aquela velha mosca-morta, de como a Bola entrou chorando e a avó ficou olhando e quando viu que dona Pili também estava lá, apenas meneou a cabeça, como se estivesse decepcionada, e mandou todas dormir, mas ninguém conseguiu pregar o olho de angústia por não saber a que horas a avó entraria no quarto para bater nelas, porque sabia como era o jeito da avó: nunca deixava nada para lá, mas às vezes fingia que sim para pegá-las de surpresa com a corda que estalava nas nádegas quando já estavam deitadas, a ponto de dormir, ou terminando de tomar banho, como finalmente agarrou a Bola dois dias depois. Você lembra, gorda? Pegou você cantando no banho, toda molhada e reluzente, e além da surra ela lhe disse que a partir daquele dia você iria esquecer para sempre a escola, pois iria acompanhá-la na venda de sucos, para que visse como era difícil ganhar dinheiro, e isso doeu em você mais que todas as pancadas que a avó lhe dera durante toda a vida, não é? Pobre gorda, sempre teve a ilusão de que ia acabar os estudos e virar professora, mas nada disso aconteceu, ainda que ela tenha jurado que cedo ou tarde algum dia terminaria o ensino médio, no ano em que a avó a tirou da escola a pentelha já estava doente com sua filha Vanessa e nunca pôde voltar para tirar o seu diploma. Vai saber como a velha fazia, pois bastava ela olhar para saber se você tinha feito alguma maldade, como se os seus olhos fossem dois raios que atravessassem o seu coco e vissem tudo o que acontecia ali dentro, tudo o que você estava pensando no momento. E vai saber como fazia para castigá-la no lugar onde mais doía. Lagarta, por exemplo, nunca esqueceu a noite na qual a avó tosou seu cabelo com tesouras de destrinchar frango, aquela vez que se deu conta de que Yesenia também às vezes escapava à noite, mas não para ir a um baile ou se engraçar com os homens como a safada da Bola, não, e sim para seguir o moleque, ver onde ele se metia e pegá-lo na botija, em meio a alguma maldade de que todo mundo falava, e assim exibi-lo diante da avó, para que ela finalmente visse como esse moleque era canalha e degenerado, como estava bêbado e drogado o tempo todo, cambaleando pelas ruas do povoado, como aquele dia em que Yesenia o viu no rio, esse dia em que se levantara cedo para se banhar com as primeiras luzes do alvorecer e o viu descer para a praia, descalço e sem camisa, com o cabelo revirado como um ninho de víboras e os olhos dilatados e avermelhados de tanta droga, e o olhar perdido em sabe-se lá que visões, falando sozinho como um desses pirados que aparecem na estrada, caminhando para cima e para baixo sem rumo, com aquela lata toda chamuscada e as mãos sujas de fuligem e os lábios estirados num sorrisinho idiota quando perguntou à Yesenia como estava a água, e ela, sem sequer olhar para ele, atarantada com a ousadia daquele imbecil de lhe dirigir a palavra, só atinou em dizer que estava clarinha, antes de se afastar dali com uma dor surda nas tripas, e por todo o caminho de volta para casa pensou em todas as coisas que gostaria de ter dito, todos os xingamentos que Yesenia guardava havia três anos para esse moleque escroto imbecil filho da puta que o pariu, se o desgraçado não a tivesse pegado desprevenida. Aquela era a primeira vez que deparava com ele pelos caminhos do povoado, porque o maricas se escondia dela e saía pelas tardes ou pelas noites como um maldito vampiro, para se juntar aos delinquentes esses que viviam se drogando e enchendo a cara e roubando os incautos que cruzavam o parque de Villa pela noite, e caindo na porrada, às vezes até dando garrafadas, com outros baderneiros que frequentavam os bares do centro, ou rompendo lâmpadas e urinando sobre as paredes e as persianas dos comércios fechados ao redor do parque; sujeitos que não prestam para nada, todos eles uns idiotas, inúteis e parasitas, um bando de viciados doentes mentais; bom seria se botassem todos na cadeia, para que ficassem brigando entre si e fossem estuprados e depois desaparecessem com eles, para ver se eram tão machos como quando ficavam apalpando as minas, e até os moleques, que cometiam a imprudência de atravessar o parque quando estavam reunidos. Como se a polícia não soubesse, caramba, o esquema que esses desgraçados têm com o dono do hotel Marbella, de onde tiram o dinheiro para comprar a droga que usam ali mesmo no parque, no escurinho, ou nos banheiros dos bares e nas bocas de fumo da estrada, ou atrás do armazém abandonado dos trilhos, onde todo mundo sabe que os putos fazem suas merdas, como os cães, em plena luz do dia. Yesenia mesmo havia visto com os próprios olhos e não tinha dedos suficientes nos pés e mãos para contar o número de vezes que teve de tirar o moleque desses lugares, porque estava fazia dias sem aparecer e Yesenia não podia continuar enganando a avó, e finalmente essas malditas Güeras sempre apareciam, fofoqueiras, para contar à velha o que falavam do moleque no povoado, e embora a avó sempre negasse tudo e dissesse que era pura mentira, que seu neto não andava metido com isso, que estava em Gutiérrez de la Torre, trabalhando na colheita de limão, e que tudo isso de que vivia metido na casa da Bruxa era historinha, calúnia de gente invejosa que não tinha mais o que fazer além de inventar baboseira, e ainda assim Yesenia ficava calada, ainda sem se atrever a dizer a verdade à avó, o que ela tinha visto com os próprios olhos, o que as Güeras contavam a qualquer um que desse ouvidos; o que a tia Balbi vaticinara desde o começo, desde aquele dia em que a avó chegara com esse moleque sujo em casa: vai ser terrível como Maurilio, ou até pior, porque se diziam coisas muito ruins do tio Maurilio, que era um bebum, esbanjador, que vivia às custas das mulheres e que nos últimos anos se perdeu para as drogas, e até diziam que foi assim que pegou aquela doença que sugou sua vida, mas pelo menos nunca falaram que ele frequentava as bichonas do povoado, nem que vivia enfiado na casa da Bruxa, nas orgias que lá organizavam, e que Yesenia vira com os próprios olhos uma noite, essa noite, a mesma na qual a avó tesourou o seu cabelo e mandou que dormisse no pátio, como a cadela que era, disse. Ela não precisou que as Güeras contassem nada; viu tudo e retornou correndo para acordar a avó e contar-lhe as safadezas que seu santo netinho andava aprontando naquele instante, para ver se assim a velha caía na real e se dava conta de uma vez por todas do tipo de animal que criara sob seu teto, e parasse de jogar toda a culpa em Yesenia, que por ser mais velha que todos devia cuidar do primo e não andar inventando essas fofocas que logo as Güeras contavam como se fossem verdade, calúnias que as pessoas sem nada para fazer logo repetiam. Porque a avó não acreditou em nada daquilo; a avó ficou observando com seus olhos de fúria e disse maldita Lagarta, só você para bolar uma mentira tão horrível e espantosa, você está doente da cabeça, cheia de vontade de semear discórdia. Você não se envergonha de andar por aí à noite, e acima de tudo jogar a culpa no seu primo? Vou arrancar sua vontade de sair de fininho, sua desgraçada. Ela tosou o cabelo com as tesouras de destrinchar frango enquanto Yesenia permanecia imóvel como um gambá diante dos faróis dos caminhões na estrada, por medo de que as lâminas geladas cortassem a sua carne, e depois passou a noite inteira no pátio, como a cadela que era, a avó disse: o animal imundo que não merece nem um colchão pulguento debaixo da sua pelugem fedorenta. Demorou um bom tempo para sacudir todos os cabelos grudados na roupa, em secar todas as lágrimas que brotavam nos olhos, e quando enfim se acostumou à escuridão da noite, pegou a corda que servia de varal e a desatou para açoitar as paredes da casa, até derrubar o gesso estufado pela umidade, e logo partiu sobre os arbustos que cresciam sob a janela da cozinha, até deixá-los pelados, e foi bom que nessa época já não houvesse mais carneiros, porque nessa noite seria capaz de açoitá-los com a corda até arrebentá-los, ou até que suas primas a segurassem, e também foi bom que aquele moleque nunca voltasse para a casa da avó, porque Yesenia estava disposta a matá-lo. Passou toda a noite no breu do saguão, empunhando um facão sem fio, pronta para pegar de surpresa o moleque quando ele chegasse cambaleando pela rua, com esse sorriso idiota na cara, porque para esse moleque tudo era motivo de riso, tudo era uma piada, até os golpes que Yesenia lhe dava e as súplicas e o pranto da avó, tudo aquilo não era nada para ele, que só pensava em si mesmo, ou talvez nem nisso, porque com certeza a droga tirava sua capacidade de raciocinar e com certeza já não pensava nunca em nada, nem sentia o sofrimento que causava a todos, assim como o desgraçado do seu pai: vocês vão ver, disse a Balbi, o fruto nunca cai longe da árvore; filho de peixe, peixinho é, ou de vaca, a Negra interrompeu, porque esse moleque vai ser tão safado quanto a puta da sua mãe, da qual contavam coisas ainda piores no povoado, e até se dizia que por culpa sua sete homens haviam morrido, sete caminhoneiros da mesma empresa, e todos de aids, ou talvez oito contando o tio Maurilio, se você desse ouvido aos rumores, e o pior de tudo é que a maldita seguia inteirinha mesmo velha, como se não estivesse doente e podre por dentro; seu rosto não piorou, suas carnes não secaram, ainda as tinha em abundância e era famosa por causa delas no barraco à beira da estrada, montada por aquele que diziam ser seu amante, esse jovenzinho que o Grupo Sombra mandou para o norte para vender droga na região, o que anda para cima e para baixo na estrada em uma caminhonetona de insulfilme; o do vídeo, vá lá; o famoso vídeo que todo mundo anda compartilhando por celular e no qual se veem coisas espantosas que esse cara faz à pobre mulher que aparece nas imagens, quase uma menina, uma criatura toda murcha, que mal consegue manter a cabeça em pé de tão drogada, ou de tão doente, porque dizem que isso é o que os desgraçados fazem às coitadas das mulheres que eles raptam a caminho da fronteira: colocam-nas para trabalhar nos puteiros como escravas e quando não servem mais para trepar, matam-nas como carneiros, como no vídeo, e as cortam em pedacinhos e vendem suas carnes nas estalagens da estrada como se fossem de um animal refinado para fazer os *tamales* famosos da região, os mesmos *tamales* que a avó preparava na estalagem, mas com carne de carneiro, não de mulher; pura carne de carneiro que a própria vó matava no pátio ou que comprava do seu Chuy no mercado de Villa, não de cachorro como as pessoas fofoqueiras diziam, as pessoas invejosas desse povoado maldito, gente que não tem mais o que fazer além de inventar besteira, como essas malditas Güeras que o tempo todo querem se meter onde não são chamadas, velhas bisbilhoteiras: por culpa delas, a avó não parava de encher o saco de Yesenia o tempo todo, perguntando sobre o moleque e a mulher com quem ele se juntara, como se Yesenia não tivesse mais o que fazer além de acompanhar aquele cretino; como se os dias não fossem gastos cuidando da avó e da comida e da roupa e dessas pentelhas que nunca fazem o que se pede e é preciso dar uns cascudos para que obedeçam. Se não fosse pelas fofocas das Güeras, tudo teria saído como Yesenia planejou naquele dia, aquela segunda-feira, primeiro de maio, quando andava em Villa com Vanessa, depois de escutar o que a Mary, dona da mercearia, contava a outra senhora naquela mesma manhã, que fazia poucas horas tinham encontrado o cadáver da Bruxa em um canal de irrigação perto do Engenho, com o pescoço cortado e a carne já podre e bicada pelos urubus, tão horrível que o comandante Rigorito não conseguiu aguentar de náusea, e Yesenia ficou paralisada ao ouvir isso, e não conseguiu evitar pensar no que havia visto na sexta-feira, o mesmo dia em que foi se banhar cedinho no rio e deu de cara com o cretino do seu primo, descalço e sem camisa, cambaleando pela rua. O cínico perguntara como estava a água e Yesenia respondeu que clarinha e depois se virou e voltou para casa, apesar da vontade de surrar aquele moleque imbecil e jogar-lhe na cara todas as desgraças que tinham acontecido por culpa dele. Não contou a ninguém que o vira naquela manhã no rio, e muito menos se atreveu a dizer à sua avó e às primas que, horas mais tarde, voltou a vê-lo por ali, naquela mesma sexta, mas depois do meio-dia, lá pelas duas ou três da tarde, enquanto estava parada diante do tanque no pátio, esfregando as calcinhas e a camisola que a avó havia acabado de sujar de urina, quando escutou o ruído de um veículo que avançava lentamente pela rua e se levantou para ver a caminhonete azul, ou talvez cinza, impossível ter certeza por causa da sujeira que cobria a carroceria, do fulano esse que todo mundo chama de Munra, justamente o marido da quenga maldita essa que havia parido o seu primo; um coxo imprestável, bebum, com quem o moleque andava para lá e para cá nessa caminhonete. Claro que ela reconheceu o Munra esse porque estava com as janelas abaixadas e além disso ninguém mais no povoado possuía uma caminhonete como essa, embora não tenha conseguido ver se havia mais alguém dentro do carro, se o moleque estava com ele e planejava aparecer na casa da avó. Até botou a mão molhada na testa, como uma viseira, para tentar enxergá-lo ali dentro, mas não viu nada. O coração começou a bater forte no peito, por medo e raiva que não parou de sentir desde aquela manhã; medo de que o desgraçado do seu primo desejasse aparecer na casa da avó; e raiva por toda a dor que esse desgraçado havia provocado na velha desde que partira. Deixou a roupa no tanque e avançou até a rua enquanto seguia a caminhonete com o olhar, e viu horrorizada que esta parou uns duzentos metros adiante, quase em frente à casa da Bruxa. Os olhos lacrimejavam por causa do sol implacável, mas Yesenia não os desviou da caminhonete nem por um segundo, pois tinha quase certeza de que a qualquer momento veria o moleque imbecil saindo do veículo, mas depois de uns minutos a avó começou a gemer no seu quarto e Yesenia teve de acudi-la, pois não havia mais ninguém em casa; as meninas logo chegariam da escola, caso as idiotas não ficassem aprontando pelo caminho como era o costume. Por isso demorou tanto para conseguir sair outra vez ao pátio, onde comprovou que a caminhonete continuava estacionada no mesmo lugar, e um pouco mais tranquila seguiu enxaguando e torcendo as roupas que deixara de molho enquanto lançava de quando em quando olhares furtivos para a rua. Estava prestes a pegar a roupa para levá-la ao varal quando viu que a porta da casa da Bruxa se abria de repente e que dois rapazes saíam do interior carregando uma terceira pessoa, agarrando-a pelos braços e pernas como se estivesse desmaiada ou bêbada. Um desses rapazes era seu primo, Maurilio Camargo Cruz, também conhecido como El Luis Miguel, Yesenia não tinha dúvidas; que cortassem a sua mão se aquele não era o cretino, caralho, ela o criou desde que era criança e podia reconhecer essa mata de cachos selvagens a dez quilômetros de distância; e também estava certa de que a pessoa que carregavam era a Bruxa, pelo tamanho daquele corpo e porque as roupas que vestia eram todas pretas, tal como essa pessoa usava desde que Yesenia era capaz de lembrar. Reconhecia o outro rapaz que estava com seu primo; era um dos vagabundos que se reuniam no parque; não sabia seu nome, nem como era chamado, mas media mais ou menos a mesma altura que seu primo, cerca de um metro e setenta centímetros, e também era magro e de cabelo duro, embora fosse preto e muito curto, e com um topete na frente, como é moda entre os moleques de hoje. Contou tudo isso aos policiais que a atenderam de má vontade naquela segunda-feira, primeiro de maio, e logo precisou repetir tudo para a secretária do agente do Ministério Público: o nome do seu primo e o endereço onde vivia e o que ela tinha visto naquela sexta ao meio-dia e o que as pessoas contavam a respeito desse moleque, as coisas que ela mesmo vira com seus olhos naquela noite em que seguiu seu primo até a casa da Bruxa sem que ele notasse; as merdas em que a avó não quis acreditar quando Yesenia a acordou para contar, para que entendesse o tipo de bosta que era o seu neto, mas a vó não quis acreditar; a vó disse que Yesenia estava inventando tudo porque tinha a mente suja e pervertida e porque era ela quem escapava à noite para aprontar, e a arrastou pelos cabelos até a cozinha e agarrou as enormes tesouras de cortar frango, e por um momento Yesenia pensou que sua vó enterraria a lâmina na sua garganta e fechou os olhos para não ver como o seu sangue salpicaria o piso da cozinha, mas então sentiu o ruído sibilante das tesouras contra seu crânio e escutou o barulho crocante que faziam as lâminas ao cortar mechas inteiras do seu cabelo, o cabelo de que ela tanto cuidava, a única coisa bonita de que gostava em seu corpo: aquele cabelo preto bem liso e espesso que todas as suas primas invejavam porque era lindo e liso como o das artistas das novelas, e não duro e enrolado como o delas, como o cabelo da vó, pelo de carneiro ela dizia, cabelo crespo de negra, e nem sequer a Balbi, que tinha olhos verdes e sangue supostamente italiano, nem sequer ela escapara do cabelo feio, ninguém além de Yesenia, a Lagarta, a mais feia, a mais preta e a mais magra de todas, mas a única que tinha um cabelo primoroso que caía sobre seus ombros como uma cortina de seda, uma cascata de veludo azul quase preto que a vó tesourou naquela noite até deixá-la como uma louca de manicômio, para lhe dar uma lição, para ver se ela continuaria escapando à noite em busca de homens; esse cabelo pelo qual Yesenia chorou enquanto o sacudia das roupas para depois pegar a corda e açoitar as paredes da casa e os arbustos debaixo da janela até deixá-los carecas como ela. Agora já não chorava mais, nem de raiva nem de tristeza, apenas ouvia em silêncio como a vó se lamentava pelo neto em seu quarto, e cada soluço, cada gemido da velha eram como uma adaga gélida que se enterrava no coração de Yesenia. Aquele moleque imbecil era culpado por tudo, pensava; aquele cretino acabaria matando a vó, a mulher que bem ou mal era como uma mãe para Yesenia agora que nem a Negra nem a Balbi telefonavam mais nem mandavam dinheiro nem pareciam se lembrar delas. Aquele desgraçado tinha de morrer, e Yesenia estava disposta a quebrá-lo na porrada. Esperaria acordada na escuridão do pátio e o pegaria quando ele tentasse entrar sorrateiro em casa, como sempre fazia de madrugada, e com esse facão enferrujado que encontrou debaixo do tanque, com essa lâmina fedorenta e sem fio, retalharia o seu rosto e pescoço enquanto diria: acabou a diversão, moleque, você nunca mais vai tirar onda da minha vó, e depois de matá-lo cavaria um buraco no fundo do pátio para enterrá-lo, e se a vó quisesse acusá-la, ela deixaria, feliz, que a polícia a levasse, tranquila por ter cumprido sua missão, de ter livrado a vó daquele filho da puta. Mas o moleque desgraçado nunca chegou naquela noite, nem no dia seguinte, nem ao longo da semana ou do mês. Nunca voltou para a casa da avó, nem sequer para recolher sua roupa e seus pertences, muito menos para se despedir da velha e agradecer-lhe por tudo que ela fizera desde o início, e foram as idiotas das Güeras que apareceram para contar à vó que o moleque agora morava com sua mãe, e a velha ficou muito mal que o moleque preferisse viver com essa puta, que fazia vista grossa para tudo que ele aprontava, a morar com a avó, que o criara como se fosse o próprio filho, e tamanho foi o seu sofrimento que duas semanas depois teve o derrame que da noite para o dia a deixou paralisada em metade do corpo, e então, um ano depois, o tombo no banheiro do qual nunca conseguiu se levantar, e agora sabe-se lá como a vó lidaria com a notícia de que o moleque era um assassino, de que o enfiariam na cadeia; por certo a idiota iria querer visitá-lo, levar dinheiro, comida e até cigarros, como fizera com o tio Maurilio quando este esteve preso; por certo ordenaria à Yesenia que a vestisse e pedisse um táxi para que a levassem para a delegacia de Villa, como se os táxis até lá fossem baratos, e como se a pobre velha ainda pensasse ter forças para caminhar, quando fazia quase dois anos que não saía da cama, como as úlceras nas nádegas e nas costas provavam. Não, a avó não podia ficar sabendo que o moleque era um assassino, e menos ainda que foi a própria Yesenia quem o acusou para a polícia, a que foi à delegacia naquela segunda-feira, primeiro de maio, e o denunciou dando seu nome completo e endereço para que o apreendessem, depois de ouvir a fofoca da boca da dona da mercearia, depois de ficar vários minutos pasma, pensando no que aconteceria se ousasse contar às autoridades o que ela vira na sexta de manhã e pelo meio-dia, pensando no que sua vó diria se ficasse sabendo, mas pensando também em todo o ódio que sentia por esse moleque escroto imbecil e a vontade que tinha de vê-lo encerrado na cadeia, enquanto a Vanessa ficaria só olhando, babaca do jeito que era, assustada pelo nervosismo ao ver sua tia presa. Vá para a casa, a mulher acabou ordenando. Vá já, agorinha mesmo, e fale para a sua mãe e para suas tias que se tranquem e não deixem ninguém entrar, ninguém, ouviu? Muito menos essas idiotas das Güeras, desgraçadas; vai saber o que faziam para se inteirar de tudo; era como se tivessem antenas, ou talvez fossem meio bruxas, as quengas malditas. Como podiam contar tudo para a vó, sabendo como a velha ficava mal sempre que ouvia algo do moleque; como podiam criar coragem de falar que o moleque fora preso, acusado de matar a Bruxa? Não tinham como saber que foi Yesenia quem delatou, não é? Então como diabos a vó sabia que foi ela quem denunciou o moleque? Bastou encará-la nos olhos para saber, quando Yesenia se inclinou sobre ela com lágrimas nos olhos para ver como estava, já tarde da noite, porque os cretinos da polícia a levaram ao Ministério Público para que repetisse toda a história, e a imbecil da secretária demorou anos para passar a declaração ao computador, para que ela assinasse, e já era de noite quando enfim conseguiu voltar para La Matosa, e ao ver todas as luzes da casa acesas soube que alguma coisa terrível havia acontecido, e entrou correndo em casa e foi até o quarto da avó e a encontrou retorcida na cama, com a boca aberta como se estivesse congelada em um grito e os olhos esbugalhados encarando o teto, e foi a Bola cara de cadela quem explicou o que acontecera: que a vó tivera outro ataque, apenas algumas horas antes, de tanto chorar por causa do que as idiotas das Güeras contaram quando foram visitá-la naquela tarde, a fofoca de que a polícia havia pegado o moleque e o acusado de matar a Bruxa, de ter jogado seu cadáver no canal de irrigação, e Yesenia teve vontade de estapear a Bola por causa dessa imprudência. Por que diabos deixara essas idiotas desgraçadas entrarem, se ela claramente tinha ordenado à Vanessa que se trancassem, que não deixassem ninguém entrar, muito menos essas idiotas? E foi quando se deu conta, ao passar os olhos pelos rostos compungidos ao redor da cama da vó, que a filha da puta da Vanessa não estava lá porque a vagabunda decerto aproveitou que a tia a deixou solta para ver o namorado, o maconheiro grenhudo que ficava rondando a saída do colégio, de modo que Yesenia não teve opção além de sair do quarto, sair de casa, caminhar pela rua até a casa das Güeras e bater na porta com os punhos, os pés e gritar suas velhas fofoqueiras malditas, quanta vontade de encher o saco da vó com suas merdas, porque era isso ou surrar a Bola por ter parido essa menina escrota imbecil incapaz de obedecer às ordens mais simples. As Güeras não abriram a porta por nada; e mais, nem sequer ousaram olhar pela janela, porque sabiam muito bem que Yesenia era capaz de derrubar a parede a chutes se respondessem com alguma insolência, de modo que não se atreveram nem a acender as velas do altar da Virgem, nem sequer quando Yesenia cansou de gritar e voltou para casa, onde se pôs a esperar, cercada de primas e sobrinhas, a chegada de Picapiedra, que tinha ido a Villa buscar um médico, e a chegada também da idiota da Vanessa, a quem Yesenia jurou que daria um golpe com a corda molhada no momento em que a imbecil ousasse passar pela porta, enquanto a vó resfolegava de esforço para se manter viva, já sem conseguir falar, sem tirar os olhos do teto por mais tempo do que esse instante terrível no qual Yesenia pousou a cabeça da vó no seu colo para acariciar seus ásperos cabelos brancos e dizer que estava tudo bem, que tudo sairia bem, que logo o médico chegaria para curá-la, que aguentasse um pouco mais e fosse forte por ela, por elas, por suas netas que a adoravam, mas as palavras secaram na sua boca quando a velha tirou o olhar do teto e cravou suas pupilas brumosas nas de Yesenia, e sabe-se lá como, sabe-se lá de que maneira Yesenia soube, por Deus do céu, que a sua vó a olhava como se soubesse o que ela fizera, como se pudesse ler sua mente e soubesse que foi ela quem delatou o moleque imbecil, a que disse aos policiais de Villa onde o desgraçado vivia para que fossem prendê-lo. E soube também, enquanto se afundava nos olhos cada vez mais raivosos da velha, que sua vó a odiava com toda a alma e que naquele momento mesmo a xingava, e Yesenia, com um fiapo de voz, quis pedir perdão e explicar que tudo tinha sido pelo próprio bem dela, mas foi tarde demais: outra vez, a vó tinha golpeado Yesenia no lugar mais dolorido, pois morreu naquele instante, tremendo de ódio nos braços de sua neta mais velha.

IV

A verdade, a verdade, a verdade é que ele não viu nada, jura pela sua mãe, que descanse em paz, pelo que há de mais sagrado, que ele não viu nada; nem sequer soube o que esses desgraçados fizeram para ele, sem sua muleta como iria descer da caminhonete, e além disso o moleque tinha dito que ficasse esperando ao volante, que não desligasse o motor nem se movesse, que era tudo coisa de minutos para vazar dali, ou foi isso que Munra entendeu e depois não soube de mais nada, nem desceu para ver, nem muito menos espiou pela porta aberta, e embora na verdade tivesse sim vontade de ver não caiu na tentação de olhar pelo espelho retrovisor, o medo falou mais alto.

Porque de repente o céu ficou escuro, se encheu de nuvens, açoitando as matas do canavial contra o solo, e ele pensou que logo cairia a chuva, e até viu com clareza a maneira como das nuvens escuras surgia de repente um raio mudo que caía sobre uma árvore que torrou em silêncio absoluto, um silêncio tão espesso que por um instante até pensou que ficara surdo porque a única coisa que ouvia era uma espécie de zumbido seco que ricocheteava dentro de sua cabeça, e os rapazes tiveram de sacudi-lo para que reagisse, e foi então que se deu conta de que não estava surdo, de que podia escutar os gritos daqueles dois desgraçados pedindo que acelerasse, que acelerasse, já, maldito coxo, mete o pé até o fundo, o motor já está ligado, para vazar dali o quanto antes e chegar à brecha que levava ao rio, rodear Playa de Vacas e entrar em Villa pelo caminho do cemitério, cruzar o centro pela avenida principal, com seu único semáforo e o parque, até chegar de novo à estrada em direção a La Matosa, todo esse tempo pensando em como seria agradável chegar em casa e se enfiar na cama com uma garrafa de aguardente e beber até perder a consciência, esquecer tudo, esquecer inclusive que havia dias que Chabela não voltava, esquecer a maneira como os faróis da caminhonete tornavam a escuridão que os rodeava ainda mais densa enquanto fugiam a toda a velocidade por aquela brecha e as risadas daqueles idiotas que ficaram fazendo piadas que ele não entendia e, ao final, quando se encontrava já deitado em sua cama, até sentiu vontade de tomar um dos comprimidos de Luismi porque cada vez que fechava os olhos e tentava dormir seu corpo começava a tremer e o estômago se encolhia e a cama desaparecia e era como se estivesse pendurado sobre um precipício, a ponto de cair no abismo, e então abria os olhos e se revirava na cama e voltava a tentar dormir e voltava a sentir a vertigem e tentava ligar para Chabela, mas o telefone continuava desligado, e assim passou a noite toda, e até chegou a pensar que seria melhor sair para o pátio, atravessá-lo e pedir a Luismi que desse um dos seus comprimidos para ver se assim conseguia dormir direto até o meio-dia, mas no fundo ele sabia que, sem a sua muleta, não seria capaz de cruzar a escuridão do pátio para chegar ao quarto do moleque, assim acabou se resignando e continuou se revirando na cama até finalmente cair em um cochilo intranquilo que durou até a hora em que os galos distantes começaram a cantar e o sol emergiu por trás da janela. Não queria se levantar, mas não suportava mais o calor daquele quarto nem o fedor do seu próprio corpo nem o vazio da cama que compartilhava com Chabela, então se pôs de pé do jeito que conseguiu, agarrando-se aos móveis e até às paredes, e saiu ao pátio para mijar e se lavar, e sabe-se lá que horas eram, mas o moleque ainda não dava sinais de vida, nem daria naquele dia, porque lá do pátio Munra viu-o atravessado sobre o colchão que ocupava quase todo o peso do seu quartinho – sua casinha, como ele a chamava – com a bocona aberta e as pálpebras semicerradas, quase roxas de inchadas. Com certeza demoraria mais um dia para acordar, a julgar pela quantidade de comprimidos que tomara na noite anterior, e de fato o idiota do Luismi não reviveu antes da noite de domingo, quando Munra o viu atravessar o pátio tropeçando para pegar a rua que levava até a estrada, onde certamente tentaria conseguir mais dinheiro e comprar esses comprimidos malditos. Munra nunca entendeu a graça que ele via naquelas porcarias: como era possível que alguém quisesse ficar feito um idiota todo santo dia, com a língua grudada no céu da boca e a mente em branco como uma televisão sem sinal; pelo menos com o álcool as coisas boas ficavam melhores e era mais fácil de suportar as merdas, e com a maconha acontecia mais ou menos a mesma coisa, pensava Munra; mas com esses comprimidos que Luismi tomava como se fossem balas nunca sentia nada além de puro sono, uma vontade desgraçada de deitar para dormir e apagar, e até isso era sem graça, não era para sonhar coisas loucas e alucinar como diziam que acontecia quando se fumava ópio, não, apenas para cair num sono pesado e desgraçado do qual você despertava com uma puta sede e a cabeça como uma bomba e os olhos tão inchados que não dava nem para abri-los, sem se lembrar de como chegou à sua cama, nem por que estava todo sujo e até cagado, ou quem tinha quebrado a sua cara. O imbecil do Luismi sempre dizia que as boletas o faziam se sentir de boa, tranquilo, normal, pois, nem ansioso nem tremendo nem com vontade de estalar os dedos ou o pescoço com esse tique que sempre teve desde moleque, esse com o qual estalava o pescoço jogando a cabeça para um lado como uma chicotada, e que de acordo com ele só perdia quando engolia esses comprimidos malditos, pois logo que parava de tomá-los voltavam os tremores e os tiques, junto com outras sensações de merda, como essa de que as paredes se moviam e ameaçavam cair em sua cabeça, ou a de que os cigarros não tinham gosto de nada, ou de que sentia que o peito se fechava e ficava sem ar, enfim, puros pretextos que o moleque inventava para não parar de tomar essas porcarias. Nem quando trouxe a vagaba da Norma para viver com ele na sua casinha conseguiu largá-las por completo, embora nos primeiros dias ele estivesse realmente convencido de que já não iria mais tomar nada, só cerva e baseado, nada de comprimidos, mas a intenção não durou mais do que três semanas, até que a desgraçada da Norma o traiu e jogou a polícia para cima dele para que o botassem na cadeia por algo que nem fora culpa dele, se o seu único pecado foi ter tentado ajudar essa mina desgraçada mosca-morta que revelou ser problema puro, transtorno puro. Munra nunca gostou dessa novinha, sempre pareceu uma falsa, com seu teatrinho de menina bem-comportada que não quebrava um prato e sua voz fininha de pentelha que enfeitiçou todo mundo, até a Chabela, quem diria; ela que achava conhecer de longe todos os truques que existem por conviver com as quengas do Excálibur, mas nem mesmo ela foi salva de cair na enganação da maldita Norma: dois dias depois que ela chegou, a maldita Chabela já andava dizendo que a novinha aquela era como a filha que sempre quis, que era tão boa, tão prestativa, tão comedida, tão tão que já parecia uma campanha, a filha da puta, e Munra só ouvia e estalava a língua, enojado de tanta baboseira que saía da boca da sua mulher. Ficava irritado de vê-la ali na casa, cozinhando no fogão e lavando os pratos ou só arrodeando a maldita Chabela, com esse sorrisinho hipócrita nos lábios e as bochechas vermelhas de índia e essa expressão fingida de inocência, dizendo sim a tudo o que Chabela falava. Sua mulher estava tão enfeitiçada pelas atenções da novinha que até esqueceu que agora dois babacas se alimentavam às suas custas, e não apenas um, e Munra francamente achava muito suspeito tanta harmonia familiar, e não podia deixar de se perguntar que caralhos tramava essa novinha, de onde diabos tinha saído e por que cargas d'água estava ali com o moleque; porque isso de que eram feitos um para o outro, a avó acreditava: que mulher em sã consciência gostaria de viver num quartinho no fundo do pátio com esse moleque com cara de cachorro esfomeado? Munra tinha certeza de que havia algo esquisito nessa história toda, mas ao final decidiu ficar calado porque ultimamente esse imbecil do Luismi de todos os modos faria o que desse na telha e para que gastar saliva então; se ele uma vez tentou avisá-lo, na tarde em que Luismi se aproximou para pedir o favor de que o levasse à farmácia de Villa para comprar algum medicamento que aliviasse Norma de uma menstruação cheia de dores, e Munra logo pensou que essa desgraçada estava fazendo um teatro para que gastassem dinheiro e gasolina, e dessa vez até recriminou o moleque por se deixar levar pela idiota. Por acaso ele não sabia que aquilo era normal, que todo mês as mulheres sangravam pelo rabo e que não precisavam de remédio, esses absorventes Luismi podia comprar da dona Concha ali mesmo em La Matosa, sem necessidade de ir até Villa. Sério que ele era tão ignorante assim? Mas o moleque começou a tagarelar que aquilo era diferente, que Norma estava sofrendo muito e que tinha até o corpo quente, mas no fim Munra conseguiu convencê-lo de que tudo aquilo era normal e o moleque voltou para sua casinha e Munra pôde ver os dois jogados sobre aquele colchão imundo, o Luismi abraçando-a como se estivesse moribunda, essa palhaça idiota, pensou Munra, embora ao final, quem diria, a coisa era séria mesmo e até tomou um belo susto naquela madrugada quando o moleque quase arranca a porta a chutes para que abrissem porque carregava Norma nos braços, e ela tinha a pele verde e os lábios brancos e os olhos virados para dentro como se estivesse endemoniada e as coxas cheias de sangue que ainda não tinha secado e que pingava sobre a terra, e o moleque parecia louco e falava da mancha que ficou no colchão, da quantidade de sangue que Norma estava perdendo, que por favor os levassem para o hospital de Villa naquele instante, e Munra disse a Luismi que os levaria, mas que primeiro colocasse algo debaixo de Norma, um pano ou um cobertor, porque não queria que o sangue manchasse os assentos da caminhonete, e Luismi fez isso, mas tão mal que no fim o estofado ficou todo embarrado, e Munra nunca teve a chance de reclamar com o moleque ou de limpar aquela porcaria por causa de tudo o que aconteceu depois dessa noite, depois de levar Norma ao hospital e depois de ter ficado esperando como um idiota do lado de fora até que alguém saísse e falasse como estava a novinha, sentados em um jardim até o meio-dia, quando o desespero foi demais para Luismi e ele entrou no hospital para perguntar o que estava acontecendo, porque ninguém dizia nada, e quinze minutos depois de entrar o moleque já estava de volta, com cara de cachorro surrado e resmungando que uma trabalhadora social mandou a polícia para cima deles, mas não quis contar nada para Munra no caminho de volta a La Matosa, nem sequer quando já estavam dentro da Sarajuana, onde Munra o levou para tomar uma cerveja que a idiota da neta da Sara entregou quase no mesmo instante. *No quiero que regreses nunca más*, cantava o rádio, *prefiero la derrota entre mis manos*, na estação das canções *rancheras* que Munra tanto detestava, *si ayer tu nombre tanto pronuncié*, por que não botavam uma salsa?, *hoy mírame rompiéndome los labios*, mas o moleque, quem diria, falando sério, seus olhos foram ficando vidrados e vermelhos, como se estivessem a ponto de gritar, e Munra até pensou que Norma havia morrido, ou que estava em situação muito grave e precisaria de uma operação complicada e muito cara, mas três cervejas depois o moleque continuava sem desembuchar, e não falou nada nesse dia, nem sequer depois que Munra o levou para Villa a fim de percorrerem os bares em busca de Willy para que ele vendesse uma cartela desses malditos comprimidos que estava havia três semanas sem tomar, e sabe-se lá quantos tomou de uma só vez porque logo o imbecil do Luismi já estava jogado no chão, completamente fora de si, e Munra teve de pedir a uns caras para que o ajudassem a botá-lo na caminhonete, onde acabou dormindo naquela noite porque Munra não conseguiu acordá-lo, menos ainda tirá-lo de lá sozinho quando enfim chegaram a La Matosa. Sabe-se lá que horas eram quando Munra acordou na manhã seguinte, porque a bateria do seu telefone acabara, e o celular estava morto, e Chabela ainda não tinha voltado do trampo, e isso o inquietou um pouco, porque ultimamente acontecia com maior frequência que Chabela desaparecesse por dois ou três dias seguidos, supostamente divertindo seus clientes, mas a desgraçada nem avisava. Tentou encaixar o celular na tomada para ligar na mesma hora para sua mulher e reclamar do abandono, mas uma onda de náusea o deixou a ponto de cair de ponta-cabeça no chão, quando se agachou para buscar o carregador do telefone ao lado da cama, então decidiu recostar-se por mais um tempo, com o perfume de sua mulher impregnado nos lençóis como se a desgraçada tivesse entrado sorrateira de madrugada para salpicá-lo com seu perfume antes de sair para a rua e seguir aprontando, ou como se tivesse voltado enquanto ele dormia e ficado ali, contemplando-o da soleira do quarto, uma sombra imersa nesse silêncio raivoso que Munra temia mais que os gritos, e por isso começara a explicar o que tinha acontecido na noite anterior: minha vida, o moleque teve de carregar Norma que sangrava; parecia morta, a desgraçada, e no hospital por pouco a polícia não nos pega, desgraçados filhos da puta, mas de repente se deu conta de que estava falando sozinho, de que não havia ninguém no quarto, de que a sombra que confundiu com Chabela tinha evaporado, e depois de conectar seu celular no carregador e esperar para que o aparelho ligasse descobriu que Chabela não havia mandado nem uma só mensagem de texto, nada, nenhuma explicação, nem sequer uma lorota, a safada. Discou seu número; cinco vezes seguidas pressionou o botão para repetir a chamada e cinco vezes deu caixa. Vestiu uma camisa e uma calça que encontrou jogados no chão, procurou sua muleta, que sabe-se lá como acabou enfiada debaixo da cama, e saiu para comprovar que o moleque continuava vivo e que não tinha gorfado na caminhonete, e sim ainda estava lá, enrolado sobre o assento do carona, com a bocona aberta e os olhos semicerrados e os cabelos aplastados contra o vidro. Louco, disse, batendo na janela com a palma da mão para que ele reagisse, antes de abrir a porta. Aquilo estava um forno. Como aquele cretino conseguia aguentar o calor ali dentro, o suor que empapava as roupas e escorria em fios pela testa? Louco, bora curar a ressaca, disse Munra, ligando o motor, e o moleque assentiu, sem sequer olhar para ele. Munra nem perguntou se ele tinha dinheiro; sabia que não, mas precisava mesmo de uma sopa e uma cerveja para se recuperar daquela enxaqueca palpitante que começava a martelar seu cérebro, e além disso queria que o moleque contasse direito a história do que se passara com Norma, embora logo se arrependeu de convidá-lo, porque o moleque começou a pedir cervejas como se estivesse no Sarajuana, onde o litrão custava trinta mangos, enquanto ali no postinho de tacos de Lupe la Carera cada *long neck* saía vinte e cinco, mas valia a pena porque todo mundo sabia que a Lupe la Carera preparava o melhor caldo de carneiro feito com carne de cachorro, embora na opinião de Munra não fizesse diferença que aquelas tiras suculentas que ele mastigava pacientemente com os dentes que restavam fossem de carneiro, cachorro ou humano, a graça estava no molho que Lupe la Carera preparava com suas mãozinhas santas e que ficava tão saboroso e estava tão cheio de propriedades curativas que logo fizeram com que se sentisse outra vez como um ser humano, e até teve a esperança de que Chabela decerto voltaria para casa a qualquer momento; devia estar só aprontando por aí com uns clientes e não tinha por que armar um barraco, nem andar pensando que a desgraçada finalmente resolvera abandoná-lo, não é? E até teve vontade de ir para Villa e dar uma volta pela Concha Dorada para cumprimentar o pessoal e aproveitar o dia. O moleque, por outro lado, parecia deprimido pra cacete, sentado ali com a cabeça inclinada e os braços caídos para os lados, sem encostar na tigela de sopa, a colher intacta sobre a mesa de madeira salpicada com pedacinhos de cebola e coentro, e louco, Munra começou a dizer, sentindo já no fundo das tripas o ódio que às vezes lhe assomava ao ver o moleque todo cuzão, todo lesado, e nesses dias não era mais por encher a lata com o pessoal no parque ou nos bares para não precisar falar com ninguém, escutar ninguém, encerrar-se dentro de si mesmo e se desconectar do mundo, e Munra às vezes sentia vontade de estapeá-lo para que reagisse, mas sabia que não adiantaria nada, que o moleque imbecil já estava grande o bastante para saber o que fazia, as merdas em que se metia, como essa história de Norma. Ei, louco, chamou, o que aconteceu com a sua mina? O idiota do Luismi afundou mais ainda os ombros e apoiou os cotovelos na mesa e começou a alisar a juba desgrenhada, e Munra insistiu, caralho, que bosta, o que foi que houve, e o moleque, dramático como a puta que o pariu, os dois eram iguaizinhos, suspirou profundamente e balançou a cabeça e logo esvaziou a garrafa de cerveja num só gole e fez um gesto para Lupe la Carera servir a terceira – filho de uma puta, custavam vinte e cinco mangos a *long neck* – e esperou que abrissem a garrafa para começar a contar a Munra o que aconteceu quando entrou na sala de emergência para perguntar a respeito de Norma, e as enfermeiras todas se faziam de idiotas e acabaram levando-o a um escritório cheio de papéis onde uma senhora de cabelo pintado de loiro se apresentou como assistente social do hospital e pediu os documentos de Norma, sua certidão de nascimento e a certidão de casamento que comprovava que ele e Norma estavam legalmente casados, e ele não tinha nada disso, é claro, e então essa velha disse que a polícia já estava a caminho para prendê-lo, por abuso de menores, pois vai saber como ficaram sabendo no hospital que Norma era menor de idade, que só tinha treze anos e... o gole de cerveja que Munra tomou desceu errado e ele começou a tossir, impactado pelo que o moleque contou, porque a pura verdade é que ele não fazia ideia de que Norma era tão jovem, quase uma criança, caralho, nem se notava, talvez porque era cheinha, meio cavalona. Vá para puta que pariu, maluco, conseguiu grasnar quando enfim parou de tossir: você é um idiota cara de pau, como foi se meter com uma mina de treze anos, por puro milagre que não o botaram em cana, se bem que você sabe que não pode se casar com uma mina tão nova, desgraçado, e o outro imbecil ficou meio que sim, que podia sim, porque Norma não era uma criança, mas uma mulher, e madura o bastante para decidir com quem ficar, porque como era possível que sua avó já estivesse casada aos treze com o pai da sua tia Negra, e Munra, alisando o bigode: maluco, isso não vale porra nenhuma; isso era antes, agora as leis mudaram, seu imbecil, não dá mais, agora nem com a permissão dos pais dá para casar com uma mina tão jovem, então aguenta o tranco, essa história acabou, esquece essa mina, é problema demais; decerto foi ela quem jogou você na cara da assistente social, para que o pegassem, as mulheres são todas safadas assim, ele disse. Mas o moleque imbecil nem sequer escutava, só balançava a cabeça, negando tudo sem parar para pensar de fato: não, ele dizia, não posso abandoná-la, tenho de encontrar um jeito de tirá-la dali, de resgatá-la, porque a pobrezinha não tinha ninguém além dele; não podia decepcioná-la, ainda mais agora que estavam esperando um bebê e ainda não sabia como, mas ele encontraria um jeito de tirá-la daquele hospital para ficarem juntos, e enquanto balbuciava todas essas baboseiras Munra o olhava em silêncio e pensava nas coxas encharcadas de sangue de Norma, e na mancha que deixou no assento da caminhonete, e duvidou seriamente que aquela novinha continuasse grávida, se é que em algum momento esteve, se é que essa barriga não era de lombriga; malditas mulheres, não há uma só que não goste de fazer um drama desses para prender os homens e estragar sua vida, embora tenha se cuidado para não expressar essas suspeitas em voz alta, porque afinal de contas que diabos importava para ele aquela confusão toda: nem Norma, nem Luismi nem o suposto filho de ambos eram problema dele; o idiota do Luismi já era grande o suficiente para se virar sem que Munra precisasse ficar cuidando dele, dizendo o que ele devia ou não fazer, sem contar que no passado o moleque idiota não fez mais do que desprezar os conselhos que Munra lhe deu desinteressadamente, para acabar fazendo sempre o que lhe dava na telha em vez de ouvir as sábias palavras do seu padrasto. Igualzinho a Chabela. Os dois iguais de idiotas. Piores do que mulas, caralho, e além disso cheios de soberba: não dava para dizer nada a eles, tudo sempre era motivo de discussão, até que alguém terminasse cedendo, ficando com cara de idiota e até pedindo desculpas por ter ofendido.

Como aquela vez, um ano atrás, que Munra conseguiu esse trampo de promotor do candidato à prefeitura de Villagarbosa, onde o Partido, ou seja, o próprio governo, pagava Munra em dinheiro vivo por cada pessoa que ele levasse para se filiar à campanha, e onde além disso fez amizade com o pessoal da política, gente importante que na rua o reconhecia e lhe acenava e o chamava de seu Isaías, e não Munra como o monte de abobados do povoado, e até ficou meio famoso por um tempo porque um dia o próprio Adolfo Pérez Prieto, que na época era candidato à prefeitura de Villagarbosa, pediu para tirar uma foto com ele, com Munra, que nesse dia vestia uma camiseta com o logo do Partido e o boné com o nome de Pérez Prieto, e alguém inclusive tirou sabe-se lá de onde uma cadeira de rodas onde o sentaram para que Pérez Prieto saísse empurrando-o na foto, os dois sorrindo, e Munra nunca tinha visto uma foto tão grande do seu rosto como a que depois botaram em um outdoor espetacular na estrada, na entrada de Villa, vindo de Matacocuite, e que dizia algo como "Pérez Prieto cumpre suas promessas", e de fato cumpriu, porque doaram a cadeira de rodas depois de tirar a foto, embora Munra não gostasse de cadeiras, sentia que o faziam parecer um maldito inválido, um ser decrépito que não podia nem se mover quando na verdade Munra conseguia caminhar bem, inclusive sem muletas, caralho, nem faltava nada para ele, lá estavam suas duas pernas inteiras, uma junto à outra, a esquerda um pouquinho mais torta, não? Um pouquinho mais curta que a outra, e meio que enfiada para dentro, mas bem viva, seus desgraçados, bem encaixada e colada ao seu corpo, não? Ele realmente não precisava de cadeira de rodas nenhuma, certo? Por isso a vendeu; já bastavam sua muleta e sua caminhonete que o levava para todos os lugares que quisesse, e foi uma pena que esse trampo só tenha durado seis meses, porque ganhou uma boa grana apenas por andar por aí nos eventos políticos aplaudindo tudo o que Pérez Prieto dizia, com gritaria e assovios, Pérez Prieto, Pérez Prieto, rá rá rá, e sério: só por fazer isso, o pessoal do Partido pagava duzentos mangos por dia e mais duzentos por cada pessoa que ele levasse para se registrar, mais comida à vontade que entregavam cada semana, mais ferramenta para o campo e até material de construção, e isso porque Munra nunca votou em ninguém na sua vida, talvez por isso tenha sido mais fácil convencer Chabela a entrar também de promotora, pois ali no Excálibur, entre as quengas que gerenciava e os clientes, podia conseguir muitas afiliações e ganhar uma graninha extra que não caía mal para ninguém, não é? Mas Chabela levou a mal; foi como se em vez de oferecer um conselho ele tivesse dito: Chabela, vá tomar no cu; ficou tão indignada que começou a gritar no meio da rua que ele era um imbecil, um completo idiota lesado da cabeça se achava que ela, ELA, ficaria pedindo esmola com os vagabundos do Partido como você, Munra cretino, não tem mãe nem dignidade nem uma pontinha de vergonha na cara, seu vagabundo imbecil, chega a dar pena; vá tomar no meio do seu cu se você acha que eu tenho tempo para ficar cheirando o peido do Pérez Puto, e assim, do lado de fora da Concha Dorada, com as pessoas que passavam pela rua cagando-se de rir deles, dos insultos e xingamentos de Chabela, e Munra teve de engolir a raiva, porque já sabia que seria inútil, ou até mesmo suicida, tentar discutir em público com sua mulher: seria como engolir uma granada sem pino. Então não disse nada, mas prometeu a si mesmo que nunca voltaria a comprar porra nenhuma para ela com esse dinheirinho que ele ganhou honradamente com as campanhas; ela que se fodesse, maldita Chabela, por ser tão desgraçada, nefasta e arrogante. Mas o que nunca esperou foi que o idiota do Luismi também enchesse o saco e saísse com a mesma história da sua mãe, porque o cuzão esse, para variar e não perder o costume, estava sem trampo e sem grana e nem sequer sabia o que pretendia fazer da vida, e Chabela vivia reclamando de que ele nunca tinha dinheiro, de que nunca ajudava com a casa nem pagava o aluguel, e até quando o desgraçado pretendia viver às custas dela, se já tinha dezoito anos, ele que deveria estar ganhando dinheiro para sustentá-la, sua mãe que o pariu com tanta dor e sacrifício, tirá-la do trabalho em vez de passar os dias enfiado com a Bruxa, ou nos bares da estrada, ou no parque de Villa com os vagabundos, gastando o pouco dinheiro que caía em sua mão com esses vícios malditos. Por isso Munra resolveu convidar o moleque para a campanha: olha só, disse, é bom para você, é só até as eleições; nem precisa votar no cretino do Pérez Prieto se não quiser, o lance é ir aos eventos e que o vejam empolgado, ficar ali para ver o que aparece, e o moleque idiota disse que não, não queria, que a política era uma merda, e que ele não queria se ajoelhar por três pesos miseráveis, preferia esperar para que caísse enfim esse trampo da Companhia que haviam prometido: o maldito trampo da

Companhia, um sonho idiota, sabe-se lá de onde o moleque tirou, que lhe dariam um trabalho nos campos petroleiros de Palogacho, um trampo de técnico segundo ele, com todos os benefícios que o sindicato oferecia aos petroleiros, e por mais que Munra tentasse fazê-lo cair na real, por mais que tentasse convencê-lo de que aquilo nunca aconteceria, porque havia anos a Companhia Petroleira não contratava ninguém que não fosse parente direto ou recomendado pelos líderes sindicais, e ademais esse moleque não entendia nada de poços ou petroquímica, nem sequer terminara o ensino médio, e para piorar estava magro como um cotonete e não pesava nem metade de um barril que supostamente teria de ficar carregando, mas não adiantou nada, nadinha, que Munra tentasse fazê-lo compreender que a promessa desse trabalho era lorota pura, uma ilusão que não devia ser alimentada, e tudo por culpa do tal amigo engenheiro esse que supostamente iria conseguir enfiá-lo na Companhia. Besteirada pura que o moleque engoliu por completo; um bagulho delirante que acabaria saindo muito caro porque ele ficava andando por aí esperando que o engenheiro cumprisse o prometido, e assim o moleque deixou passar um montão de boas oportunidades que surgiram nesses anos, como aquela oferta que um cliente da Chabela fez, um senhor que segundo ela era dono de sua própria frota de trailers e que um dia ouviu Chabela reclamar de como era inútil e folgado o seu filho, porque não conseguia encontrar trabalho, e o sujeito disse à Chabela que estava sem ajudante para a viagem à fronteira que logo iria empreender, por que não dizia ao moleque que falasse com ele no dia seguinte, no primeiro horário da manhã, para ver se gostava do trampo e se tinha habilidades, talvez até pudesse ajudá-lo a tirar carteira de motorista para que começasse a trabalhar como motorista para ele, e a Chabela chegou bem emocionada nessa manhã, feliz porque a coitada pensava que enfim encontrara uma maneira de acabar com a vagabundagem do filho, mas o desgraçado disse que não, que nem fodendo, que esse trampo de ajudante não interessava, que ele não queria trabalhar num trailer, que preferia esperar que seu amigo engenheiro desse essa chance de entrar na Companhia, e, puta que pariu, que surra a Chabela deu nele: até rasgou sua camisa de tanto que bateu enquanto gritava que ele era igual ao canalha do pai, um merda que nem ele, um cretino que valia mais morto do que vivo, e o troço ficou tão feio que por um instante Munra achou que o moleque devolveria as porradas em Chabela, pelo olhar de louco e pela maneira como levantou os punhos para se defender, mas por sorte não deu em nada, e que bom, pois a última coisa que Munra queria era ter de se meter no meio da briga dos dois; havia anos aprendera que o melhor era deixar que gritassem tudo o que queriam, como dois cachorros furiosos que não conseguiam parar quietos, que não soltam a presa até que a destrocem por completo.

Se resolvesse dar uma de idiota e se meter no meio, ia se arriscar a tomar uma mordida, então não, nem fodendo; eles que se ralassem, de toda maneira sempre acabavam fazendo o que lhes dava na telha; por que perder tempo explicando ao moleque como quem trabalha com trailers ganha bem e a quantidade de mulheres e de lugares que teria a oportunidade de conhecer, e de como esses caras nunca ficam muito tempo no mesmo lugar, estão sempre se deslocando por todo o país, e não presos num maldito povoado com um calor insuportável; do que adiantava pintar tudo com cores lindas se ao final o desgraçado inventaria que não podia porque continuava esperando que caísse do céu esse trampo na Companhia, e Munra não podia acreditar que o moleque era idiota o bastante para achar que aquilo era verdade, pois, afinal, quem era esse engenheiro, supostamente seu amigo? Por que um cabra tão foda e influente queria ajudar um moleque idiota que não presta para nada, se nem parente era? Várias vezes esteve a ponto de perguntar ao mané o que esse tal de engenheiro estava pedindo em troca de tal favor, como que o moleque iria pagar-lhe por um lance dessa magnitude, mas como intuía qual era a resposta melhor se fazer de tonto. Que diabos importava para ele, afinal? Já estava de saco cheio desse assunto. Problema do moleque se ele queria engolir a lorota essa, se não queria aceitar que tudo era uma baboseira do seu suposto amigo, o engenheiro, que para piorar tinha deixado de atender às suas ligações fazia meses; problema dele se quisesse continuar acreditando em Papai Noel e nos Reis Magos, porque afinal de contas cada um faz o que quer da sua vida, não é? E que direito tinha ele de se meter na vida do moleque? Nenhum, certo? Que fizesse o que desse na telha, diabos, já era grande o suficiente para acreditar que a vida é como aparece na TV, como nos contos de fadas, e cedo ou tarde ele mesmo perceberia que essa história de trabalho na Companhia Petroleira era bobagem, assim como teria de aceitar que sua relação com Norma não prestava: a novinha era problema do hospital e do governo, e o que Luismi deveria fazer era parar de besteira e arranjar uma mulher de verdade: uma mulher, não uma novinha idiota como a desgraçada da Norma, uma imbecil que, logo que sentiu a água bater na bunda, jogou o marido aos leões; isso tudo é merda de uma menina imbecil brincando de casinha. Preste atenção: arranje uma mulher de verdade, uma que saiba cuidar de você, que trabalhe, como a Chabela. E Luismi, com os olhos cheios d'água, ali em pleno quiosque de caldos, respondeu, quase gritando, que não pensava em abandonar Norma nunca, e que preferia morrer a ficar separado dela, e até Lupe la Carera levantou os olhos da churrasqueira para ver qual era a do moleque. Calma, calma, murmurou Munra desconcertado. Desde que o conhecia, a vida não valia nada para o moleque; não se importava com nada além dos seus comprimidos e das baladas. Calma, calma, repetiu, e, subitamente inspirado, apontou o dedo para o moleque, sarcástico: estou achando, Munra disse, e Luismi logo se pôs na defensiva: O quê?, gritou, está achando o quê, idiota? Estou achando que a idiota da Norma fez uma amarração. Tomar no cu, retrucou Luismi. Não se faça de idiota, zoou Munra; você sabe do que estou falando. Sabe como é quando as mulheres querem amarrar você: pegam umas gotas de sangue sujo delas e sem que você se dê conta jogam na sua água ou no caldo, ou pingam uma gotinha no seu calcanhar quando você está dormindo, e isso é suficiente para deixar você louco por elas, assim como você está pela Norma, não se dá conta? E há mulheres ainda mais desgraçadas que vão ao morro recolher uma trombeteira, uma flor que parece uma trombeta que cresce ao nível do chão na temporada de chuvas, e com essas flores fazem um chá que deixa você todo idiota e dominado, rendido aos pés delas como um escravo, sem que você sequer suspeite. Não finja que não sabe do que estou falando, se a sua mãe sempre conta das feitiçarias que as mulheres do Excálibur fazem com os homens para deixá-los idiotas e conseguir roubá-los ou para que fiquem obcecados por elas e as levem para casa e as tornem mulheres decentes. Mas o moleque, que por fim tinha se prestado a ouvi-lo com algo parecido com atenção, só balançava a cabeça e dizia que não, não, Norma não era assim, Norma nunca seria capaz de fazer algo assim, e Munra riu da inocência do moleque: todas são iguais, mané; todas são truqueiras, capazes das piores sacanagens só para ter você ao lado, e o moleque acabou ficando emburrado e a partir daí se encerrou num mutismo sombrio e rancoroso do qual Munra não conseguiu tirá-lo, nem levando-o depois ao Sarajuana, nem pagando mais uma rodada dessa merda de cerveja morna que já era tradição do bar, ou melhor, culpa da geladeira velha do ano do caldo, de quando Sarajuana debutou como rainha do carnaval de Villa, sabe, lá quando as cobras tinham patas. Princesa, Munra voltou a dizer pela enésima vez à neta de Sara, por que você não vai picar gelo e enfia ali com as cervejas logo cedo, para quando eu chegar elas estarem bem geladas? A mina já conhecia Munra e se limitava a estalar a língua e pôr a mão na cintura para revidar: nem se você fosse gostoso, mané; se não gostou a porta de saída é bem grande, e Munra mandava ela tomar no cu com um gesto de braço, porque nenhum dos dois se ofendia de fato, porque ambos sabiam que Munra acabaria voltando ao bar, e não porque a mulher fez alguma bruxaria, e sim porque era o bar mais perto da sua casa: quinhentos metros de rua de terra batida, nem precisava fazer a volta, só subia na caminhonete e seguia reto e chegava em frente à sua casa, sem precisar pegar a estrada, sem precisar se expor a outro acidente como o que quase tirou sua perna, no ano de 2004, 16 de fevereiro de 2004, como poderia esquecer: aquele caminhão que quis fazer um retorno em U com os faróis apagados na altura de San Pedro, filho da putíssima; Munra andava tão desligado que nem o viu e se estatelou contra ele e os ossos da perna viraram poeira; os médicos disseram que teriam de amputá-la, mas ele disse que não, nem fodendo, que não se importava se a pata ficasse torta ou que faltassem pedaços de osso, a pata era dele e ninguém a cortaria, e os médicos falaram que não, não podia; que essa perna nunca mais serviria para nada de toda maneira, e que além disso representava um risco de infecção muito elevado, mas Munra não cedeu e com a ajuda de Chabela escapou do hospital um dia antes da amputação, e no final das contas mostrou que todos os médicos estavam errados, aqueles putos, porque a perna não infeccionou e ele não morreu, só ficou meio metida para dentro, não é?, como se tivesse dobrada a partir do pé, mas mesmo com tudo isso dava para caminhar, inclusive conseguia dar bons passos sem as muletas, certo? Não era como se tivesse de ficar preso numa cadeira de rodas, não é? E, além disso, tinha a caminhonete; comprou de um velhinho em Matacocuite que a trouxera do Texas, saiu bem barata, trinta mil mangos, metade do que recebeu da empresa do caminhão que o atropelou como indenização pelo acidente. Aquela caminhonete se mostrou muito boa e quando ele ia pela estrada a cem por hora, numa reta, com as janelas abertas, vendo tudo de cima, bem fodão, era como se o acidente nunca tivesse acontecido, como se ele ainda fosse o mesmo cara que percorria o litoral na moto, levando entregas entre as agências do litoral, o safado que dançava salsa até o amanhecer e que agarrava Chabela e a carregava e enchia o focinho dela de beijo e a cravava contra a parede para fazê-la gozar até não poder mais, a filha da puta, onde é que ela estava? Por que diabos não o atendia? Nenhum cliente ficava três dias no Excálibur, então ela que não inventasse história; para começo de conversa, não havia tantas mulheres lá, nem eram tão gostosas. Será que ela partira com algum cretino para Puerto sem avisá-lo? Não seria a primeira vez, desgraçada, no Natal do ano passado acabou em Guadalajara, a puta, trabalhando, segundo ela, trampo é trampo, dizia sempre, e Munra em geral concordava, mas aquilo já era demais, aquilo parecia que a filha da puta estava encerrada num quarto do Paradiso, tomando um uiscão e cheirando pó como um aspirador com aquele grande puto do Barrabás, chupando a piroca dele por prazer, e por isso que quando ele ligava atendia a secretária eletrônica que recitava que o número discado estava desligado ou fora da área de cobertura, e já era noite e Munra estava furioso o bastante para pensar em dar uma volta na frente do estacionamento do Paradiso, para ver se a caminhonete Lobo do puto do Barrabás estava ali, mesmo se fosse tomar um pau dos baderneiros que o acompanham por tudo quanto é lugar, meia dúzia de cretinos de *sombrero*, de queixo torto e olhos de assassinos, e quando se deu conta já estava montado na caminhonete indo para casa. Chabela que se foda, pensou, e por pouco não caiu ao descer do veículo, nem sequer tirou a roupa para se deitar, só caiu de bruços sobre a cama, sobre os lençóis revirados e os sutiãs e pentes de Chabela, e teve um sonho que o fez acordar pouco antes do amanhecer, um sonho no qual ele era um fantasma que caminhava pelas ruas do povoado querendo falar com as pessoas, mas as pessoas não lhe davam atenção nem notavam sua presença porque não podiam vê-lo, ninguém o via, era um fantasma e só as crianças pequenas conseguiam vê-lo e quando ele falava com as crianças, elas choravam assustadas e Munra ficava muito triste; de repente as ruas desapareciam e ele estava caminhando pelo morro e atravessava colinas e bosques e pradarias e plantações e ranchos desolados até que de repente chegava a outro povoado e vagava pelas ruas deparando-se com uma casa muito conhecida, a de sua vozinha Mircea, e entrava pela cozinha que sempre estava aberta e assomava à sala e ali estava sua vovozinha, sentada em sua cadeira de balanço, como sempre se lembrava dela, como se não estivesse morta fazia mais de vinte anos, porque no sonho ele era o morto e sua avó estava viva e embora ela também não conseguisse vê-lo era capaz de senti-lo e até escutá-lo, mas pouquinho, como de muito longe, e Munra se desesperava porque tinha algo muito importante a dizer a sua avó, algo de que não pôde se lembrar quando acordou, mas que no sonho era muito urgente, algo de que precisava avisá-la a todo custo, mas que não conseguia comunicar porque só era capaz de falar o idioma dos mortos, e ela não o entendia, por mais que ele berrasse tentando fazer com que ela o compreendesse, e sua avó, que na verdade era uma santa, tão sensível sempre, tão luminosa, sua avó, que descanse em paz, dona Mircea Bautista, sorria e lhe pedia que se acalmasse, que não se preocupasse, que tinha de ser muito bom e estar muito tranquilo para que logo pudesse ir para o céu, com uma voz calma e serena que deixou Munra muito triste quando enfim acordou, com o cheiro da pomada que dona Mircea passava nas mãos, ali grudado nas suas narinas, embora ele estivesse de todo consciente de que se encontrava em sua cama, no quarto que compartilhava com sua mulher, e que tinha as costas empapadas de suor, que ele achava muito frio, apesar do calor abafado que se sentia naquele quarto. Queria continuar dormindo, mas a vergonha e uma dor de cabeça que aumentava de intensidade conforme os minutos passavam o fizeram levantar-se logo em seguida, tirar a roupa até ficar só de cuecas e, apoiado na muleta, saiu do quarto e entrou no banheiro e depois foi direto para o pátio tomar um banho com água limpa do balde. Estava enxaguando o sabão quando viu de repente o moleque passar, descalço e sem camisa, sujo como se tivesse rolado pelo chão, cambaleando em linha reta até a parte de trás do terreno, atrás da sua casa, onde Munra não conseguia vê-lo; e ali ficou por um bom tempo, porque deu tempo até para Munra enxaguar-se e entrar na casa e secar-se e pôr bermudas limpas e voltar a sair para o pátio e cruzar o terreno até o quarto do moleque e ver o que ele estava fazendo ali parado atrás da sua casinha, olhando para um buraco aberto na terra, uma fenda de meio metro de profundidade que o moleque contemplava, pasmo, sem sequer notar a presença de Munra ao seu lado, porque quando Munra enfim disse: quéisso, mano, o moleque deu um pulo e se virou para olhá-lo com cara de espanto, como se Munra o tivesse pegado fazendo algo proibido, mas essa cara durou um ou dois segundos no total porque em seguida pareceu recuperar-se e abriu a boca e disse: nada, e Munra desviou o olhar para o buraco e logo o pousou sobre as mãos do moleque, sujas até os cotovelos, as unhas negras de terra que ele mesmo escavara com as mãos, sem dúvida. O que esse moleque safado desenterrou?, perguntou-se Munra, talvez porque a lembrança do seu sonho persistisse em sua memória, mas lembrou que uma vez havia muitos anos, quando ele era bem jovem e vivia com sua mãe na casa da vovó Mircea em Gutiérrez de la Torre, uma vizinha, uma senhora já idosa que morava na casa do lado, mandou trocar o encanamento da casa e os homens que escavaram em frente à entrada encontraram algo que sua vó chamou de um trabalho, um trabalho de bruxaria: um pote de maionese dos grandes com um sapo imenso flutuando dentro, um sapo morto e meio decomposto que nadava num líquido turvo junto com um par de cabeças de alho e uns galhos de ervas, e sabe-se lá com que outras porcarias que Munra não conseguiu ver porque sua mãe tapou seus olhos e o tirou dali, mas ainda assim ele começou a sentir uma dor de cabeça tremenda, e sua avó teve de purificá-lo com uns galhos de manjericão e um ovo que passou pela sua testa e que depois quebrou e estava podre por dentro, e explicou que aquela coisa tão feia que os homens haviam desenterrado era um trabalho que alguma pessoa má tinha posto ali para fazer uma feitiçaria com os vizinhos; que graças a um poderoso malefício, o sapo entrava no corpo da pessoa que tinha o azar de pisar o lugar onde o trabalho estava enterrado, e que depois de entrar, o sapo aquele começava a comer os órgãos do enfeitiçado, a enchê-lo de imundícies até matá-lo, e Munra, que nessa época era então um moleque de uns cinco ou seis anos, não se lembrava bem de como, mas depois ficou sabendo que o marido dessa senhora morrera meses antes por causa de uma doença que ninguém sabia bem o que era, algo do fígado, diziam, e Munra ainda ficou um bom tempo com dores de cabeça, que sua vó aliviava passando um punhado de manjericão pelo corpo e esfregando álcool nas suas têmporas, e às vezes demorava para dormir porque não podia evitar pensar que talvez tivesse pisado aquele trabalho enterrado enquanto brincava ou cumpria alguma tarefa, e que naquele mesmo momento esse animal repugnante devorava seu cérebro por dentro e logo o mataria, embora com o tempo foi esquecendo essa angústia, tanto que não voltou a se lembrar disso tudo até ver o buraco que o moleque decerto tinha cavado com as próprias unhas, e com a sensação de que talvez ainda não tivesse acordado, de que seguia preso naquele estranho sonho no qual já estava morto e transformado em alma penada, voltou a perguntar ao moleque o que era aquilo, não porque se interessasse pela resposta – Munra já estava convencido de que era um trabalho de bruxaria, não havia outra explicação –, e sim para garantir que o moleque era capaz de ouvi-lo, e comprovar que não seguia preso naquele sonho horrível, mas como Luismi apenas continuava olhando para ele com cara de idiota, como se não o reconhecesse, Munra precisou dar um beliscão na própria orelha para comprovar que estava acordado, que não havia morrido, e se sentiu um pouquinho melhor. Toque fogo, ordenou ao moleque. Seja lá o que foi que você encontrou aí dentro, toque fogo. E o moleque apontou para uma lata chamuscada ao pé de uma palmeira próxima e disse, com uma voz estridente e a língua molenga por causa dos comprimidos, que sim, já tinha queimado, no interior daquela lata, e acabado de atirar as cinzas no rio; pois à noite escutara ruídos atrás de sua casinha e quando saiu para ver o que era encontrou um cachorro ali fora, um animal enorme e branco como um lobo, farejando o lugar do buraco, e que foi assim que o encontrou, e Munra deu um passo para trás porque se por um lado se sentia um tanto mais tranquilo de não estar preso no sonho e que não havia mais nenhum sapo enfeitiçado no buraco, de todos os modos parecia que algo da malignidade daquele feitiço persistia no ar: podia sentir seu peso sobre as têmporas, ele que sempre foi tão sensível a essas coisas. Não devia ter tocado naquilo com suas mãos, disse ao moleque; agora precisa se lavar. Melhor a gente ir embora daqui até que os miasmas se dispersem, propôs; mal não vai fazer. E Munra também queria sair o quanto antes de casa para comprovar se a sua suspeita de que Chabela estava no motel Paradiso com o canalha do Barrabás era verdade, e por isso ordenou ao moleque que ficasse pronto enquanto ele voltava para casa para terminar de se vestir e catar as chaves da caminhonete, o celular e o dinheiro que restava. Mas quando saiu para a rua ele se deu conta de que o moleque não o ouvira: estava parado ali, ao lado do veículo, segundo ele já pronto para partir, mas ainda todo sujo, fedendo a bode e sem sapatos e com a cara coberta de cinzas. Munra precisou falar: maluco, assim eu não levo você para lugar nenhum; você está fedendo pra cacete, não viaja, lava o sovaco pelo menos. E o moleque foi para o barril e meteu a cabeçona na água limpa, como um cavalo, e ficou dando uns mergulhos por um tempo, até escorrer a maior parte da sujeira, e logo Munra precisou emprestar-lhe uma camiseta porque o idiota já não tinha roupa limpa, mas tudo isso para sair um tempo daquela casa, entrar em movimento, pensou Munra, buscar Chabela, mas antes tomar uma cerveja com *clamato* no Sarajuana, que estava fechado porque como a neta de Sara informou ao abrir a porta de camisola, eram apenas nove da manhã e não era hora de encher a cara, seus bêbados de merda, e já não tiveram escolha além de atravessar a estrada e entrar no El Metedero, onde as empanadas de caranguejo que vinham de cortesia eram duras e gordurosas, mas a cerveja bem gelada e o ruído da música tranquilizavam Munra, porque não o deixavam pensar em nada, embora sabe-se lá o que aconteceu com o moleque depois da primeira rodada, pois ficou todo acelerado, e até se aproximou mais de Munra para poder expressar, sobre o estrondo das buzinas, uma série de reclamações e resmungos a respeito de como se sentia mal ultimamente, com todas as coisas ruins que estavam acontecendo, o que de fato era muito estranho, porque em geral o moleque nunca contava dos seus sofrimentos, mas lá estava o desgraçado choramingando no ouvido, com seu bafo avinagrado, sobre o quanto estava sofrendo, como se sentia na merda porque nada dava certo, e agora esse lance com a Norma: ele tinha certeza de que a tirariam dele sem que lhe contassem onde estava a coitadinha ou o que aconteceria com ela e o bebê, nem aonde os levariam e se algum dia deixariam que ele os visse novamente, e além disso tinha o trampo da Companhia e o seu amigo engenheiro que desaparecera havia meses e já não atendia às suas ligações, e tudo isso tendo se dado logo depois que ele brigou com a Bruxa, no início daquele ano, por um dinheiro que a maluca dizia que ele havia roubado, mas isso era mentira, alguém roubara dele, ou ele o perdeu em toda aquela loucura, mas a Bruxa não quis acreditar e o mandou à merda, e agora sem dúvida ela estava fazendo alguma bruxaria para ele e para Norma, para destruí-los, e Munra só lançava olhares nervosos para a tela do seu celular e voltava a cara para a pista, não porque se interessava pelas velhas rechonchudas que dançavam juntinho, e sim porque a mera menção à Bruxa o deixava nervoso e ressabiado, e o moleque maldito sabia bem disso, sabia muito bem que Munra odiava saber dos lances dos moleques do povoado com essa borboletona aí. Que necessidade tinha de saber essas coisas, de ter essa merda na cabeça, não é? Como sempre dizia a Chabela, lindinha, que bom que seus clientes são gente finíssima, todos uns putas de uns cavalheiros, mas não me conta nada, não me dá detalhe nenhum, não quero saber o nome deles, nem de onde são, nem se o pinto é gordo ou magro ou torto ou de duas cores, porque essa maldita Chabela sempre queria contar as coisas do trabalho, dos desgraçados com quem ela se metia e de suas discussões com as outras mulheres malditas que trabalhavam no Excálibur, mas Munra não gostava; só queria ficar tranquilo; que ela fizesse o que precisava fazer e que Deus a abençoasse, mas não me conte nada, Chabela, precisava acrescentar de quando em quando, e com o moleque nunca teve necessidade de pedir que não contasse nada, porque geralmente seu enteado era um sujeito reservado, mas nesse dia, com essa agitação tão rara que ele tinha, não ficava quieto nunca, e Munra, para mudar de assunto, para escapar das imagens que começavam a se formar na sua cabeça, levantou-se de repente e pôs o celular no ouvido, como se estivesse tocando, e disse a Luismi: espera um segundinho, e pegou a muleta e saiu do El Metedero, dizendo que era para ouvir melhor a chamada, e lá fora, apoiado contra a caminhonete, aproveitou para ligar para sua esposa, mas continuava dando caixa. Maldita Chabela, decerto estava com o puto do Barrabás, sem dúvida de que estava, sem dúvida de que nesse momento os dois estavam trepando no motel Paradiso ou em qualquer outro ninho de ratos da estrada ou talvez ali mesmo no interior da caminhonete de

Barrabás, arrombado, e ela também, a vagabunda, o que ela pensava, que Munra era um idiota? Que ele não se dava conta de nada? Que podia chegar em casa três dias depois e falar que estava trabalhando e que não ia ter problema? E sem pensar duas vezes subiu na caminhonete e pisou fundo o acelerador, percorrendo os dez quilômetros que o separavam do motel Paradiso, que estava vazio, completamente vazio, algo raro por ser final de quinzena, e sem parar para perguntar nada seguiu por vários quilômetros até chegar à entrada de Matacocuite, onde se via o bloco de cimento pintado de rosa do Excálibur Gentleman's Club, diante do qual também não estava estacionada a famosa caminhonete do filho da puta nortenho esse, nem sinal de algum dos malandros de *sombrero* que sempre ficavam ao redor de Barrabás, nada, até a cortina de metal do negócio estava fechada, ainda que sem cadeados, e Munra suspirou aliviado porque no fundo vai saber se realmente teria coragem de tirar Chabela pelos cabelos da maratona de pó na qual ela com certeza estava, sem que ela arrancasse os seus olhos com as unhas ou arrebentasse suas bolas a pontapés, ou pior, de ter de enfrentar os bandidos armados do Barrabás. Passou de longe sem parar e fez o retorno e entrou no posto de gasolina e pegou seu celular e gravou o recado mais grosseiro, dolorido e cheio de ódio e rancor que um homem jamais dedicou à sua mulher, uma mensagem terrível que a faria se cagar e se mijar e chorar de arrependimento por tê-lo tratado dessa maneira, mas antes que pudesse enviar o aparelho zuniu em suas mãos e ele quase o deixou cair no chão de surpresa, e por um segundo pensou que era Chabela, mas era só uma mensagem do moleque, uma mensagem que dizia: q porra bora continuar bebendo, e Munra respondeu: onde c tá, e daí o moleque: no parque de Villa. Munra olhou para o indicador de combustível e pensou que o mais sensato seria retornar a La Matosa e pedir fiado para dona Concha um litro de caninha e bebê-lo inteiro na cama enquanto esperava o retorno de Chabela até perder a consciência ou morrer, o que viesse primeiro, e nisso tocou o telefone de novo e era outra vez esse moleque idiota que dizia ter conseguido dinheiro, que pagaria a gasolina se ele quebrasse um galho e o levasse a uma parada, e o declarante entendeu que seu enteado precisava que ele fizesse o favor de levá-lo a um lugar onde poderia conseguir dinheiro para continuar bebendo, proposta que o declarante aceitou, por isso que a bordo de sua caminhonete fechada marca Lumina, cor azul-acinzentado, modelo mil novecentos e noventa e um, com placas do estado do Texas erre ge xis quinhentos onze, dirigiu-se ao ponto de reunião indicado, precisamente os bancos do parque em frente ao Palácio Municipal de Villa, onde encontrou seu enteado, que estava acompanhado de outros dois sujeitos, um dos quais conhecia pelo apelido de Willy, de profissão vendedor de filmes no mercado de Villa, de aproximadamente trinta e cinco ou quarenta anos de idade, cabelo comprido, preto com uns fios brancos, vestido como de costume, com camiseta de estampa de rock e botas militares pretas, dessas que chamam de coturno, e a outra pessoa era um rapaz, e a única coisa que sabia é que o chamavam de Brando, mas não sabia se era seu apelido ou nome de verdade, e tinha cerca de dezoito anos, magro, olhos pretos e cabelo curtinho e espetado, moreno claro, bermuda cor de café e camiseta do Manchester com o número do Chicharito às costas, além de seu enteado, cuja descrição já fez, e foi na companhia dessas três pessoas que passou aproximadamente duas horas, período no qual se dedicaram a ingerir na via pública vários litros de bebida de sabor laranja com aguardente de cana que o rapaz apelidado de Brando levou já preparada num galão de plástico, assim como um baseado, e eles, ou seja, Luismi, Brando e Willy, consumiram também comprimidos psicotrópicos cuja marca ou tipo o declarante desconhece, até as duas da tarde, hora em que seu enteado perguntou se iria fazer o lance que havia pedido, e eu disse que não tinha gasolina, que ele precisava me dar dinheiro antes, e foi ali que me dei conta de que quem tinha o dinheiro era Brando, porque foi ele quem me deu uma nota de cinquenta e disse: leve-nos para La Matosa, e eu disse: mas me dê cem mangos, e o Brando disse: cinquenta agora e cinquenta na volta, e eu mostrei que estava de acordo e lá fomos nós, todos menos o Willy, que ficou inconsciente sobre o banco do parque e não viu quando subimos na caminhonete e partimos para o posto de gasolina, onde botei cinquenta mangos na caminhonete e depois dirigi até La Matosa, seguindo a rua principal do povoado, por indicações de Brando, e depois à direita, pela rua que leva ao Engenho. Foi nesse momento que me dei conta de que os moleques queriam que eu fosse para a casa da pessoa que apelidam de Bruxa, e fiquei incomodado porque não gosto de frequentar esses lugares, principalmente por causa das coisas que as pessoas dizem que acontecem nessa casa, mas fiquei calado porque eu sabia que os moleques só iriam pedir dinheiro para essa pessoa, que não ficariam muito tempo ali dentro, e sim que o lance era entrar e sair, e que eu poderia ficar esperando no carro e depois iríamos seguir na loucura, ou foi isso que o Brando explicou, depois de ordenar que estacionasse junto a um poste que havia ali, a vinte metros da casa da Bruxa, e disse para que não se movesse, que não demorariam, que nem pensasse em descer ou fechar a porta lateral da caminhonete, e o Luismi não dizia nada, mas notei que estava muito nervoso, que os dois estavam muito nervosos e que quase não dava para notar que estavam chapados, e eu pensei que era muito estranho, mas não fiz nenhum comentário, e eles se foram, e nesse momento o Munra não se deu conta de que um deles havia levado a sua muleta, e quando olhou pelo espelho retrovisor os dois caras já tinham dado a volta na casa para entrar pela porta da cozinha, que é por onde uma vez o declarante havia entrado naquele domicílio, a única vez em sua vida, mais de oito anos atrás, porque nesse tempo Munra ainda tinha a moto e o acidente ainda não tinha acontecido, e

Chabela o levou para que fizessem uma purificação nele, mas quando a porta se abriu e Munra viu a nojeira que estava ali dentro, tudo sujo e a cozinha cheirando a comida em decomposição e a parede do outro lado, a que dava para o corredor, coberta de imagens pornográficas e umas pichações e uns símbolos cabalísticos que vai saber o que significavam, e ficou desconfiado, porque além disso ele não era dessas coisas, vinha de Gutiérrez de la Torre e até então ninguém contara que a tal Bruxa na verdade era um homem, um senhor de quarenta ou quarenta e cinco anos de idade naquela época, vestindo roupas pretas de mulher, e as unhas bem compridas e pintadas também de preto, espantosas, e embora tivesse algo como um véu que lhe tapava o rosto bastava ouvir a voz e ver as mãos que você se dava conta de que se tratava de um homossexual, e ele disse isso a Chabela, que já não queria mais a purificação, que mudou de ideia porque ficava ressabiado com aquela maricas botando as mãos nele, e a Chabela ficou irritada e logo andava dizendo que o seu acidente aconteceu por não ter feito essa purificação, que Deus o castigara por soberba, embora Munra suspeitasse que devia ter sido a tal da Bruxa quem o castigou por rejeitá-la naquele dia, e só por isso ele conhecia a entrada da cozinha dessa casa, e não porque pessoalmente lidasse com essa pessoa, pelo motivo que já indiquei, que seus costumes e aparência me pareciam repugnantes, mas em nenhum momento manifestei o desejo de machucar essa pessoa, eu não vi nada, já falei, não vi nada nem soube o que foi que aconteceu, o que foi que fizeram, não vi quando a mataram porque, olhe para mim, comandante, não posso nem caminhar, estou inválido desde fevereiro de 2004; não sei de que dinheiro você está falando, juro que esses moleques desgraçados não me falaram nada sobre o que tramavam, só me deram os cinquenta mangos para a gasolina e o resto que prometeram não me deram nunca. Pensei que só iam transar com a Bruxa, nunca imaginei que iam querer matá-la, nem desci da caminhonete, fiquei o tempo todo ali atrás do volante, esperando que saíssem, porque os desgraçados demoraram um tempão ali dentro da casa, e Munra já estava muito nervoso e a ponto de sair dali quando finalmente ouviu os gritos de Luismi e se virou para vê-los se aproximarem da porta de correr, meio carregando, meio arrastando uma pessoa inconsciente que meteram no interior do veículo e que empurraram contra o solo, e seu enteado e o outro moleque gritaram, arranca, arranca, e Munra afundou o pé no acelerador e a caminhonete saiu voando pela rua em direção ao Engenho, mas em vez de seguir reto para o rio os moleques falaram para ele desviar para outro caminho, rumo aos terrenos que estão na parte de trás do complexo, um lugar que Munra já conhecia, aonde, à tarde, às vezes ia com Luismi e outros amigos para tomar uma brisa debaixo das árvores que havia perto do canal de irrigação, fumar maconha enquanto contemplavam o mar interminável de mato à luz moribunda do pôr do sol, e como não funcionava o rádio da caminhonete, alguém sempre botava música no celular a todo o volume, e ficavam ali curtindo de boa, e foi mais ou menos na altura da primeira reentrância que a Bruxa começou a resmungar, a gemer de dor e meio que se afogar, e os malditos moleques gritavam para ela ficar quieta e davam chutes e pisadas, e então assim que chegaram ao canal disseram: para aqui, para aqui, e Munra obedeceu, e eles tiraram a Bruxa, ou melhor, arrastaram-na pelo cabelo e pela roupa até que a jogaram no chão, e Munra viu que essa pessoa estava com o cabelo todo emaranhado e molhado, completamente empapado daquilo que depois se deu conta de que era sangue, porque todo o piso de sua caminhonete ficou encharcado, embora nesse momento ele não soubesse disso nem tivesse conferido. Ficou ali, atrás do volante, com as mãos sobre as coxas e o olhar cravado nas fileiras baixas de cana-de-açúcar, cana sedenta que aguardava a temporada de chuvas, matagais e matagais de cana que chegavam até a ribeira e seguiam adiante, até as colinas azuladas, e a verdade, a verdade, a simples verdade era que ele tinha vontade de olhar, pois tinha quase certeza de que os moleques iriam tirar a roupa da Bruxa e jogá-la nas águas do canal por pura zoeira, como ele viu que a galera costumava fazer de brincadeira, sabe, só para zoar, mas algo o impediu de se virar, algo o deixou todo tenso, como se estivesse paralisado, a ponto de não se atrever sequer a olhar pelo espelho, e foi a sensação de que não estava sozinho, de que havia alguém com ele na caminhonete, alguém que agora avançava da parte traseira até onde Munra se encontrava sentado, e até conseguia escutar o ruído que faziam as molas do assento com o peso dessa pessoa ou coisa ou seja lá o que fosse, e Munra se lembrou do seu sonho e pensou em sua vovozinha Mircea e no que ela sempre dizia quando alguém mencionava o demônio: protege-me Deus, em Ti eu confio, sussurrou; ó, minha alma, disse a Jeová, Tu és o meu Senhor, e uma rajada de vento súbito, quase úmido, entrou pela janela da caminhonete, um ar implacável, como de chuva iminente, que de repente aplastava o matagal murcho contra a terra e, a distância, em meio ao céu, uma grande nuvem tapou o sol e um relâmpago mudo caiu em meio às montanhas distantes, sem emitir um só ruído, nem sequer um estalido quando partiu aquela árvore seca e a calcinou num golpe, e por um momento Munra pensou que havia ficado surdo, porque os desgraçados aqueles tiveram de gritar no seu ouvido e sacudi-lo para que reagisse, para que girasse a chave do carro sem se lembrar de que o motor já estava ligado e puxasse o freio de mão e saíram apressados, sem que pudesse entender o que os dois falavam porque enquanto dirigia com os olhos fixos no caminho de terra eles atrás gritavam e riam, e às vezes escutava um barulho que parecia que eles estavam se socando, e quando se deu conta já era noite e tinham passado Playa de Vacas e subiam para Villa pela avenida principal até o parque da Prefeitura, que àquela hora estava cheio de gente que passeava e tomava um ar fresco nos bancos, e uns moleques da banda marcial do colégio que praticavam para o primeiro de maio naquela segunda, e tudo parecia tão normal e pacífico porque os moleques enfim se acalmaram, e umas quadras mais adiante Brando pediu que os deixasse em uma esquina, e Munra parou e Brando desceu, e só quando se afastou correndo se deu conta de que o moleque já não estava mais com a camiseta do Manchester, e sim com uma camiseta preta, e então Luismi passou para o assento do carona e começou a cantarolar, como lhe ocorria fazer quando estava sozinho na sua casinha e achava que ninguém o escutava, e enquanto dirigia para La Matosa, Munra pensou que tudo não passara de uma piada, uma palhaçada desses moleques idiotas, que tinham enchido o saco da Bruxa e só queriam incomodá-la um pouco, não?, dar-lhe um sustinho; como ele ia saber que naquele momento essa pessoa estava morta ou morrendo naquele lugar, se nunca viu o que fizeram, ele foi usado por aqueles moleques desgraçados filhos da puta, que ofereceram dinheiro para que os levasse e ele os levou, mas não sabia o que tramavam, perguntem a eles do dinheiro, eles que entraram na casa, e além disso são eles os que viviam enfiados lá o tempo todo, havia muitos anos que todo o povo sabia que a Bruxa e o Luismi eram amantes, e que tinham brigado por um assunto de dinheiro, perguntem ao Luismi, perguntem ao Brando; esse desgraçado mora a três quadras do parque, quase em frente às maquininhas do seu Roque, uma casa amarela de portão branco, perguntem a esse desgraçado o que foi que ele fez com o dinheiro e onde estão os cinquenta mangos que prometeram, esses cinquenta mangos que Munra acha que eles esqueceram por completo e não voltou a se lembrar deles até estar na cama, revirando-se sobre os lençóis suados porque queria dormir, mas cada vez que fechava os olhos sentia que caía num abismo sem fundo, e já não queria continuar acordado, mas ao mesmo tempo não podia parar de pensar em Chabela, e passou um bom tempo ligando para ela, mas seu telefone continuava desconectado, e em algum momento da madrugada até pensou em pedir ao moleque um dos seus comprimidos malditos, mas não se atreveu a cruzar o pátio na escuridão, e, além disso, a essas alturas o desgraçado com certeza já tinha tomado todos, obstinado como era; um dia desses iria tomar tantos a ponto de não acordar mais, pensou Munra, antes de mergulhar num sono agitado.

V

Um milagre, meu filho é um milagre, dizia a mulher de bata rosa; a prova de que Deus existe, de que são Judas pode tudo, até os casos impossíveis, veja só. E baixou os olhos e sorriu radiante para a cria que mamava em seu seio esquerdo: valeu a pena o ano de rezas, um ano inteiro, sem falta, nem um só dia, até quando não conseguia me levantar da cama e sentia que ia morrer de tristeza, até esse dia rezava as orações a são Judinhas e pedia que meu filho vivesse, que meu ventre o retivesse, que não fosse embora como os outros, que eu tanto me cuidava e tomava vitaminas para afinal acabar jogando-o fora, esse sangue que descia na roupa quando eu ia para o banheiro e eu só chorava; até sonhava com o sangue, sonhava que me afogava nele, depois de anos de correr ao banheiro só para ficar sabendo que outra vez tinha perdido: oito vezes seguidas, mana, oito vezes nos últimos três anos; juro pelo Deusinho santo que não minto. Até minha médica me repreendia e falava: seu útero não segura, falta isso, falta aquilo, é preciso fazer uma cirurgia e sabe-se lá como vai ficar, melhor não engravidar, melhor se resignar, dizia-me, velha desgraçada; como ela não tem macho, nem filhos, e com certeza é até machorra; que por meu organismo já estar ressentido, o melhor seria adotar um moleque, velha desgraçada, foi isso que me disse: por culpa sua meu marido já não queria criar ilusões, e eu tinha certeza de que logo pediria o divórcio quando umas amizades, uns amigos da comadre da minha irmã, me disseram por que não reza a são Judinhas, mas direito, veja bem: que arranjasse uma imagem grande e que eu a levasse para ser abençoada e colocasse ramos e sua velona de sândalo e que rezasse todos os dias, com devoção e humildade, e eu me disse: pois afinal de contas não perco nada tentando, e olha só, são Judinhas fez o milagre, mana, e me deu enfim o meu anjinho: Ángel de Jesús Tadeo, vamos chamá-lo assim, para dar graças a Deus e ao santo pelo milagre recebido, porque é isso, não é? Um milagre. E Ángel de Jesús Tadeo, seis horas depois de nascer, agitava seus pequenos punhos no ar e choramingava, agoniado pelo calor que se respirava na sala. Havia algo no choro daquela cria que deixava Norma, deitada na cama ao lado, com os cabelos em pé, e se não fosse pelo fato de estar amarrada na grade da cama, com aquelas faixas que tinham deixado a pele de seus punhos em carne viva, teria levado as mãos às orelhas para tapá-las, para não ter de ouvir os berros da criança, nem as palavras melosas das mulheres da sala. E mais, se não estivesse amarrada à cama já teria saído correndo dali, ido o mais longe possível daquele hospital, daquele povoado horrível, embora estivesse descalça e com essa espécie de bata que a deixava descoberta nas costas e nádegas, sem nada embaixo além da própria carne intumescida, tudo para se afastar daquelas mulheres, de suas olheiras e estrias e gemidos, de suas crianças magricelas com lábios de rã mamando em seus mamilos escuros, e sobretudo do cheiro que se respirava na sala sufocante: soro de leite, suor rançoso, um odor às vezes adocicado, outras azedo, que Norma sentia como se estivesse colado na pele e que a lembrava das tardes em que passou encerrada no quarto de Ciudad del Valle, embalando Patricio e caminhando de um lado para o outro do quarto para que não sufocasse; esfregando seu peito diminuto com a palma da mão para aquecer o ar de dentro, o ar que escapava da boca de seu irmão em um rumor surdo, uma respiração asmática que fazia Norma pensar que os pulmões do coitado do Patricio estavam apodrecendo. Pobrezinho, quem mandou nascer no mês de janeiro, com o frio que sempre fazia em Ciudad del Valle, e mais ainda nesse quarto onde moravam naquela época, a dois passos da rodoviária: um só cômodo, sem divisórias, um caixote de tabique e cimento atrás de um edifício de cinco andares que roubava todo o calorzinho do sol, e por isso havia vezes que amanheciam soprando fumaça pela boca, os cinco enfiados na única cama do quarto, debaixo dos cobertores, usando todas as roupas que possuíam estendidas sobre eles para aquecê-los e o moisés do Patricio pendurado em cima, quase tocando a lâmpada que deixavam o dia todo acesa para que pelo menos o aquecesse um pouco, para que o coitado não passasse tanto frio lá em cima, onde nenhum deles poderia esmagá-lo e asfixiá-lo, o grande medo da sua mãe. Porque ela sabia como era difícil para Patricio respirar; Norma já contara sobre o chiado que o coitado trazia sempre grudado na goela, como se tivesse engolido um apito que ele mesmo, com seus punhos sacudindo-se enlouquecidos no ar gelado do quarto, tentava expulsar com tosses e arquejos, sem conseguir, enquanto Norma o embalava e o sacudia, e às vezes no desespero por ajudá-lo, até metia o dedo na boca diminuta para ver se conseguia sentir a coisa que o asfixiava, e que Norma imaginava como uma bolinha de ranho verde endurecido, sem nunca conseguir. Sua mãe sabia; Norma contou a ela; talvez por isso não gritou nem bateu nela nem disse que era uma menina idiota que nunca acertava nada, na manhã em que Patricio amanheceu todo azul e rijo no moisés que pendurava sobre a cama onde os demais dormiam apinhados: sua mãe em um extremo do colchão e Norma no outro, e os três irmãos menores entre as duas, porque se algum deles se revirasse e caísse da cama, romperia o crânio na queda no chão de cimento, dizia sua mãe, e Norma concordava, resignada, e por isso permanecia a noite toda na sua ponta da cama, inclusive quando sua vontade de urinar era tão forte que a impedia de voltar a dormir, ficava imóvel sob as mantas e contraía o esfíncter e retinha o ar dentro de seus pulmões para tentar distinguir a respiração de sua mãe entre os roncos e suspiros dos irmãos, com vontade inclusive de se espichar por cima deles para tocar o peito de sua mãe e comprovar que ainda respirava e que seu coração continuava batendo e que não estava rija nem gelada como o pobre Patricio, enquanto segurava a vontade de urinar da mesma maneira como segurava naquela cama de hospital, cercada de mulheres desgrenhadas e essas crianças choronas, e os familiares e sua tagarelice insuportável: grudando as coxas, apertando os dentes, tensionando os músculos doloridos do seu abdômen para segurar a urina quente que de qualquer maneira acabaria escapando em um jorro fino e doloroso, e Norma fechava os olhos de pura vergonha, para não ver a mancha escura que de repente aparecia sobre a sua bata e empapava os lençóis da cama; para não ver o nariz franzido de nojo das mulheres das camas ao lado, nem os olhares acusadores das enfermeiras, quando enfim se dignavam a trocá-la, sem desamarrá-la nem por um instante da cama, porque essas foram as instruções da assistente social: mantê-la prisioneira até que a polícia chegasse, ou até que Norma confessasse e dissesse o que tinha feito, porque nem sequer sob efeito da anestesia que injetaram nela, antes que o médico metesse os ferros, a assistente social conseguiu tirar algo de Norma, nem sequer o nome dela, nem que idade de fato tinha, nem o que havia tomado, nem quem foi a pessoa que lhe dera, ou onde tinha enfiado, muito menos por que fizera aquilo; não conseguiu arrancar nada de Norma, nem mesmo depois de lhe gritar que não fosse idiota, que dissesse como se chamava seu namorado, o cretino que fez aquilo, e onde vivia, para que a polícia fosse lá prendê-lo, porque o desgraçado tinha fugido depois de abandoná-la no hospital. Não sentia ódio? Não queria que ele também pagasse por isso? E Norma, que só então começava a se dar conta de que tudo aquilo estava acontecendo de fato, que não era apenas um pesadelo horrível, apertou os lábios e balançou a cabeça e não disse uma só palavra, nem mesmo quando as enfermeiras a desnudaram ali, em frente a todas as pessoas que aguardavam sua vez no corredor da emergência; nem mesmo quando o médico careca meteu a cabeça entre suas coxas e começou a futucar naquele sexo que Norma já não reconhecia mais como sendo seu, não apenas porque não sentia nada abaixo das costelas e sim porque, quando enfim conseguiu erguer a cabeça e focar seu olhar, encontrou um púbis avermelhado e depilado, e não conseguia acreditar que toda aquela carne ali pertencesse a ela, toda essa pele amarelada e eriçada como a penugem dos frangos mortos e abertos ao meio no mercado, e foi então que decidiram amarrá-la, para que ficasse quieta enquanto lhe metiam os ferros, para que não se machucasse, mas Norma sabia que era para não escapar, pois não lhe faltava vontade de sair correndo daquela sala, embora estivesse completamente nua, e ainda que a brisa que entrasse pela porta aberta ao final do corredor a fizesse tremer e bater os dentes, uma brisa que era até quente, inclusive abafada, mas que para ela, com quarenta graus de febre, parecia tão gélida quanto o vento que descia à noite das montanhas que cercavam Ciudad del Valle, as rochas azuladas, cobertas de pinheiros e castanheiros que num catorze de fevereiro, muitos anos atrás, Pepe os levou para conhecer, pois como era possível que Norma e seus irmãos e sua mãe morassem há tanto tempo em Ciudad del Valle sem ter conhecido os bosques; estavam perdendo algo maravilhoso, um verdadeiro espetáculo da Mãe Natureza em todo o seu esplendor, dissera o palhaço do Pepe. A neve, vamos ver a neve!, cantarolavam seus irmãos enquanto subiam pela trilha que serpenteava entre as árvores imensas do bosque, e de início Norma correu junto com eles, encantada com o passeio e com a vista da cidade a seus pés, e das nuvens tão próximas e a geada que cobria o chão de líquens e agulhas de pinheiros; mas sabe-se lá no que estava pensando quando se vestiu naquela madrugada, porque se esqueceu de pôr as meias, e a umidade do chão do bosque logo se infiltrou pelas solas esburacadas dos sapatos e os pés de Norma acabaram congelados, frios e rijos como o coitado do Patricio, e a dor ficou insuportável, e Pepe teve de cancelar o passeio e carregá-la na descida, até o ponto do ônibus que os levaria de volta à cidade, sem ter chegado ao cume da montanha, sem ter tocado a neve, nem arremessado, nem feito bonecos de neve como na TV, resmungavam decepcionados os seus irmãos, e tudo porque ela foi idiota, ridícula e babaca, disse sua mãe, por esse costume da Norma de arruinar tudo sempre no pior momento, e Norma chorou em silêncio durante todo o caminho de volta para casa, enquanto Pepe se acabava contando piadas sobre o incidente, como fazia sempre que a mãe estava irritada, para animá-la, mas a sua mãe a encarou com o cenho franzido o caminho todo, com os mesmos olhos acusadores e os lábios tensos das enfermeiras depois que ficavam sabendo o motivo pelo qual Norma estava amarrada à cama; o mesmo olhar que a assistente social dirigiu a ela na noite em que foi internada: essas safadas não sabem nem limpar a bunda e já querem sair trepando, vou contar para o médico para que faça a curetagem sem anestesia, para ver se assim você aprende. Como vai pagar o hospital por isso tudo, hein? Quem vai cuidar de você? Vieram e deixaram você aqui, foram embora sem dar a mínima, e você ainda é tonta de protegê-los. Como se chama quem fez isso com você? Dá o nome dele ou quem vai para a cadeia é você, por acobertar, não seja idiota, menina, e Norma, já a ponto de desmaiar por causa do vento gelado que soprava da porta aberta do corredor, fechou os olhos e apertou os lábios e imaginou o rosto sorridente de Luismi, os cabelos bagunçados, castanhos quase vermelhos sob a luz do sol, que tanto chamaram sua atenção quando ele se aproximou dela no parque; o pobre Luismi que não tinha ideia do que Norma fizera, do que a Bruxa fizera, do que Chabela a convencera a fazer porque de início a Bruxa disse que não, que não, e foi Chabela quem teve de suplicar: vamos, mana, precisa ajudar a coitadinha; não seja chata, maldita Bruxa, não venha com frescura agora; quantas vezes você não resolveu esse lance para mim, para as minhas mulheres, o que que custa, quanto quer que eu pague, e a Bruxa só meneava a cabeça sem dar atenção a Chabela, ocupada levando troços de um lado para o outro naquela cozinha imunda, aquele cômodo de teto baixo e paredes cheias de estantes com frascos empoeirados e desenhos de bruxaria e estampas de santos com os olhos riscados e recortes de velhas vadias mostrando o sexo aberto. Vamos, Bruxa maldita, se o moleque concorda com tudo isso, não é, lindinha?, perguntou a Norma, e Norma ficou calada por um momento, mas, ao sentir o cutucão de Chabela contra sua panturrilha debaixo da mesa assentiu de forma enérgica, e a Bruxa cravou os olhos nela, e Norma sentiu um calafrio, mas logo conseguiu manter o olhar, e sabe-se lá o que foi que leu nos olhos de Norma, porque depois de um tempo removendo com uma barra as brasas do fogão à lenha disse que tudo bem, que faria, que prepararia para Norma sua famosa mistura, essa coisa espessa e salgada e espantosamente quente por causa de todo o álcool que a Bruxa jogava, junto com amontoados de ervas e uns pós que tirou de potes imundos e que ao final verteu dentro de um frasco de vidro que deixou em frente à Norma sobre a mesa, junto aos restos de uma maçã podre que descansava em um prato de sal grosso, uma maçã atravessada por uma faca longa e cercada de pétalas mortas. A Bruxa não quis aceitar dinheiro nenhum, Chabela de qualquer maneira deixou sobre a mesa uma nota de duzentos pesos e a Bruxa olhou para ela com tanto asco que Norma pensou que certamente a queimaria no momento em que saíssem daquela casa, o que fizeram imediatamente depois que a Bruxa entregou a bebida, para grande alívio de Norma. Mas logo que saíram, quando já estavam na rua de terra para retornar à casa de Chabela, escutaram a Bruxa gritar da porta entreaberta da cozinha, com aquela sua voz estranha, rouca e aguda ao mesmo tempo, e Norma se virou e se deu conta de que a Bruxa se dirigia a ela, embora tenha voltado a cobrir o rosto com o véu: você precisa tomar tudo!, gritava. Tome tudo e aguente o enjoo! Você vai sentir que está sendo rasgada por dentro, mas aguente...! Sem medo! Empurre, empurre, até que...!... E enterre! Chabela puxava-a pelo punho bruscamente, cravando-lhe um pouco as unhas. Essa maluca acha que sou nova nisso, grunhia, e fingia não ouvir nada, e apertava ainda mais o passo. Melhor ficar aqui para tomar...!, suplicou por último a Bruxa, mas sua voz já chegava muito fraca a essa distância; Norma já não escutava mais o que dizia a feiticeira; ofegava pelo esforço de acompanhar o passo de Chabela e ao mesmo tempo apertar o frasco na outra mão para que não escapasse e se espatifasse no chão. Maldita Bruxa, resmungava Chabela, já está ficando caduca; puta exagerada, fazendo todo esse escarcéu; se fui a primeira a perceber que você estava com um bolo no forno, não é? Dava para ver a linha, a linha delatora, quando você ficou de frente para mim para experimentar o vestido que eu lhe dei, porque o seu estava esfarrapado, caramba, lembra? E Norma lembrava bem; haviam se passado apenas três semanas desde o dia em que Luismi a levou para sua casa; três semanas desde aquela primeira noite em que passaram juntos, quase a noite inteira acordados, contando histórias e todo tipo de mentiras porque ainda não se conheciam bem e não sabiam o que era verdade e o que não era, em sussurros, sobre aquele colchão sem nada, e uma escuridão quase completa, porque a luz dentro da casinha de Luismi tinha queimado e a única coisa que chegavam a ver era o brilho dos seus dentes sempre que riam. Naquela noite acabaram trepando, ou algo parecido, em parte porque Norma passou a noite inteira esperando o momento em que ele daria em cima dela para cobrar sua hospitalidade e ela tinha medo de que então ele se desse conta, que notasse a redondeza do seu ventre, ou o sabor da boca, mas teve sorte porque Luismi não chegou a beijá-la essa noite, e se a tocou foi sempre com a ponta dos dedos, carícias tímidas que às vezes se confundiam com o bater de asas dos insetos que entravam pela porta entreaberta do quarto, talvez atraídos pelo suor dos seus corpos. Haviam tirado a roupa pouco a pouco, para suportar melhor o calor, um calor abafado que Norma sentia nascer de dentro, do interior desse maldito ventre volumoso que acabaria traindo-a assim que Luismi estendesse a mão para acariciá-la, mas ele nem sequer tentou. Não fez nada, na verdade, aquela noite, apenas ficou junto de Norma e suspirou quando as mãos dela, ansiosas pela incerteza e pela espera, decidiram tomar a iniciativa e se dispuseram a brincar com o pau de Luismi, mexendo nele da mesma maneira como, anos atrás, mexia no sexo de Gustavo ou de Manolo quando lhes dava banho, porque achava engraçada a maneira como suas salsichinhas cresciam e endureciam quanto mais as tocava. E Luismi, assim como seus irmãos, ficou muito quieto enquanto ela o acariciava, e apenas deu um grunhido quando ela decidiu montar em cima dele, sobre suas ancas ossudas e começou a se embalar detrás para diante e de cima para baixo com aquele ritmo trepidante de que Pepe tanto gostava, mas que pareceu deixar Luismi indiferente, pois em nenhum momento Norma o ouviu gemer de prazer, nem tentou tocar os peitos ou agarrar suas nádegas, nada; ficou tão calado e imóvel que Norma, que não conseguia ver bem o seu rosto, chegou a pensar que adormecera debaixo dela, e sentindo-se humilhada, com lágrimas nos cantos dos olhos inclusive, afastou-se dele e se recostou mais uma vez no colchão, dando-lhe as costas, completamente empapada de suor por culpa de todo aquele exercício inútil, os olhos fixos na franja da noite aveludada que conseguia ver por cima da tábua que Luismi colocou sobre a entrada do quarto para servir de porta, e estava prestes a dormir quando o sentiu mexer-se atrás dela, e a mão de Luismi pousou timidamente sobre seu quadril nu, e seus lábios ressecados a beijaram em meio às omoplatas, e Norma sentiu um estremecimento e voltou a buscá-lo com a mão, mas desta vez foi ele quem tomou a iniciativa e, sem desgrudar os lábios de suas costas, entrou nela de uma vez, com uma facilidade surpreendente levando em conta que o ataque ocorria em um orifício diferente do da primeira vez, o único orifício do corpo de Norma que Pepe não pôde exigir como seu, porque Norma tinha nojo daquele ato, e suspeitava que doeria muitíssimo, embora com Luismi tenha sido prazeroso, talvez porque Luismi não tentava esmagá-la com seu peso, ou talvez porque se movia de maneira diferente da de Pepe, e entrava e saía dela com uma cadência peculiar que de repente, sem poder evitar, fez com que soltasse um gemido de prazer, uma lamúria abafada que levou Luismi a voltar a ficar muito quieto, como se de repente tivesse paralisado de medo, e teve de ser Norma a recomeçar tudo, ansiosa para levá-lo ao clímax, para senti-lo gozar dentro dela, desesperada quase para acabar com aquele trâmite de uma vez por todas, mas depois de um tempo interminável de se sacudir de maneira frenética, de afundar nele até onde o seu corpo permitia, Luismi, sem dizer uma só palavra, voltou a colocar sua mão sobre o quadril de Norma, e com grande delicadeza, quase se desculpando em silêncio, retirou-se, completamente murcho, de dentro dela. Sabe-se lá que horas eram quando Norma enfim conseguiu adormecer, mas quando voltou a abrir os olhos, alarmada pelas pontadas que atravessavam a sua bexiga dolorosamente cheia, se deu conta de que já era dia. Acordou Luismi para que ele dissesse onde ficava o banheiro, mas ele não reagiu, nem sequer quando ela o sacudiu pelos ombros: permaneceu todo encolhido sobre o colchão, as pontas de suas vértebras dolorosamente visíveis sob a pele morena. Estava tão magro que de repente Norma achou que ele era mais jovem do que ela, com o lombo marcado e aquele sexo esquálido como um caracol tímido escondido entre o bosquezinho de pelos que nascia entre suas pernas, os braços magros e os lábios cheios, apertados ao redor do dedão que chupava nos sonhos. Norma se sentou no colchão e botou o mesmo vestido que usava no dia anterior, pensando que talvez Luismi acordaria ao ouvi-la se mexer ao seu lado, mas ele continuou dormindo com o dedo na boca, inclusive quando ela se levantou e moveu a tábua que servia de porta e saiu para o pátio e urinou agachada no fundo do terreno. Quando finalmente terminou de se aliviar e de sacudir a bunda para se desfazer da última gota de urina que ameaçava escorrer pela perna, ajeitou-se e abaixou o vestido e olhou para a casa de tabique que se erguia do outro lado do terreno, e ficou surpresa ao ver que uma mulher de cabelos longos e crespos fazia sinais com uma mão em uma das janelas abertas da casa. Norma olhou ao redor para comprovar que não tinha mais ninguém no pátio e que a mulher, de fato, falava com ela. Não seja porca, menina, foi a primeira coisa que a mulher disse quando Norma afinal chegou à janela. A mulher sorria com lábios grossos pintados de bordô. Estava com os ombros à mostra e o cabelo solto e frisado na umidade da manhã, como um halo castanho-avermelhado que arrodeava seu rosto empoeirado e sulcado de fendas escuras por onde a maquiagem tinha escorrido. Certamente era a mãe de Luismi, pensou Norma, ao reparar na semelhança daqueles cabelos com os do rapaz, e sentiu que seu rosto corava de vergonha. A mulher acendeu um cigarro. Tem banheiro aqui dentro, disse, lançando a primeira baforada por cima da cabeça de Norma. Com a ponta acesa, apontou para dentro da casa. Se precisar usar, vá lá; pode confiar, eu não mordo. Norma concordou e contemplou abobada as duas fileiras de dentes perfeitos, ainda que amarelados, que apareceram atrás daqueles lábios corados, quase de palhaço. Eu me chamo Chabela, disse. E você, quem é? Norma, respondeu a menina, depois de uma pausa que considerou prudente. Norma, repetiu Chabela, Norma... Quer saber? Você é igualzinha à Clarita, minha irmã caçula. Faz uma porrada de anos que eu não a vejo, mas você se parece com ela. E sem dúvida é tão putinha como a Clarita, não? Porque veio aqui trepar com esse cretino, não é?, disse, arqueando suas finas sobrancelhas pintadas a lápis preto enquanto com a ponta do cigarro apontava em direção à casa feita de tralhas onde Luismi continuava dormindo. Norma mordeu os próprios lábios e não conseguiu evitar que enrubescesse outra vez quando Chabela interpretou seu silêncio e soltou uma gargalhada estridente, seguida por um berro que perfurou o ar brumoso da manhã e que por certo seria ouvido lá da estrada. Você passou dos limites, cretino! Essa é novinha demais! E depois, para Norma, outro sorriso, mais tenso do que beatífico: é verdade que você é cópia escarrada da maldita Clarita, menina; só precisa tomar um banho, você cheira a peixe podre, e esse vestido está todo sujo. É o único que eu tenho, admitiu Norma, com um fiapo de voz, e Chabela revirou os olhos para demonstrar sua indignação. Deu uma última e apressada tragada no seu cigarro e jogou o que restava dele no pátio, sem apagá-lo. Com uma sacudida sutil de ombro, ordenou que Norma entrasse, mas a garota titubeou. Vamos, não seja tonta, gritou Chabela, antes de desaparecer da janela. Norma deu a volta na casa e entrou através de uma porta aberta que conduzia a um cômodo que parecia servir de sala de estar, jantar e cozinha ao mesmo tempo, um quarto de paredes pintadas de vários tons de verde e que cheirava a cinzas de cigarro, a fogareiro sujo e a bebida metabolizada. No meio do lugar havia um homem esparramado em uma poltrona, com as pernas abertas e as mãos cruzadas sobre a barriga. Usava óculos escuros e tinha um bigode ralo e grisalho e olhava um programa de concursos na televisão com o volume no mínimo. Norma titubeou na soleira; murmurou uma saudação e inclinou a cabeça quando passou apressada em frente à tela para não incomodar o homem, embora segundos depois, quando o sujeito abriu a boca e expeliu um ronco longo e retumbante, ela tenha percebido que ele estava completamente adormecido. Guiando-se pelo cheiro de cigarro e pela voz rouca de Chabela, que não tinha parado de falar nem por um segundo, Norma avançou por um corredor curto e entrou pela única porta que encontrou aberta. Este é o meu quarto, mostrou Chabela. Gostou? Mas, antes que Norma pudesse responder, a mulher continuou falando: escolhi as cores, queria que ficasse parecido com um quarto de gueixa, sabe? Aqui tenho uns vestidos que quase não uso; pensei em dar para as idiotas do Excálibur, mas essas desgraçadas são umas mal-agradecidas, são todas iguais, que o inferno as carregue. Norma contemplou as paredes vermelhas e pretas, as cortinas de chiffon branco que ficaram amareladas pela umidade e pela nicotina, a cama enorme que ocupava quase todo o espaço do quarto e sobre a qual descansava uma pilha enorme de roupas, sapatos e potes de creme e maquiagem e cabides e sutiãs. Vamos, prove esse, ordenou Chabela. Uma roupa com estampa de bolas azuis sobre um fundo de lycra vermelha estava pendurada em sua mão. Bora, vamos lá, já falei que eu não mordo; não fique aí parada feito uma idiota, menina. Como era seu nome mesmo? Norma abriu a boca para responder, mas Chabela não fez pausa alguma para escutá-la: este mundo é dos vivos, pontificou; e se você se faz de idiota, esmagam você. Então é preciso exigir que esse moleque cretino lhe compre roupas. Não se engane, todos os homens são assim: uns babacas folgados, e você precisa dar um jeito neles para que façam algo de útil, e esse moleque imbecil é a mesma coisa; ou você dá um jeito nele ou ele gasta o dinheiro só em droga, e você que é uma idiota se o sustentar, Clarita. Digo isso porque o conheço, conheço bem todas as manhas desse desgraçado, pois eu mesma o pari; então não perca tempo e exija; exija que compre roupa, que dê dinheiro para você gastar, que a leve para passear em Villa, é preciso manter os homens na coleira, bem ocupados, para que não fiquem pensando besteira. Norma assentiu, mas precisou levar uma mão à boca para tapar o sorriso que escapou quando Chabela ficou quieta um instante e as duas puderam escutar os roncos estrondosos que o homem adormecido na sala lançava. Maldita Clarita, já vi que você está se cagando de rir, cretina, reclamou Chabela, embora ela também sorrisse, mostrando seus enormes dentes citrinos. Viu só, esse estorvo maldito algum dia foi um homem de verdade, um cabra sério, antes do acidente. Foderam ele de vez, Clarita; transformaram ele num maldito inútil, um bêbado imbecil de merda que nem um café é capaz de me preparar quando volto toda quebrada do trampo. Já devia ter mandado ele à merda, não é? Trocado pelo modelo do ano, um homem de verdade; olha que pretendentes não faltam, hein? Mesmo sendo panela velha, ainda se viram para me olhar quando apareço em Villa e só com um estalar de dedos eu poderia ter aqui mesmo uma fila de canalhas brigando para ver quem é mais digno de ficar comigo, de cair nas minhas graças... Mas vamos, Clarita, não se faça de idiota, menina. E Norma caminhou até o centro do quarto, com o vestido na mão, aturdida pela tagarelice atropelada de Chabela e pela fumaça dos cigarros que a mulher não parava de fumar enquanto falava, sem tossir nem se engasgar embora deixasse o cigarro entre os dentes enquanto se agachava para recolher coisas do chão e colocá-las sobre a cama, ou para pegar roupas que estavam amontoadas sobre a colcha e jogá-las, indiferente, ao solo. E você, o que acha, Clarita? Mando à merda ou continuo mantendo esse coxo vagabundo? Afinal, a casa é minha, caralho; eu a construí com o suor da minha bunda; nem sonhe que esse babaca moveu um só dedo para erguer isso tudo. Chabela alçou as mãos com as palmas viradas para cima e girou ao redor para apontar para os móveis e as coisas do quarto, as paredes e as cortinas, e aparentemente a casa completa e o terreno no qual estava erguida, e talvez inclusive o povoado inteiro. Norma mordeu os lábios, angustiada pelo peso que sua resposta teria, mas por sorte Chabela continuou com sua tagarelice sem esperar a intervenção da garota. Por isso é preciso ficar esperta, Clarita; você que é tão jovem, menina; você, sim, pode procurar algo melhor do que esse moleque idiota. Desculpe falar desse jeito, mas falo de coração: não sei que diabos você viu nele, mas com certeza pode encontrar algo melhor, porque eu e você sabemos que esse cretino nunca vai fazer nada de bom com sua vida. Se quiser, eu lhe empresto uma grana para o ônibus, querida, para que você volte para seu povoado ou seja lá de onde veio, porque corto fora as bolas que não tenho se você for de La Matosa... Não é? Aposto que nem mesmo de Villa é... Ai, meu Deus! Por que você continua aí parada feito uma tonta, Clarita? Tire essa porcaria de vestido, menina. Não me diga que está com vergonha, afinal, você não tem nada que eu não tenha. Vamos, mexa-se! E Norma não teve escolha a não ser tirar o vestido de algodão que usava e deixá-lo cair no chão para logo meter a cabeça e os braços no vestido que a mãe de Luismi lhe dera. O tecido era muito suave e se alargava para ajustar-se aos contornos do corpo. Olhou-se no espelho pendurado sobre a única parede pintada de preto: ficou horrorizada ao notar que a pança era mais perceptível do que nunca. Maldita Clarita, disse Chabela às suas costas, por que não contou que estava prenha? O rosto da mãe de Luismi apareceu no espelho, por cima do ombro de Norma. Aquela boca de lábios bordô que sorria com malícia. Vamos ver, descubra isso, ordenou, e Norma, assustada com a proximidade da mulher e com determinação na voz, se inclinou de leve para pegar a ponta do vestido e levantá-lo. Chabela ignorou suas pernas peludas e seu sexo nu e concentrou seu olhar voraz na redondeza da barriga de Norma. Com uma unha, pintada de verde-radioativo, seguiu a linha púrpura que partia o ventre de Norma, do nascimento dos seus pelos pubianos ao umbigo. Mais do que cosquinhas, o que a garota sentiu foi vertigem, um estremecimento. A faixa delatora, disse Chabela. Norma soltou o tecido do vestido e virou a cabeça para cravar o olhar na janela, na fila de palmeiras que sacudiam na brisa a distância, em parte porque sentia vergonha de olhar para Chabela, em parte para evitar respirar a fumaça de um novo cigarro aceso. É de Luismi?, perguntou a mulher. Não, respondeu Norma. E ele sabe que você está assim? A menina deu de ombros, mas logo meneou a cabeça. Não, repetiu. Olhou Chabela através do espelho. A mulher olhava sua barriga com os olhos semicerrados, pensativa. Cruzou os braços e começou a bater nervosamente a cinza do seu cigarro no ar. Bom, disse enfim, depois de expulsar uma enorme baforada de fumaça de um dos cantos da boca; não vamos falar nada por enquanto, certo? Norma ficou olhando para ela através do reflexo. Porque você não quer ter o filho, ou quer? Norma sentiu as orelhas se aquecerem; outra vez estava com as bochechas vermelhas. Porque se não quiser, conheço uma pessoa que pode ajudar, alguém que sabe como consertar essas coisas. Está meio maluca, a coitada, e a verdade é que dá um pouquinho de medo, mas no fundo é gente boa, e você vai ver que nem vai querer nos cobrar. Não faz ideia de quantas vezes me tirou de apuros, eu e as meninas do Excálibur. Podemos pedir para ela resolver a parada, se você não quiser ter o bebê, ou você quer? Precisa se decidir, menina, e rápido, porque essa pança não vai diminuir. Norma não conseguia encarar Chabela nos olhos, nem sequer através do espelho, então cravou o olhar em seu próprio corpo. Não apenas estava mais barriguda do que nunca; agora seus peitos também se penduravam, haviam aumentado um ou dois números, não tinha certeza. Uma semana antes deixara de usar o único sutiã que possuía, e claro que não estava com ele no dia que decidiu fugir de casa: nem servia mais. Só tinha aquele vestido, o vestido de algodão que agora Chabela recolhia do chão com dois dedos e cara de nojo; o vestido que usava quando decidiu fugir de Ciudad del Valle, e os sapatos abertos, e um suéter que logo se mostrou inútil no calorão que começou a fazer quando o ônibus desceu para o litoral, e que Norma não soube onde foi que esqueceu. Certeza que ficou no assento do ônibus, quando o motorista a despertou para que descesse. Ou talvez o tenha deixado no canavial, onde se escondeu quando aqueles caras da caminhonete começaram a acossá-la. Por um segundo, estimulada pelo silêncio conspícuo de Chabela, esteve a ponto de abrir a boca e contar tudo: tudo, sem deixar nada de fora, mas uma voz que gritava seu nome no pátio a distraiu. Era Luismi, do outro lado da janela; Luismi de cuecas, com os olhos semicerrados pelo sol do meio-dia (ou de raiva?) e os cabelos emaranhados. O que você está fazendo aí?, perguntou à Norma, quando enfim a distinguiu na penumbra do quarto. E você com isso?, pentelho intrometido, gritou Chabela, com um novo cigarro nos lábios. Luismi olhou sua mãe como se quisesse aniquilá-la com o olhar; franziu os lábios em uma maçaroca terrível e deu meia-volta e se afastou para aquela caverna torta e prestes a se despedaçar que ele chamava de casinha. Norma decidiu segui-lo. Agradeceu Chabela pelo vestido e atravessou correndo a sala, onde o homem ainda cochilava com o televisor ligado. Não quero que você fale com ela, foi a primeira coisa que Luismi disse quando Norma entrou na casinha. Não quero que fale com ela nem que entre nesta casa, entendeu? Não aumentou o tom de voz ao ordenar, mas apertou o braço dela com tanta força que deixou a marca dos dedos. Se quiser mijar, vá ali atrás, continuou, mas não para lá, não quero que você vire uma das putas, entendeu? Norma disse que sim, que entendia, e inclusive pediu perdão, embora nem soubesse pelo que estava se desculpando, mas nos dias seguintes, enquanto Luismi ficava roncando no colchão, às vezes até tarde, Norma, incapaz de suportar o calor infernal do teto de latão do barraco, levantava-se às escondidas e escapulia-se para a casa de tabiques, do outro lado do terreno, para a cozinha de Chabela. Entrava pela porta que sempre ficava aberta e preparava café, ovos e feijão frito ou arroz com bananas maduras ou *chilaquiles* ou o que conseguisse fazer com o que encontrava na despensa, antes mesmo que Munra, o marido de Chabela, acordasse. Naquela hora, Chabela já tinha voltado do trabalho e entrado na casa fazendo ruído com os saltos, com os cachos desajeitados e os olhos injetados de sangue por passar a noite em claro e pela fumaça dos cigarros, e via a comida sobre a mesa e um sorriso de prazer rachava seu rosto: Clarita, minha vida, você é mais mulher que eu; que lindos esses ovinhos, como você não foi minha filha em vez desse desgraçado idiota imbecil, e depois de comer, depois que Chabela fumava seu último cigarro antes de ir se deitar no quarto, com o ventilador na potência máxima soprando aos pés de sua cama, Norma enchia um prato de comida e cruzava o pátio e acordava Luismi e o obrigava a comer. O coitado estava tão magro que Norma quase conseguia dar a volta no seu bíceps com uma mão; tão magro que dava para contar suas costelas, e sem que fosse preciso segurar a respiração. Tão magro e tão feio, verdade seja dita, com essas bochechas cheias de marcas e os dentes tortos e seu nariz de negrinho e os cabelos duros e crespos, que aparentemente todos em La Matosa tinham. Talvez por isso Norma sentisse tanta ternura ao vê-lo contente: quando sorria por alguma besteira que ela dizia, e os olhos se acendiam de alegria por um segundo, toda essa tristeza que ele carregava sempre nas costas desaparecia e por um breve instante ele voltava a ser o mesmo garoto que se aproximara dela no parque de Villa, quando ela chorava em um banco porque sentia muita fome, sede e não restava nada de dinheiro, e o motorista do ônibus que a conduziu de Ciudad del Valle havia acordado ela de repente para que descesse ali, num posto de gasolina no meio do nada, em meio a quilômetros e quilômetros de canaviais, e além disso tinha o rosto e os braços queimados de sol, os pés inchados e quentes por ter caminhado desde o posto de gasolina até o centro do povoado entre as brechas que dividiam os terrenos, e quando Luismi se aproximou para perguntar por que ela chorava, Norma já estava quase decidida a atravessar a rua e entrar no pequeno hotel que havia em frente ao parque – Hotel Marbella, estava escrito em uma de suas paredes, um nome pintado com esmalte vermelho, quase sangue –, onde suplicaria ao empregado atrás do balcão que por favor lhe permitisse fazer uma só ligação e então se comunicaria com sua mãe lá em Ciudad del Valle e diria onde estava e por que fugira; contaria tudo e sua mãe sem dúvida gritaria com ela e desligaria o telefone na sua cara, e Norma não teria outra opção além de voltar caminhando até a estrada e pedir carona até Puerto. Talvez na verdade o litoral nem estivesse tão longe, e talvez por ali houvesse algum penhasco de onde poderia se jogar no mar. Para piorar, os sujeitos aqueles da caminhonete, os que a acossaram no caminho para o povoado, apareceram do outro lado do parque, e Norma estava a ponto de se levantar do banco para ir correndo ao hotel quando o garoto de cabelos de leão, aquele rapaz magro que passou a tarde toda lançando olhares para Norma enquanto seus amigos gargalhavam e fumavam maconha, sentados nos bancos mais afastados do parque, atravessou a praça e se aproximou sorrindo para Norma e se sentou ao lado dela e perguntou o que estava acontecendo, por que ela chorava. E Norma olhou os olhos do garoto e viu que eram negros, bem negros, mas doces, coroados por cílios longuíssimos que lhe davam um aspecto sonhador apesar da feiura do restante do rosto, das bochechas sujas e do nariz tosco e dos lábios grossos, e Norma não teve forças para mentir, embora tampouco se atrevesse a contar a verdade, então decidiu por um meio-termo: disse que chorava porque tinha muita sede e fome e porque estava perdida e sem um só peso na bolsa e porque não podia voltar para casa por culpa de algo muito ruim que fizera. Não contou que até aquela tarde, até o momento em que o motorista do ônibus a largara na beira da estrada quando acabara o dinheiro para a passagem, o seu plano era se dirigir a Puerto porque se lembrava de ter visitado o lugar em alguma viagem que fizera com sua mãe, quando Norma era tão pequena que ainda não tinha nenhum de seus irmãos, ou seja, ela devia ter uns três ou quatro anos, ou, fazendo as contas, talvez nessa viagem a sua mãe já estivesse grávida de Manolo, mas Norma não fazia ideia do que viria a seguir. Aquela visita a Puerto fora a última vez que Norma se lembrava de ter ficado a sós com sua mãe, apenas as duas, contemplando de sua tenda o mar do Golfo, banhando-se diariamente no mar morno, provando pela primeira vez bolinhos de peixe fritos e as empanadas de siri, que Norma achou deliciosas. Também não revelou o que pensava fazer assim que chegasse a Puerto: percorrer essas mesmas praias que visitara com sua mãe até chegar ao imenso penhasco que se erguia ao sul da cidade, e depois escalar até o topo daquela colina para se jogar de cabeça nas águas escuras e agitadas que havia abaixo, e acabar de uma vez com tudo, com sua vida e com a da coisa que crescia dentro dela. Não contou nada disso; limitou-se a dizer que sentia muita fome e muita sede e que estava quase morta de cansaço e de medo, porque não conhecia ninguém daquele povoado e porque além disso uns sujeitos a seguiram em uma caminhonete enquanto caminhava rumo ao centro de Villa, e ela precisou se afastar da estrada para se esconder em uns canaviais, porque os sujeitos que andavam na carroceria a chamavam estalando os lábios, como se fosse uma cadela, e o homem que dirigia, um sujeito loiro de óculos escuros e chapéu de caubói, baixou o volume da música estrondosa, *me haré pasar por un hombre normal*, e ordenou a Norma que subisse na caminhonete, *que pueda estar sin ti, que no se sienta mal*, mas ela sentiu muito medo e correu para entrar em um terreno e se agachou entre o matagal até que os caras cansaram de procurá-la e se arrancaram dali; os mesmos sujeitos que agora, naquele exato instante, gemeu Norma, se encontravam estacionados do outro lado do parque, fora daquele bar que está ao lado da igreja, e Norma apontou para a caminhonete com seu dedo, e Luismi, com um sorriso nervoso, uma careta que revelou seus dentes tortos, pegou sua mão e envolveu seus punhos e sussurrou para que não apontasse, que nunca apontasse para esses homens; que ela foi muito sensata de fugir deles, porque todo mundo sabia que o loiro de chapéu era traficante; que se chamava Cuco Barrabás e que muitas vezes sequestrava garotas só para machucá-las, e depois, com o olhar cravado no chão e a voz um pouco trêmula, como se sentisse vergonha, Luismi disse a Norma que não tinha dinheiro para ajudá-la, mas que, se ela pudesse esperar um pouco, talvez fosse capaz de conseguir algo, e então poderiam comer uns sanduíches ali em frente ao parque; e, se Norma quisesse, poderia também passar a noite com ele, na sua casa, mas ele não morava em Villa, e sim em um povoado chamado La Matosa, a treze quilômetros e meio de onde estavam; se ela quisesse, claro, porque era a única coisa que podia oferecer para ajudá-la, para que deixasse de arruinar seus olhinhos tão lindos com todas essas lágrimas, mas, bem, se ela não quisesse, sem problemas. Só precisava prometer que não subiria por nada no mundo na caminhonete do tal Cuco, porque todos no povoado sabiam que esse safado era um filho da puta que fazia maldades com as mulheres, coisas horríveis das quais ele não queria falar naquele momento, mas o importante era que Norma entendesse que nunca, jamais deveria subir na caminhonete, nem pedir ajuda à polícia, porque esses desgraçados tinham o mesmo patrão, e afinal de contas eram mais ou menos os mesmos. E Norma, com os olhos úmidos de agradecimento e a garganta queimada de sede, prometeu que sim, que esperaria, e então Luismi saiu para conseguir dinheiro e ela ficou ali sentada, com as mãos juntas sobre o colo e os olhos semicerrados e os lábios apertados, como se rezasse, embora na verdade o que fazia era tentar ignorar a vozinha que, bem fundo dentro dela, vociferava que ela era uma idiota por confiar em um homem que nem sequer conhecia, um homem que decerto queria se aproveitar dela, enganá-la com promessas falsas e frases bonitas, porque todos eram assim, não? Uns desgraçados que nunca cumpriam o que falavam. Mas Luismi cumpriu; Luismi provou que a voz estava errada; demorou algumas horas, mas voltou, quando o parque já estava às escuras e não restava ninguém ali além dos maconheiros, e mostrou o dinheiro que arranjara e a levou para comer no bar que havia em frente ao parque, e depois a conduziu pela mão por ruas retorcidas daquele povoado, ruas empoeiradas e silenciosas, patrulhadas por esquadrões de cães vira-latas que os olhavam com desconfiança. Atravessaram um imenso pomar de mangueiras carregadas de frutas ainda verdes e, mais adiante, uma ponte suspensa estendida sobre um rio que naquele momento, na escuridão reinante, já era completamente invisível, e chegaram a uma rua de terra que adentrava em meio aos pastos sussurrantes. A noite ficara tão densa que Norma não podia ver nem onde botava os pés; o caminho subia e descia e diminuía e aumentava sem que ela compreendesse como aquele Luismi conseguia enxergar algo naquela escuridão; ela sentia que, a qualquer momento, a rua desapareceria e os dois cairiam rolando até o fundo de um barranco, por isso apertava a mão de Luismi contra a sua, e a cada poucos metros pedia que não caminhasse tão depressa, e quando tiveram de atravessar um vale repleto de insetos que zuniam ameaçadores, Luismi passou um braço pelos seus ombros e começou a cantar suavemente. Tinha uma voz bonita; uma voz que já era de homem, não como o seu corpo, que ainda era de menino, e na escuridão ominosa que parecia engoli-los, seu canto foi um consolo para os nervos de Norma, para seus pés doloridos e cheios de bolhas e sua cabeça confusa, aturdida por essa voz interior que não parava de ordenar que se afastasse desse rapaz, que voltasse para a estrada, que chegasse a Puerto seja lá como fosse e que subisse no penhasco e saltasse na água para se despedaçar e acabar com aquilo tudo. E depois de um longuíssimo período, o caminho cercado por um matagal vivo enfim desembocou em uma espécie de povoado sem ruas, nem parques, nem igrejas, apenas um punhado de casas iluminadas por lâmpadas tristes. Desceram por um espaço largo que os conduziu até uma pequena casa de ladrilhos, também iluminada apenas por uma lâmpada pendurada sobre a varanda. Mas em vez de entrar na casa ou tocar na porta, o rapaz a conduziu até o final daquele terreno, onde se erguia um casebre de madeira que ele alegou ter construído com as próprias mãos, um refúgio que para Norma pareceu mais do que perfeito, de tão cansada que estava, e sem que Luismi pedisse deitou-se sobre o colchão e, em sussurros, começou a contar sua história, ou melhor, parte de sua história, as partes que não a envergonhavam tanto, e ele, jogado ao seu lado, a escutou e em nenhum momento tentou tocar qualquer parte do corpo dela que não o rosto ou as mãos, nem ordenou que se deitasse de costas e abrisse as pernas, ou que ficasse de joelhos para chupar seu pau, como Pepe sempre pedia quando estavam juntos na cama. Chupa meu pau, dizia; chupa minhas bolas, chupa com força, menina, com vontade, isso, põe para dentro, não finja que tem nojo, você gosta, embora não fosse verdade, embora Norma não gostasse nem um pouco daquilo, mas ele dizia isso de toda maneira, e ela nunca o corrigiu. Porque a verdade era que no início gostou mesmo; a verdade era que no início ela chegou a pensar que Pepe era bonito, e até gostou quando sua mãe o levou para casa, para que morasse com eles, para que fosse o padrasto de Norma e de seus irmãos, porque com Pepe as coisas funcionavam melhor, e os irmãos davam menos trabalho, e sua mãe já não se fechava no banheiro para gritar que queria morrer porque não tinha ninguém, nem os deixava enclausurados à noite para sair para beber. Mas Norma não estava pronta para contar a respeito de Pepe para Luismi; nem mesmo queria pensar nele e nas coisas que andaram fazendo, porque se contasse o que realmente tinha acontecido, ele se daria conta da pessoa horrível que era Norma, e ficaria arrependido de ter ajudado, e a expulsaria de sua casa e a enviaria de volta para a escuridão, então apenas se limitou a contar de Ciudad del Valle, quanto era feia, fria e triste, assim como a vizinhança onde vivia, com sua mãe e o marido dela e um amontoado de irmãos bagunceiros que tornavam sua vida impossível, e de como sua mãe a repreendia o tempo todo por causa deles. Inclusive inventou que tinha namorado: um rapaz que supostamente estudava no mesmo colégio que ela, mas no terceiro ano, não no primeiro; um garoto muito bonito e rebelde, uma espécie de revoltado de cabelos compridos e calças jeans rasgadas de quem sua família queria afastá-la a todo custo; tudo para não ter de confessar a Luismi que na verdade o único homem que beijara até então fora Pepe, seu padrasto, marido de sua mãe, quando ela tinha doze e ele vinte e nove, essa vez que viam um filme na televisão, juntos no sofá debaixo de um cobertor, e ele tinha rido dela porque ela nunca beijara ninguém, e então Norma, por pura brincadeira, por pura loucura, pôs as duas mãos nos lados do rosto dele e o beijou por completo, com um estalo úmido que roçou os lábios e o bigode que Pepe tentava deixar crescer, com pouco êxito na época, e que ele celebrou com uma gargalhada e uma sessão de cosquinhas para a qual seus irmãos chegaram correndo. Pepe gostava de desafiá-la, incomodá-la; colocava sua mão com a palma para cima no lugar exato onde ela iria se sentar e beliscava sua bunda e depois fingia que não tinha sido ele, e tudo isso era divertido, ou tinha sido divertido de início, porque toda atenção fazia Norma se sentir importante, porque Pepe sempre insistia em se sentar ao lado dela quando viam desenho, e passava o braço por cima dos ombros dela e acariciava suas costas, ombros, cabelos, mas só quando a mãe de Norma estava na fábrica, só quando seus irmãos estavam no pátio do condomínio, brincando com outros moleques, e sempre debaixo do cobertor aquele para que ninguém visse o que as mãos de Pepe faziam enquanto olhavam para a tela, a forma como seus dedos deslizavam pela pele de Norma e delineavam os contornos do seu corpo, carícias que ninguém nunca fizera, nem sequer sua mãe, nem sequer nos bons tempos, quando eram apenas as duas e mais ninguém, e Norma não precisava competir por ela, pela sua atenção e pelo carinho. Cosquinhas que na verdade não davam cócegas, carinhos que a deixavam tremendo, pegajosa por dentro, envergonhada dos suspiros que de repente escapavam, gemidos que ela precisava dissimular a todo custo pelo medo de que seus irmãos a escutassem, de que sua mãe ficasse sabendo, de que Pepe – que naquela época parecia furioso com ela porque a respiração ficava pesada e rouca e os olhos reviravam – a largasse e parasse de fazer aquilo se chegasse a se dar conta do quanto gostava, e por isso cravava os olhos na tela da TV e sorria nas partes engraçadas dos desenhos e fingia não sentir nada, como se fosse completamente insensível às carícias de Pepe, até que ele ficava entediado com ela ou se cansava e saía do sofá para se trancar no banheiro, e quando voltava colocava a palma de sua mão debaixo do nariz de Norma, e a obrigava a cheirar o fedor que ficava nas mãos depois de urinar, e então Norma ria, porque tudo era divertido e engraçado outra vez, e Pepe só estava brincando, e Pepe só queria demonstrar o afeto que sentia por ela, um carinho maior do que sentia pelos demais irmãos, inclusive por Pepito, o bebê que tivera meses atrás com sua mãe. E à noite, quando se supunha que todos estivessem dormindo, Norma colava a orelha para escutar o que ele e sua mãe conversavam, sobretudo quando falavam dela, das inquietudes que a mãe sentia ao ver como Norma estava crescendo rapidamente, o jeito estranho como ela se comportava nos últimos tempos e quanto a incomodava que Pepe desse tanta atenção à garota, e ele dizia para ela não ser boba, que compreendesse que a única coisa que ele fazia era dar carinho a essa pobre menina que nunca contou com a sorte de ter um pai, e que era normal que a garota se confundisse um pouco ao sentir o afeto sincero e totalmente inocente de Pepe, e inclusive que se deslumbrou um pouquinho com ele, veja bem, está na idade das pontadas, dos hormônios em alvoroço, pobrezinha, talvez até imagine que eu a ame de outra maneira, porque ainda é muito jovem para saber como expressar as inquietudes que começa a sentir no seu coraçãozinho, e Pepe era bom de fala; às vezes nem parecia que não tinha terminado o ensino fundamental; às vezes parecia ter estudado direito ou jornalismo, que era professor ou diplomado, porque sempre tinha uma resposta para tudo e usava palavras que ninguém mais conhecia, e a mãe de Norma só ouvia cativada e se convencia, e no dia seguinte começava com sua ladainha, antes de ir para o trabalho e deixar Norma em casa para que ela levasse os irmãos à escola e preparasse comida para eles: Norma, você não é mais uma criança, logo vai ser uma senhorita e precisa se portar dessa maneira, assumir suas responsabilidades nesta casa e ser um exemplo para os seus irmãos. Ai de você se eu souber que continua andando com a Tere e essas outras novinhas safadas lá debaixo; e também se me disserem que a viram entrar nessa sinuca onde vão os moleques do colégio. Você deve achar que eu nasci ontem, que não sei o que se passa lá dentro; já me contaram que está cheio de delinquentes, só esperando para meter a mão nessas meninas idiotas que se deixam aproveitar delas e as deixam com seu domingo sete. E Norma meneava a cabeça e dizia: não, mamãe, não vou a esses lugares, vá em paz e não se preocupe, sempre volto direitinho para casa, embora depois, quando sozinha, começasse a pensar nas palavras de sua mãe sem entender que história era aquela de domingo sete, nem o que tinha a ver com suas vizinhas, ou com a sinuca da esquina, ou com isso das mãos que metiam nelas, e se preocupava porque, naquela época, Pepe estava obcecado em enfiar um dedo lá dentro de Norma à força, embora ardesse, embora acabasse com pontadas no baixo-ventre. E ficou ainda mais preocupada, a ponto de perder o sono, quando uma tarde entrou com cãibras no banheiro da escola e ao se sentar na privada descobriu as calcinhas manchadas de sangue, um sangue escuro e podre que brotava desse buraco que Pepe andara cutucando nesses dias. Finalmente tinha acontecido, pensou com horror naquele instante; finalmente aconteceu aquilo que sua mãe tanto falara e advertira; o fatídico domingo sete que destruiria sua vida e a de toda sua família, seu castigo por ter permitido que Pepe enfiasse os dedos entre suas pernas, e decerto também por ela ter continuado esses toques sozinha, à noite, quando ninguém podia vê-la ou escutá-la, quando os irmãos dormiam pesado a seu lado na cama, e Pepe e sua mãe estavam ocupados demais fazendo as molas da cama guinchar para que se virassem e vissem o que ela fazia: tocar naquele buraco pensando em Pepe, nos dedos de Pepe e na sua língua. Foi por isso que decidiu não contar nada a ninguém a respeito daquele sangue: tinha medo de que sua mãe se desse conta do que estava acontecendo, do que Norma fizera, do que Pepe continuava fazendo quando ela estava no trabalho. Tinha medo de que a expulsassem de casa, porque sua mãe sempre contava o que acontecia com as garotas idiotas que saíam com seu domingo sete; de como as chutavam para a rua e como precisavam se virar sozinhas, da melhor maneira possível, completamente desamparadas, e tudo por permitirem que os homens se aproveitassem delas, por não terem se dado ao respeito, porque todo mundo sabe que o homem chega só até onde a mulher permite. E a verdade é que nessa época Norma havia permitido coisas demais ao seu padrasto, demais, e o pior de tudo é que além disso tinha vontade de permitir mais ainda, permitir que fizesse o que ele tanto queria, isso que sempre murmurava na sua orelha, as coisas que os moleques da escola escreviam e desenhavam nas paredes dos banheiros, coisas que os velhos da rua sussurravam quando ela passava e que ela queria que fizessem com ela, Pepe ou os moleques ou os velhos ou seja lá quem fosse, na verdade: tudo para não pensar e não sentir esse vazio doloroso que por meses a fazia chorar em silêncio contra o travesseiro, de madrugada, antes que o despertador de sua mãe tocasse, antes mesmo que os primeiros caminhões enchessem de fumaça o ar gélido de chumbo das manhãs de Ciudad del Valle; um pranto silencioso que saía muito de dentro dela, e que não entendia, mas que ocultava dos outros porque sentia vergonha: na sua idade, chorando por nada, como se ainda fosse uma criança. Porque era isso que sua mãe sempre repetia: que ela já não era mais criança, que logo seria uma senhorita e que devia se dar ao respeito e ser um exemplo para seus irmãos; que parasse de ser preguiçosa na escola, para que valesse a pena a dinheirama que precisavam pagar à dona Lucita do sete para que cuidasse de Pepito à tarde, que valorizasse o grande esforço que ela e Pepe faziam para que Norminha pudesse avançar nos estudos e ser alguém na vida, e acima de tudo, que se olhasse no espelho, o que para ela queria dizer que Norma deveria sempre levar em conta os erros que sua mãe havia cometido e tentar não repeti-los, embora tenha demorado um tempo antes que Norma enfim compreendesse a que sua mãe se referia quando falava de seus erros: a ela e aos seus irmãos, é claro; mas ela em especial, a primeira, a primeira de cinco crias, seis contando o coitadinho do Patricio, que descanse em paz; seis erros que sua mãe cometeu, um atrás do outro, em suas tentativas desesperadas para manter um homem que em quase todos os casos nem sequer se dignava a reconhecer a paternidade das criaturas; homens que para Norma eram simples sombras com as quais sua mãe se envolvia quando saía à noite para encher a cara, com as pernas descobertas debaixo de meias transparentes e sapatos de salto que jamais permitiu que Norma experimentasse. Não seja idiota, disse a ela, a única vez que a flagrou com seus sapatos sacolejando nos pés e brincando com Natalia de botar maquiagem diante do pedaço de espelho que haviam pendurado na parede. Por que você quer que os homens fiquem olhando você? Para que queiram meter-lhe a mão? Com você, tudo entra por um ouvido e sai pelo outro, não é? Você não aprende com meus erros, Norma. Lave essa cara e tire isso e ai de você se as vizinhas me contarem que a viram com minha roupa e meu batom. E Norma concordava e pedia perdão à sua mãe e às escondidas lavava suas calcinhas manchadas de sangue para que sua mãe não a expulsasse de casa, para que não visse que seu pior pesadelo se tornara realidade, até que um dia enfim entendeu que estava equivocada; que o domingo sete não era o sangue que manchava a roupa e sim o que acontecia no corpo quando esse sangue deixava de brotar. E um dia, voltando da escola, Norma encontrou jogado na rua um livrinho de papel rústico com a capa de papelão rasgada, que se chamava *Contos de fadas para crianças de todas as idades*, e ao abri-lo em uma página qualquer, a primeira coisa que seus olhos viram foi uma ilustração em preto e branco em que um homenzinho corcunda chorava desolado enquanto um grupo de bruxas com asas de morcego enterrava facas nas suas costas volumosas, e a ilustração era tão estranha que, mesmo sem se importar com o horário ou a chuva iminente, sem se importar com o fato de precisar chegar em casa para lavar a louça e cuidar dos seus irmãos antes que sua mãe chegasse da fábrica, Norma se pôs a ler o conto completo no ponto de ônibus, porque em casa nunca tinha tempo para ler nada, e além disso não conseguia ler com o barulho que seus irmãos faziam, o ruído da televisão ligada, os gritos de sua mãe, as chacotas de Pepe e a pilha de tarefas que lhe cabia realizar depois de esfregar as panelas da comida que ela mesma tinha cozinhado ao meio-dia, antes de ir para a escola; assim que cobriu a cabeça com o capuz do seu casaco e encolheu as pernas sob a saia, e se dispôs a ler por completo o conto aquele dos dois compadres corcundas, porque esse era o nome da história, e que tratava de um corcunda que uma tarde se perdia no bosque perto de sua casa, um bosque escuro e tenebroso onde diziam que as bruxas se reuniam para fazer suas maldades, e era por isso que o homenzinho tinha tanto medo de ficar perdido ali, sem poder encontrar o caminho de volta para casa, vagando na penumbra até virar noite e então viu uma fogueira a distância, e pensando se tratar de algum acampamento, correu até lá, com a certeza de que tinha se salvado, e sua surpresa foi imensa quando chegou aonde resplandecia a gigantesca fogueira e se deu conta de que aquilo era um sabá: uma reunião de bruxas, de velhas horrorosas com garras em vez de mãos e asas de morcego que dançavam macabramente ao redor do fogo enorme enquanto cantavam: *segunda e terça e quarta, três; segunda e terça e quarta, três; segunda e terça e quarta, três*, e riam estrepitosamente com suas gargalhadas horríveis de harpias e lançavam uivos para a lua cheia, e o corcunda, que conseguira se esconder atrás de uma pedra enorme perto da fogueira, sem que as bruxas o vissem, escutava aquele cântico repetitivo e, sem saber como, sem poder explicar o impulso irresistível que o dominou de repente, quando as bruxas cantaram de novo *segunda e terça e quarta, três*, o corcundinha tomou ar, ergueu-se sobre a rocha que o ocultava e, com todas as forças de seus pulmões, gritou: *quinta e sexta e sábado, seis*. Seu grito ressoou naquela clareira com violência inusitada, e as bruxas ficaram pasmas ao escutá-lo, petrificadas ao redor do fogo que projetava sombras horríveis sob seus rostos bestiais, e segundos depois já estavam todas correndo e circulando por entre as árvores do bosque, guinchando e gritando que precisavam encontrar o humano que disse aquilo, e o pobre corcunda, encolhido atrás da pedra, ficou tremendo pensando no que o esperava, mas quando as bruxas enfim o encontraram, não lhe fizeram mal como ele acreditava, nem o transformaram em sapo ou em um verme, muito menos o comeram, mas todas o agarraram e com feitiços fizeram aparecer enormes facas mágicas com as quais cortaram sua corcunda, sem derramar uma só gota de sangue nem provocar o menor sofrimento, porque as bruxas na verdade estavam contentes que o homenzinho havia melhorado sua canção, que na verdade já começavam a achar um tanto monótona, e quando o corcunda viu que não tinha mais sua corcunda, que suas costas estavam completamente lisas e que já não precisava caminhar curvado, ficou feliz, tremendamente feliz e contente, e além de curá-lo da corcunda as bruxas também o presentearam com uma panela cheia de peças de ouro e agradeceram por ter consertado tão bem a sua canção, e antes de recomeçar o sabá indicaram uma maneira de sair daquela parte encantada do bosque, e o homenzinho então correu até sua casa e foi direto contar tudo ao seu vizinho, que também era corcunda, e mostrar suas costas sãs e as riquezas que tinha obtido das bruxas, e seu vizinho, que era um homem ruim e invejoso, ficou pensando que era ele quem merecia aqueles prêmios, por ser mais inteligente e mais importante, e essas bruxas deviam ser umas verdadeiras idiotas por sair distribuindo ouro assim, e quando chegou a sexta seguinte, o corcunda invejoso já estava convencido de que devia tentar fazer a mesma coisa que o outro, e ao cair a noite lançou-se ao bosque em busca do sabá das bruxas cretinas aquelas, e ficou horas caminhando na escuridão até que também acabou se perdendo, e quando estava a ponto de chorar sob uma árvore e chorar de medo e desespero, conseguiu distinguir a distância, na parte mais espessa e tenebrosa do bosque, a fogueira em torno da qual as bruxas dançavam e cantavam: *segunda e terça e quarta, três; quinta e sexta e sábado, seis; segunda e terça e quarta, três; quinta e sexta e sábado, seis*, e então o vizinho invejoso correu até elas e se escondeu atrás da enorme pedra, e no momento em que as bruxas cantavam *segunda e terça e quarta, três; quinta e sexta e sábado, seis*, o infeliz homenzinho, apesar de se achar mais inteligente que o seu vizinho, era na verdade um sujeito pouco engenhoso, abriu bem grande a boca, inspirou a maior quantidade de ar que conseguiu, e inclusive colocou suas mãos ao lado da cara, para que sua voz saísse mais potente, e gritou: DOMINGO SETE!, com toda a força de que foi capaz, e quando as bruxas o escutaram, ficaram petrificadas em meio à dança, congeladas pela surpresa, e o corcunda babaca saiu do seu esconderijo e abriu os braços para se mostrar diante delas, pensando que logo iriam até ele para tirar sua corcunda e entregar uma panela cheia de ouro ainda maior do que a que haviam dado a seu vizinho, mas de repente se deu conta de que as bruxas estavam furiosas, que com suas próprias unhas arranhavam o peito e arrancavam nacos de carne, faziam cortes nas bochechas e puxavam seus cabelos hirsutos que coroavam suas espantosas cabeças enquanto rugiam como feras enlouquecidas, gritando quem é o desgraçado que disse domingo, quem é o infeliz que arruinou nossa canção, e logo notaram a presença do homenzinho ruim e voaram na sua direção e com feitiços e urucubacas fizeram aparecer a corcunda que haviam tirado do primeiro homem, e como castigo por sua imprudência e cobiça, colocaram-na em sua barriga, e em vez de uma panela de ouro pegaram uma panela de verrugas que saltavam do recipiente e imediatamente se grudaram ao corpo daquele infeliz, que não teve escolha a não ser voltar assim para seu povoado, e tudo por ter dito o seu domingo sete, explicava o livro, e na última ilustração do conto aparecia o vizinho invejoso com aquelas duas corcundas, uma deformando seus ombros e a outra que dava a impressão de que estava grávido, e foi então que Norma enfim compreendeu que foi uma idiota ao pensar que o fatídico domingo sete era o sangue que cada mês manchava o fundo das suas calcinhas, porque era óbvio que se referia mais ao que acontecia quando o sangue aquele deixava de aparecer; o que acontecia com sua mãe depois de sair várias vezes à noite enfiada em suas meias cor de carne e seus saltos altos, quando de um dia para o outro o ventre começava a inflar até adquirir dimensões grotescas para finalmente expulsar uma nova cria, um novo irmão, um novo erro que gerava uma nova série de problemas para sua mãe, mas acima de tudo para Norma: noites acordadas, cansaço angustiante, fraldas hediondas, montes de roupas vomitadas, pranto interminável, inacabável, infinito; uma boca a mais que se abria para exigir comida e uivar; um corpo a mais para vigiar e cuidar e disciplinar até que a mãe voltasse do trabalho, transformada em pó, tão faminta e cansada e suja como o menor dos irmãos, uma cria a mais que Norma deveria alimentar e acariciar e consolar enquanto esfregava e massageava com óleo para bebês os cabelos duros e os músculos tensos por todas essas horas que a mãe passava de pé executando de novo e de novo os mesmos movimentos diante das máquinas de costura. Acima de tudo, escutá-la, acima de tudo isso: escutar as mesmas ladainhas da mãe, as queixas, as reclamações, as mesmas admoestações de sempre, e assentir e dar razão e encará-la nos olhos com um sorriso na boca e dar beijos na testa e palmadinhas nas costas quando a mãe chorava, porque se Norma conseguisse que sua mãe desabafasse, se Norma conseguisse que a mãe descarregasse as angústias que oprimiam seu coração, talvez mais tarde já não sentiria tanta vontade de se trancar no banheiro e gritar que queria morrer, nem sairia para se embebedar em busca do afeto e das carícias dos homens, e deixar que esses desgraçados que são todos iguais a machucassem, uns desgraçados que trazem a luz e as estrelas, mas que quando o bicho pega deixam você ali atirada como um trapo velho e fedorento, mas não seja idiota, Norma, você não pode acreditar neles: não espere carinho deles, não espere nada, são cretinos; você precisa ser mais safa do que eles, precisa se dar valor, porque eles só vão até onde você deixar, e é por isso que deve ser mais inteligente que eles, preservar-se até que apareça um bom, um homem honesto e trabalhador que a deixe realizada, um homem bom como Pepe, que nunca a largaria com o seu domingo sete, e Norma assentia e dizia que sim, que faria isso, que ela jamais acreditaria nos homens, que jamais sucumbiria à vileza deles, às asquerosidades que esses cretinos fazem às mulheres para arruiná-las, e de madrugada, quando chorava em silêncio na cama pensava que de fato devia existir algo muito ruim dentro dela, algo podre e imundo que a fazia gozar tanto com as coisas que ela e Pepe faziam juntos, nos dias em que ele trabalhava no terceiro turno da fábrica e chegava em casa de manhã, logo depois que a mãe de Norma já tinha ido embora, e entrava na cozinha e tirava Norma da tarefa que ela estava fazendo e a levava ao pé da cama grande, a que ele e a mãe compartilhavam agora, e a desnudava, apesar de que ela ainda não tinha tomado banho, e a estendia, tremendo de expectativa e frio, sobre os lençóis gelados, e a cobria com seu próprio corpo nu e a apertava com muita força contra seu peito musculoso e a beijava na boca com uma fome selvagem que Norma achava ao mesmo tempo deliciosa e repugnante, mas o segredo era não pensar; não pensar em nada enquanto ele apertava seus peitos e os chupava; não pensar em nada quando Pepe montava em cima dela e com seu pau untado de saliva ia tornando maior e mais largo aquele buraco que ele mesmo havia aberto com os dedos enquanto olhavam a televisão, debaixo das cobertas. Porque antes de Pepe não existia nada ali, nada além de dobras de pele por onde saía o jorro de urina quando sentava na privada, e esse outro buraco por onde saía o cocô, é claro, mas sabe-se lá como e de que maneira Pepe conseguiu fazer um buraco a mais, que com o tempo e os dedos calosos de Pepe e a ponta da sua língua, foi crescendo até ser capaz de abrigar por completo o pau do seu padrasto, até o fundo, dizia ele, até bater no fundo, como devia ser, como Norma merecia, como ela mesma ficou pedindo em silêncio todos esses anos, não? Porque lá estava o beijo que ela dera, como prova de que foi ela quem começou tudo; ela que o seduziu, implorando com os olhos; ela que, na cama, se sacudia de um jeito tão gostoso, que deslizava sozinha no seu pau duro, como se estivesse desesperada, possuída, ansiosa para receber seu leite. Por isso quase nunca durava dentro dela: de tão deliciosa que estava, ainda tão apertada, tão tenra entre seus braços. Desde menina se notava que era fogosa; desde pequena se via que iria se tornar uma máquina de foder, pela maneira como movia as nádegas quando caminhava, e pela forma como o olhava, e porque queria estar sempre grudada nele, sempre o espiando quando ele fazia exercícios ou quando tirava a roupa para entrar no chuveiro, com esse sorrisinho malicioso que não era de uma criança, e sim de uma mulher safada, uma mulher que seria sua, cedo ou tarde seria sua, embora antes tivesse de prepará-la, não? Educá-la, ensiná-la, acostumá-la pouco a pouco para não machucá-la; pois ele não era nenhuma fera, pelo contrário; só dava o que ela pedia: uma carícia bonita, uma siririquinha, uma massagem nesses peitos que já começavam a inchar pelo contato diário com seus dedos, os mamilos bem gordinhos depois de umas boas chupadas, e o triangulozinho entre as pernas bem molhadinho de tanto esfregar essa campainha, essa ostrinha que ele gostava de sorver com a boca de tal forma que, na hora, o pau entrava fácil e sem machucar, pelo contrário: é a própria Norma quem pede, seu próprio corpo que o clama. Por que se você não pedisse, Norma, meu pau não entraria inteiro, percebe? Se você não gostasse do que eu faço, você não ficaria toda molhada. E enquanto seu padrasto dizia tudo isso no seu ouvido, Norma mordia os lábios e concentrava todas as suas forças para manter o ritmo furioso com o qual movia o quadril, porque quanto mais se mexesse, mais rápido Pepe gozaria, e então ela poderia se enfiar no buraco da sua axila enquanto ele a abraçava e a embalava e a beijava por cima da linha onde nasciam os cabelos, enquanto seu pau não levantava de novo. Esse era o momento que Norma sempre esperava: quando podia fechar os olhos e grudar seu corpo nu ao de Pepe e esquecer por um instante que nunca durava o suficiente, que havia algo de maligno e terrível nela por buscar esse contato, esse abraço cru, e desejar que pudesse durar para sempre, embora isso significasse trair sua mãe, traí-la apesar de tudo o que ela fazia por Norma e seus irmãos. Porque no final sempre terminava sentindo um grande asco de si mesma, um ódio recalcitrante por estar arruinando a última oportunidade que sua mãe tinha de ser feliz com um homem ao seu lado, com um pai para seus filhos, alguém com quem fazer as molas da cama ranger nos sábados à noite, e entre tanto asco e tanto prazer e tanta vergonha e tanta dor, Norma não soube como foi que aconteceu, como foi que engravidou, porque ela pensava que Pepe cuidava de tudo, que Pepe sabia como acertar tudo observando a tabela do ciclo, e sempre levava em conta seus sangramentos, e supostamente sabia quando podia comê-la e quando não, e durante um tempo inclusive lhe deu uns comprimidos pequenos que faziam com que Pepe pudesse gozar dentro dela quando quisesse, mas depois teve medo de que a mãe de Norma os encontrasse e parou de dá-los. Norma não soube quando foi que aconteceu, de repente só pareceu que a vida se tornara ainda mais cinza e fria que de costume; que cada vez era mais difícil levantar às cinco da manhã e preparar o café para sua mãe e embrulhar o almoço que ela levava para a fábrica; que na escola passava o tempo todo bocejando de sono e que o frio era uma tortura e que tinha fome o tempo todo apesar de a comida ter ficado com um gosto terrível e a única coisa que a apetecia era o pão, doce ou salgado, fresco e recém-saído do forno ou duro e até mofado; queria comer pão o tempo todo e o resto da comida, o cheiro de tomate cozido, por exemplo, lhe dava ânsia; assim como o fedor de sujeira das pessoas que viajam grudadas nela na Kombi, e o fedor azedo dos seus irmãos, acima de tudo o de Gustavo, que na sua idade ainda não aprendera direito a limpar a bunda e sempre insistia em dormir colado nela, e aquele cheiro de merda suada o seguia por todas as partes e grudava nas narinas de Norma e não a deixava dormir e lhe dava vontade de expulsar a criança a chutes da cama, de golpeá-lo e puxá-lo pelos cabelos até que aprendesse a se limpar direito, moleque desgraçado; um dia vou largá-lo na rua para você se perder, para que o roubem; vou levar todos vocês pelo cangote até que os ladrões de crianças levem vocês, para ver se assim param de encher o saco, para ver se as coisas voltam a ser como antes, como quando Norma e sua mãe moravam sozinhas, antes da ida para Ciudad del Valle, para esses quartos sombrios que a mãe alugava por dia e onde não era possível preparar comida, e viviam à base de pão de fôrma, bananas e leite condensado, e ainda assim a mãe os arranjava para continuar engordando e engordando, até que não era mais capaz de se agachar para atar os cordões das sandálias, até que uma madrugada Norma acordou por culpa do frio e viu que estava sozinha na cama porque sua mãe tinha saído sem dizer aonde ia, deixando-a trancada a chave, e por mais que Norma chorasse e chorasse durante horas, durante o que a ela pareceu ser dias inteiros, sua mãe só voltou duas noites depois, toda pálida e abatida e com um volume entre os braços: seu irmão Manolo, um duende enrugado e barulhento que vivia preso aos seios da mãe, e que berrava sem parar quando Norma tinha de cuidar dele enquanto sua mãe procurava trabalho. E depois de Manolo chegou, Natalia, e depois de Natalia, Gustavo, e depois Patricio, pobre Patricio, e os quartos alugados ficavam cada vez mais gélidos e úmidos, e Norma nunca via a sua mãe, porque afinal ela encontrara um trabalho em uma fábrica de casacos, e às vezes fazia dois turnos seguidos para conseguir dinheiro o bastante, e Norma sentia falta de sua mãe, mas logo aprendeu que se chorasse quando ela chegava do trabalho, que caso ela se queixasse dos irmãos e das maldades que fizeram, sua mãe ficava tão triste que logo punha os sapatos e saía para buscar alguém que lhe pagasse uma bebida, então Norma se calava. Não podia decepcionar a mãe, precisava ajudá-la; sozinha, sem Norma, e cercada por esses anões estridentes, sua mãe enlouqueceria; isso era o que ela sempre falava, que não podia viver sem Norma, sem sua presença ou sua ajuda. Por isso sentia tanta raiva que fosse tão tonta, que as coisas entravam por um ouvido e saíam pelo outro sem prestar atenção às suas advertências; que cada vez chegava mais tarde da escola, caralho: seu lugar é aqui em casa, Norma. Onde diabos você estava a essa hora? Por que demorou tanto? Como ficou lendo na rua? Acha que sou idiota, burra, que não sei que você andava de safadeza com algum moleque? Você não tem vergonha de deixar seus irmãos sozinhos? Não dói a consciência continuar sendo reprovada nas matérias? Essas olheiras aí, essa pança, você parece uma baleia, com certeza está cheia de lombrigas, safada; você comeu o pão das crianças e agora o que vamos dar de lanche para eles?, não tem vergonha, cretina. E Pepe: calma, mulher, sossega aí, qual é o problema? Essa novinha desgraçada é o problema, o que faremos quando ela aparecer de domingo sete por ter aprontado por aí? O que será de nós? Pois nada, mulher; por que se amargar se a vida é assim; para isso somos uma família, não? Para nos apoiarmos, para enfrentarmos as coisas juntos, não? E ainda se atreveu a piscar o olho para Norma quando a mãe não o olhava. Se Norma tiver um moleque, daremos a ele o meu sobrenome e todos nós cuidaremos dele, não? E a mãe: se eu ficar sabendo que você andou aprontando com esses moleques idiotas do colégio, expulso você de casa, ouviu? Porque Pepe e eu não nos matamos de trabalhar para você ficar fazendo merda. E Norma mordia os lábios, mordia a língua para não responder a sua mãe, pois preferia arrancá-la pela raiz a contar a verdade, a confessar o que ela e Pepe faziam ali mesmo na própria cama deles, porque Norma estava convencida de que isso destruiria sua mãe, embora talvez o que realmente a apavorava era a possibilidade de que não acreditasse nela. E se Norma contasse a verdade e Pepe a convencesse de que era tudo mentira? Ou que acreditasse nela, mas de toda maneira preferisse ficar com ele e expulsá-la, mandá-la embora sem pensar duas vezes? Talvez o melhor seria ir embora de uma vez, ir embora antes que ficasse mais perceptível, fugir de casa, de Ciudad del Valle, daquele frio que mesmo em maio a gelava até os ossos nas madrugadas;

retornar a Puerto, aos tempos em que sua mãe e ela saíam de férias, e escalar de novo a colina e se jogar no mar com tudo e a coisa essa que crescia em suas entranhas. Sua mãe nunca a encontraria; pensaria que Norma tinha fugido com algum rapaz e ficaria tão furiosa que talvez nem sequer se desse ao trabalho de procurá-la, nem choraria por ela nas noites pensando como ela era boa, quanto ela ajudava, como a casa estava vazia sem sua presença; melhor fugir antes que sua mãe não precisasse mais dela; melhor morrer do que perdê-la. Por isso disse sim a Chabela, quando já estava fazia três semanas em La Matosa e Luismi começara a lançar olhares ternos à sua barriga, embora ela ainda não se atrevesse a contar nada. Assim eram as coisas com Luismi: mal conversavam. Ele acordava depois do meio-dia, quando o calor daquele quartinho se tornava infernal, e ia ao rio para se banhar depois de ter comido fosse lá o que Norma oferecia a ele, sem jamais reclamar, mas também sem elogiar, porque sabia muito bem que era Chabela quem pagava aquela comida. Luismi nunca dava dinheiro a Norma, não dava uma grana para os gastos como sua mãe costumava fazer todos os dias antes de ir para a fábrica; não dava nada, pois, além daquele teto e, às vezes, só se ela pedisse, oferecia seu pau murcho nas madrugadas, e Norma, mais para pagar a gentileza do que por apetite, subia em cima dele e se inclinava para beijar sua boca entreaberta, essa boca que quase sempre cheirava a cerveja rançosa e a saliva alheia; essa boca que nunca a rejeitava, mas que tampouco a buscava, exceto para buscar seu ventre com doçura. Sabe-se lá o que Luismi pensava da coisa que crescia ali dentro; sabe-se lá se nutria ilusões de que era dele, apesar do que Norma já havia contado a respeito daquele rapaz inventado que a seduzira com promessas falsas; sabe-se lá o que passava pela sua cabeça quando acordava ao meio-dia e ficava um bom tempo sentado sobre o colchão, com o olhar fixo na terra quebradiça pelo sol impiedoso, perdido na algazarra das iraúnas e gralhas que se aninhavam nas árvores ali perto, com os cabelos bagunçados e a boca entreaberta. Tão feio que era, pensava Norma ao contemplá-lo; e tão doce, ao mesmo tempo; tão fácil de amar, mas tão difícil de compreender, de interpretar: por que insistia em dizer a Norma, e a todo mundo que se dispusesse a ouvir, que trabalhava de segurança em um armazém de Villa, se Norma jamais o viu com uniforme; se os horários em que ia e vinha do povoado nunca eram os mesmos, nem se adequavam a um horário de trabalho sensato? Por que nunca tinha dinheiro, mas sempre voltava para casa cheirando a cerveja, às vezes com uma roupa nova, ou algum presente inútil para ela: uma rosa caída envolta em celofane, um leque de papelão pintado, uma tiara de fantasia, dessas que dão nas festas, presentes para uma criança idiota, não para uma esposa? Por que dizia que Norma era a melhor coisa que acontecera em sua vida, a mais pura e especial e sincera que sentira até então, se mal a tocava, se mal falava com ela, se Norma mais sentia que o carinho que ele afirmava ter por ela era uma coisa frágil que qualquer brisa podia arrancar de suas mãos em um segundo? Era tão idiota quanto seu pai, dizia Chabela, brandindo o garfo com a comida já fria; mas mais imbecil fui eu por me deixar engravidar por esse idiota. Por burrice, de verdade, por estupidez; porque Maurilio me seduziu com sua lábia, com suas malditas canções, mas acima de tudo com seu pau; porque eu tinha catorze anos quando o conheci, recém-chegada a Villa, e estava de saco cheio de catar limões lá no rancho e o meu pai torrava toda a grana enchendo a cara e apostando em rinha de galo; até o dia em que fiquei sabendo que estavam construindo uma estrada nova por aqui, para conectar os poços a Puerto, e que isso era uma mina de ouro e que havia muito trabalho, e eu não sabia fazer nada, nada além de catar limões, mas ainda assim vim para cá sozinha, e qual não foi minha surpresa quando vi que esse povoado estava ainda pior que Matadepita, que bosta, e o único lugar onde me deram trabalho foi ali na estalagem da dona Tina, essa velha desgraçada cara de pau, avarenta como só ela. Eu precisava quase implorar para que ela me pagasse, negra desgraçada, e dizia que eu roubava as gorjetas, mas que gorjetas, se naquela espelunca não paravam nem moscas. Ah, mas isso, sim, a filha da puta se achava muito digna, muito burguesa e decente, como se a montanha de filhos que teve fosse gerada pelo Espírito Santo; como se a espelunca e o terreno não tivessem sido comprados com o dinheiro que ganhou cavalgando os mecânicos e vendedores de comida que se instalaram antes deste lado da estrada. Maldita velha mestiça, agora quer se fazer de santa e decente, mas as duas filhas saíram mais pretas e putas que ela, e das netas, nem se fala. Sempre desconfiaram de mim, todas elas, e desde que entrei para a estalagem me trataram feito lixo, e pior ainda quando ficaram sabendo que eu andava com Maurilio; logo, logo inventaram que eu era aidética e que tinha matado sei lá quantos motoristas de uma empresa de transporte, umas fofocas filhas da puta que inventaram por pura inveja. E o maldito do Maurilio nunca me defendeu delas: não tinha colhões, o vagabundo. Não sei como pude ser tão idiota para deixar que ele me embuchasse com esse moleque. Antes de engravidar eu era um tesão, um dia vou mostrar minhas fotos: eu parava o trânsito quando mostrava a perna na estrada, lindinha, e se eu tivesse ido para a capital, como todo mundo sugeriu que eu fizesse, sem dúvida teriam me contratado para aparecer na TV, ou pelo menos para as revistas, de tão bonita e gostosa que estava. Isso aí, eu cobrava o que eu queria nessa época, antes de engravidar, e até me dava ao luxo de me fazer de difícil e nunca tinha problemas para que o cliente cedesse: bastava tirar a blusa ou mostrar a raba, e eles ficavam loucos. Mas meu pior erro foi cair na do Maurilio. Essa foi minha perdição. Eu nem cobrava dele, imagina só; de tão na dele que eu estava. As pessoas logo começaram a falar que eu entrei no mau caminho porque ele exigiu, mas era tudo mentira, até para isso era um idiota; nunca teve o espírito empreendedor.

Comecei nisso de putaria sozinha; para mim, essa merda sempre me foi natural. E você com certeza me entende, Clarita, porque gosta de se fazer de boazinha e tonta, mas você não teria se metido nesse apuro se não gostasse do lepo lepo, safada. Não rolava com você de sentir umas cosquinhas na buça desde pequena? Não tinha uns namoradinhos com quem brincava de médico, você mostra o seu e eu mostro o meu? Eu escapava do meu pai e ia para os descampados olhar os casais trepando, e logo fazia o mesmo com os moleques da vizinhança; levava eles para longe e ali escondidos nos matagais baixava a calcinha e abria as pernas, e trepava com todos e até tremia de emoção quando montavam em cima de mim com seus paus bem duros, e até fila os desgraçados faziam para me comer, e olha que nem pentelho a gente tinha. Por culpa desse calorão que acabei engravidando desse moleque imbecil, por quanto eu gostava de trepar com o Maurilio; com os outros, não, com esses eu nunca gozava, só com ele, mas o prazer durou pouco, Clarita, porque, depois de seis meses morando junto com o idiota, mandaram ele em cana por matar um pobre coitado de Matacocuite e eu fiquei sozinha e tive que rodar bolsinha para não morrer de fome, e para levar dinheiro ao Maurilio na cadeia e continuar trepando ali dentro, em cana. Sério, essa foi a época em que mais ganhei dinheiro, porque eu sentia saudades pacas do idiota do Maurilio, mas ao mesmo tempo estava mais livre do que nunca, sem ninguém que me enchesse o saco nem me tirasse o tempo, e eu passava trabalhando e saía com quem me chamasse, por mais feio ou gordo que fosse o arrombado: se pagavam uma boa grana, eu abria as pernas. De qualquer maneira, eu me dizia, homens são tudo a mesma merda; todos querem a mesma coisa; todos sonham em mostrar a piroca para que você diga: uau, que cobrona você tem aí, garanhão, e que linda, hein, mete devagarzinho para não me machucar, embora no fundo eles saibam que tudo isso é pura lorota, não é? Porque todos, todos são iguais. Quer dizer, têm lá suas diferenças, não? É preciso saber como lidar com cada um, não é a mesma coisa um magricelo enfiando-lhe o pintinho e um monte de caminhoneiros gordos e fedorentos que metem, metem, sem você nem saber o nome de quem está metendo, certo? E isso é o mais trabalhoso, de início: acostumar-se a lidar com esses idiotas, aprender a agradar, a suportar os bêbados; mas depois de um tempo você pega o jeito, e a verdade é que até o corpo começa a pegar gosto, e o melhor de tudo é que com a idade você vai deixando de ser idiota e se dá conta de que para ganhar dinheiro com esse negócio, dinheiro de verdade, a única coisa de que precisa são umas boas nádegas, e melhor ainda se não forem as suas, lindinha; melhor se forem de um monte de novinhas idiotas com a mesma empolgação de quando você começou: esse é o verdadeiro negócio. Por isso, já não me desgasto na função. Por que você acha que continuo inteiraça? Vou ficar enrugada, mas veja, veja só esse traseiro, ainda durinho; e nem uma estria na barriga, e ainda aperto como se fosse novinha. Porque agora só trepo com quem eu quero, e até me dou ao luxo de manter o meu marido, que cá entre nós, você o vê todo torto e fodido, mas ele tem um jeitinho para usar a língua que você nem imagina, Clarita; eu só me sento na cara dele e não paro até gozar pelo menos cinco vezes seguidas; é uma coisa bárbara, esse maldito Munra. Só por isso não jogo ele na rua, só por isso aguentei todos esses anos, maldito coxo desgraçado. E ele era bonitão quando jovem, todo machão na sua moto, antes daquele caminhoneiro maldito estragar ele. E Norma olhava para o Munra, sentado em uma poltrona diante da tevê, espremendo com a unha uma espinha gigante que apareceu no pescoço, e não pôde evitar um calafrio ao imaginar a cara daquele homem enfiada nas suas coxas. Pelo menos Pepe era bonito; pelo menos Pepe tinha uns bíceps que podia flexionar até quase arrebentar as costuras da camisa. Pepe fazia cem flexões, cem agachamentos e cem abdominais todas as manhãs, logo ao acordar, e era tão forte que uma vez a carregou por vários quilômetros descendo a montanha, naquela viagem que fizeram aos morros que circundavam Ciudad del Valle, quando os pés de Norma congelaram por não usar meias. Ah não, continuava falando Chabela, quando o maldito do Munra chegou à minha vida, eu já sabia de tudo, e por isso eu disse que se queria ficar comigo a sério precisaria cortar a mangueira das bolas, porque eu não queria ter mais filhos; já não queria mais surpresinhas pentelhas. Fiquei traumatizada com esse moleque imbecil. Não tanto pela dor do parto, e sim porque foi muito ruim depois que ele nasceu; eu me sentia um lixo, e não conseguia trabalhar, e quase morri de fome, com o Maurilio na cadeia e eu doente e sem um puto no bolso. Se bem que pensando agora foi nesse momento que caiu a ficha e entendi como tinha sido idiota até aquele instante e me disse: vou mandar o Maurilio à merda; não vou mais visitá-lo na cadeia nem lhe dar um tostão; que a desgraçada da mãe dele que o mantenha, ele e o seu filho maldito. Mas não foi fácil tomar a decisão, porque na verdade naquela época eu ainda estava na do Maurilio. Só conseguia gozar com ele; com os clientes, não; com eles era só trampo, só zoeira, mas com Maurilio era diferente. É porque o desgraçado tinha uma pica assim, desse tamanho, menina, e mesmo que fosse ruim de cama eu só chegava e o empurrava e subia em cima e enfiava a pica até não enxergar mais; cavalgava como se fosse um brinquedo do parque de diversão, menina, um touro mecânico. Nessa época eu era muito idiota, vou te contar; não sabia que quando você goza com um homem, a buça esquenta e a porra gruda melhor, diabos; eu não sabia de nada, só tinha quinze anos e não me dei conta de nada até ser tarde demais para tirar. Porque nunca quis ter filhos, e seu marido bem o sabe, porque essas coisas é preciso falar, não tem por que andar por aí pagando de mártir, melhor deixar tudo bem claro, sem papas na língua, e que todo mundo saiba: isso de ter filhos é uma bosta; não tem como dourar a pílula, no fundo todos os moleques são uns sanguessugas, uns carrapatos, umas parasitas que chupam a sua vida e o seu sangue e além disso nem lhe agradecem pelos sacrifícios que você tem de fazer por eles. Você sabe muito bem, Clarita, você viu como sua mãe foi se enchendo de filhos, um atrás do outro, como se fosse uma maldição, e tudo por causa do tesão, não venha dizer que não; pelo maldito calorzinho, e por ser idiota, por achar que os homens vão ajudá-la, mas quando chega a hora você tem de sofrer para tirá-los lá de dentro, e se matar para cuidar das crianças, e para mantê-las, enquanto o arrombado do seu marido vai encher a cara e só aparece quando dá na telha. Ou você acha que esse imbecil do Luismi vai mudar se você tiver o seu filho? De jeito nenhum, eu o conheço bem! Já deve ter dito para você ter o filho, que ele vai apoiá-la, que vai ser o pai, e sabe-se lá que outras lorotas, não é? Mas ouça o que eu tenho a dizer, menina, e não me leve a mal, conheço muito bem esse moleque imbecil: não à toa eu o pari, então devo dizer que é tão idiota como o pai dele, e nunca vai mudar, nunca fará você feliz porque a única coisa em que ele pensa é droga. Droga e putaria. Mesmo que diga que não, que deixou isso para trás; mesmo se jurar e perjurar que só sai para beber umas cervejas, é questão de tempo para que ele volte ao vício nos comprimidos, nos antros da estrada. Caralho, se pelo menos cheirasse pó pelo menos andaria por aí ligadão e acordado, mas ele gosta mesmo é de ficar lesado, e você sabe que falo a verdade porque você não é idiota, Clarita; você não tem culpa de um idiota ter se aproveitado de você, mas precisa entender que esse moleque imbecil não vai mudar nunca, não importa o que disser ou prometer. Você acha que não sei da merda em que ele se enfiou? Você acha que algum dia vai largar essa bosta e comer você do jeito que merece? O melhor conselho que tenho para dar é este: deixe-me levá-la à minha amiga; deixe-me ajudá-la com isso, daí você pode pensar no que quer fazer sem a pressão de ter uma cria na pança, porque você é muito novinha para saber que diabos quer da vida, e quando eu olho para você é como se eu me visse quando eu tinha a mesma idade e penso: quem dera alguém nessa época tivesse me ajudado a tirar esse moleque a tempo, alguém que me levasse à Bruxa. Você vai ver que na hora nem vai cobrar; nem precisa, de tão milionária que é; está forrada de grana, embora você a veja enfurnada naquele casebre e vestida com trapos sujos. Logo você vai ver como ela vai ajudar; deixe que eu mesma falo: vamos, maninha, precisa ajudá-la, coitadinha, não vê que é uma pobre novinha idiota? Diga-lhe quantos anos tem, menina. E Norma: treze. Viu só? Não me xingue, maldita Bruxa, não venha com frescura agora, safada; até o moleque está de acordo. Não vê que esses coitados não têm nem o que comer? E além disso a criatura nem é do Luismi; conte para ela, Clarita; conte como você foi tonta e deixou que um idiota de Ciudad del Valle botasse aí; diga-lhe que não tem erro, que quer tirar. E a Bruxa, que nesse tempo todo estava de costas para elas, aprontando algo naquela cozinha fedorenta, se virou para fitar Norma com os olhos brilhando atrás do véu e, depois de um longo silêncio, disse que antes de qualquer coisa precisava avaliar Norma, apalpá-la para ver quão avançada já se encontrava no assunto, e ali mesmo, sobre a mesa da cozinha, a deitaram de costas e levantaram seu vestido e a Bruxa passou as mãos pelo seu ventre com rudeza, quase com ódio, talvez até com inveja, e depois de um tempo tocando-a a Bruxa disse que seria muito difícil, pois já era muito tarde, e a Chabela: diabos, eu pago o que for, mas tire isso dela, e a Bruxa: não é pelo dinheiro, é por ela, e Chabela: é o Luismi quem está pedindo, mas você sabe como ele é orgulhoso e não se atreve a dizer; tem vergonha de pedir um favor depois da briga, tudo enquanto Norma permanecia ali estirada, com o vestido arregaçado até a altura dos seios e a cabeça junto à maçã podre cravada no prato com aquela faca afiada, e quando enfim levantou a cabeça viu que a Bruxa se movia pelo cômodo buscando coisas, movendo panelas, destapando frascos e garrafas e murmurando sabe-se lá que orações ou conjurações diabólicas com sua voz aflautada e rouca, e em todo esse tempo em que estiveram esperando Chabela não deixou de encher o ar viciado da cozinha com a fumaça dos seus cigarros, falando com a Bruxa da vida e obra do seu novo amante, o tal Cuco Barrabás, o sujeito a respeito do qual Luismi a advertira, o cara da caminhonete preta que ficou arrodeando Norma naquela primeira tarde em que chegou a Villa, quando acabou o seu dinheiro para a passagem e o motorista a fez descer no ponto ao lado do posto de gasolina, onde ficou sentada por várias horas sem saber o que fazer nem para onde ir ou em que direção ficava Puerto, ou se deveria pedir carona aos caminhoneiros que passavam a cada cinco minutos em frente à parada e que lhe lançavam olhares de soslaio, e uma parte dela sentia medo de que iriam querer machucá-la, embora outra parte dizia que nada importava mais, que de toda maneira ao final se atiraria da colina para se afogar, para afogar a coisa essa que flutuava dentro dela e que Norma não imaginava como um bebê em miniatura, e sim como uma bola de carne, rosa e disforme como um chiclete mastigado, e que por isso já não importava o que acontecesse no caminho. E assim, brigando consigo mesma, permaneceu várias horas sentada no ponto, à beira da estrada, até que o sujeito loiro da caminhonete preta parou e ficou olhando-a enquanto sorria e a música trovejava da cabine: *me haré pasar, por un hombre normal, que pueda estar sin ti, que no se sienta mal, y voy a sonreír*; a mesma canção que de repente começou a tocar no telefone de Chabela quando já voltavam para casa, naquela escuridão que a cada minuto ia se tornando mais densa e engolia as cores ao seu redor, transformando as copas das árvores e as matas dos canaviais e a tela da noite em uma massa sólida de xisto na qual brilhavam, como diminutos vagalumes, as lâmpadas penduradas sobre as portas das casas do povoado, a distância. Chabela a arrastava pelo punho e Norma se esforçava para acompanhar o ritmo, apertando na outra mão o frasco que continha a mistura salvadora, sua única esperança, com a apreensão crescente de que, a qualquer momento, o caminho se abriria aos seus pés e ela cairia no fundo de um barranco e quebraria todos os ossos, ou pior ainda, que o frasco se romperia e o líquido se derramaria sobre a terra sedenta, ou algo ainda mais terrível, que da escuridão surgiria um desses seres malignos que habitavam os bosques dos contos de fada, um duende de rosto enrugado e cabelos ralos que lançaria um feitiço para enlouquecê-las, ou para fazê-las andar em círculos por aquela rua escura por toda a eternidade, entre o enlouquecedor zunido das cigarras e os alaridos que periodicamente lançavam os curiangos de olhos avermelhados. O telefone de Chabela começou a tocar: *me haré pasar por un hombre normal*, e Norma esteve a ponto de lançar um grito, *que pueda estar sin ti, que no se sienta mal* e colidir com Chabela, que tinha soltado sua mão para buscar o telefone entre as roupas e atendê-lo, toda dissimulada: meu tesouro, como você está, meu tesouro, estava pensando em... Claro, sim, agorinha mesmo... Não, não, logo mais eu chego, é que eu andava... Não, não se preocupe, em quinze, sim. E desligou o telefone com suspiro e gritou a Norma: se apresse, menina, temos que chegar antes que esses desgraçados; terei de deixá-la sozinha, mas não se preocupe; tome essa merda e pronto, você vai ver que amanhã de manhã já vai estar como se fosse nova; fiz isso tipo cem mil vezes e não tem erro, mas ande, ande, lindinha, que estou superatrasada! E ainda nem tomei banho, meu Deus! Vamos, vamos, maldita Clarita! Norma tentava seguir Chabela na escuridão, mas tinha a impressão de que a voz da mulher se afastava cada vez mais dela, e que se não se apressasse acabaria ficando sozinha naquelas trevas, agarrada com força ao frasco cheio do líquido asqueroso que teve de beber por completo, inteirinho, até a última gota. E a Bruxa tinha razão: foi muito difícil segurar a náusea que a porcaria provocou, mas mais difícil ainda foi aguentar a vontade de gritar quando vieram as dores: por um bom tempo, parecia que alguém arrancava suas tripas, que as puxava para fora, estirando-as até que os tecidos se soltavam, e sabe-se lá como teve forças para sair do colchão, sair ao pátio, dar a volta na casinha e começar a cavar um buraco na terra com os dedos e as unhas e com as pedras que ia desenterrando, um buraco onde se enfiou e se agachou apesar da dor que havia transformado seu sexo em um corte aberto a golpe de faca, e empurrou até sentir que algo se arrebentava, e ainda meteu os dedos para comprovar que não restou nada ali dentro, antes de tapar o buraco e aplainar a terra com as mãos ensanguentadas e se arrastar de volta ao colchão sem nada e ficar toda encolhida e esperar que a dor passasse; esperar que Luismi voltasse do trabalho completamente bêbado e a abraçasse por trás, sem se dar conta de que ela sangrava sem parar, de que ardia de febre, até o dia seguinte ao meio-dia, quando Norma quis se levantar do colchão e não conseguiu, por mais que o calor se tornasse cada vez mais insuportável, e a única coisa que conseguia dizer a Luismi era dói, dói, água, água, e quando seus lábios se umedeceram com o líquido que Luismi levou para ela em uma garrafa, Norma bebeu até perder a consciência e sonhou com o buraco que cavara atrás da casinha; sonhou que daquele buraco brotava um peixinho vivo que nadava no ar e que a perseguia pela rua, tentando se enfiar embaixo do seu vestido, enfiar-se de novo dentro dela, e Norma gritava apavorada, mas da sua boca não saía som algum, e quando voltou a acordar já não estava sobre o colchão da casinha e sim deitada de costas sobre uma maca, com as pernas abertas e a cabeça de um sujeito careca enfiada entre elas, e o sangue continuava saindo e ela não sabia quanto ainda restava no seu corpo, quanto tempo demoraria para morrer ali mesmo sob o olhar enojado da assistente social e o eco de suas perguntas: quem é você, qual o seu nome, o que você tomou, onde você o enfiou, como pôde fazer isso, e depois nada, um silêncio escuro salpicado de gritos, do pranto de crianças recém-nascidas que a chamavam, cantando o seu nome, e acordou, vendo-se nua sob a bata de um tecido alinhavado, presa à grade da cama com faixas que queimavam a pele de seus punhos, em meio à tagarelice das mulheres e o fedor azedo e leitoso do suor das crianças que berravam no calor da sala e que fazia com que Norma quisesse escapar correndo daquele lugar, rasgar as faixas e fugir de qualquer maneira do hospital, fugir do seu próprio corpo dolorido, dessa massa de carne inchada e cheia de sangue, de pavor e de urina, que a mantinha presa àquela maldita cama. Queria tocar seus peitos para aliviar as pontadas que a atravessavam; queria tirar o cabelo empapado de suor da cara, arranhar a coceira desesperadora que sentia no seu ventre, arrancar o tubo de plástico enterrado no buraco do seu antebraço; queria puxar e puxar aquelas faixas até rompê-las, escapar daquele lugar onde todos a olhavam com ódio, onde todos pareciam saber o que ela tinha feito; estrangular-se com as próprias mãos, degolar a si mesma em um grito primordial que, assim como a urina, não conseguiu segurar por mais tempo: mamãe, mamãezinha, gritou, com o coro dos recém-nascidos. Quero ir para casa, mamãezinha, me perdoe por tudo o que eu fiz.

VI

Mamãeeeeeeee, gritava o homem, me perdoe, mamãe, me perdoe, mamãezinha, e uivava igual aos cães atropelados pelos caminhões enquanto se arrastavam, ainda vivos, até a sarjeta: mamãeeeeeee, mamãezinhaaaaaa. E Brando – encolhido no seu canto, no buraco entre a parede e a privada da cela, o único lugar que conseguiu pegar para si quando os homens de Rigorito o jogaram lá dentro – pensou, não sem certo prazer, que talvez Luismi era quem gritava, Luismi quem uivava, preso em uma angústia devoradora, Luismi berrando até vomitar enquanto arrebentavam suas tripas a pauladas para que confessasse. O dinheiro, queriam saber onde estava o dinheiro, o que tinham feito com o dinheiro, onde o haviam escondido, e isso era a única coisa que interessava ao porco asqueroso que era o Rigorito, e aos arrombados dos policiais que encheram Brando de porrada até que ele cuspisse sangue para depois jogá-lo no calabouço que cheirava a mijo, merda e suor azedo dos bebuns infelizes, encolhidos como ele contra as paredes, roncando ou rindo em sussurros ou fumando enquanto lançavam olhares vorazes em sua direção. Precisou se defender de três caras que caíram em cima dele assim que ele passou pela grade; três imbecis que o receberam com empurrões e ordenaram que tirasse os tênis, ou o quê, vai se fazer de difícil, matador de veado?, disse o líder, o que gritava mais alto, o que sacudia as mãos roçando a cara de Brando, um sujeito de pele preta, quase só carne e osso, banguela e barbudo e vestido com algo que mais parecia um trapo rasgado do que uma camisa, e um vozeirão que sabe-se lá de onde vinha: qual é, negão imbecil, ou você libera o pisante ou vou ter de comer o seu cu, e Brando, que mal conseguia se manter de pé por causa da surra que os policiais tinham dado nele, não teve escolha a não ser ficar descalço e entregar seu Adidas ao malandro barbado, que logo os calçou e começou a executar uma espécie de dança triunfal que incluía chutes casuais nos bêbados que gemiam em sonhos no chão da cela. O chorão aquele, o cachorro arrebentado, não parava de berrar nem por um instante. Seus gritos ricocheteavam nas paredes das celas e às vezes soavam ininteligíveis quando os outros presos respondiam, também aos gritos: Fica quieto, cachorro sarnento! Cala a boca, assassino maldito! O moleque matou a mãe, bem louco da pedra, e ainda diz que foi o diabo! Ave-maria! Alguém precisa dar uma camaçada de pau para que cale a boca, caralho. Brando conseguiu se encolher num canto mijado da cela, com os braços cruzados sobre o ventre e as nádegas mais grudadas contra a parede quanto possível, encolhido na única posição em que suas vísceras pareciam se manter unidas, e não soltas, preenchendo a cavidade sangrenta do seu abdômen. Ainda de olhos fechados conseguia sentir a presença do líder ao seu redor, sentir o fedor podre que a pele do maluco soltava. Matador de veados, dizia o cara: olha só, matador de veados, olha só... Mas Brando tapou as orelhas com as mãos e balançou a cabeça. Já tinha dado a única coisa de valor que possuía. O que mais aquele sujeito queria? Suas cuecas cagadas? As bermudas salpicadas de sangue e urina? Já pagou com os tênis seu direito de um espaço, por acaso não merecia uns minutos de tranquilidade para que pudesse se lamuriar por causa dos seus numerosos ferimentos? O chorão continuava berrando em algum lugar no final do corredor, decerto naquela cela diminuta que os policiais chamavam, carinhosos, de "o buraquinho": não fui eu, mamãe, não fui eu, gritava; foi o diabo, mamãe, foi a sombra que entrou pela janela, eu estava dormindo, mamãezinha, a sombra do diabo, e os presos que não estavam doidões ou espancados voltavam a responder com piadas e obscenidades e assovios. Ele os atiçava, pois; alguns até se atreviam a dirigir-se ao guarda que cuidava da porta das privadas para ver se ele não podia ser emprestado um pouquinho, para que pudessem dar um trato nele, quem sabe até meter no seu cu, para, assim, ele ter motivos para gritar, maldito assassino, péssimo filho, como foi matar a sua mamãezinha, como diabos esses porcos ainda não lhe deram uma surra, seu filho de uma puta. Onde estava Rigorito? Onde estavam seus capangas? Onde estava o balde cheio de mijo para fazer esse puto desgraçado dar um mergulho? Cadê os cabos e a bateria para fritar as bolas dele? O porco do comandante tinha vazado a bordo do único carro de patrulha de Villa, na companhia dos seus beleguins; tinha vazado para a casa da Bruxa logo depois de surrarem Brando naquele quartinho atrás da delegacia. Onde está o dinheiro?, gritava o porco asqueroso, fala agora ou vou estrangular você como o rato que é; fala ou corto seu pau e enfio ele no seu cu, moleque arrombado, veadinho de merda, e queria porque queria que Brando dissesse onde estava a grana, embora o garoto já tivesse jurado que não encontrou nada na casa, que não existia tesouro nenhum, que era tudo mentira, histórias que as pessoas inventavam, e até chorou na frente desses filhos da puta ao se lembrar do ódio e da decepção que sentiu quando não conseguiram encontrar nada naquela casa, além de uns míseros duzentos pesos sobre a mesa da cozinha e um punhado de moedas espalhadas no chão da sala, nada de tesouros, nada de cofres com ouro, nada além de lixo puro, merda podre por causa da umidade, e papéis e trapos e porcarias e bosta de lagartixa e baratas mortas de fome, porque até os alto-falantes e os aparelhos de som que o puto usava nas festas estavam destruídos, estripados e espalhados por todo o andar de baixo, como se numa crise histérica o boiola resolvesse pegar os equipamentos e levá-los para o andar superior só para jogá-los por cima do corrimão e arrebentar com tudo. Não tinha nada, nada de nada, disse aos policiais, mas quando pararam de golpeá-lo nos rins com aquele pedaço de pau com o qual Rigorito e seus homens se alternavam no uso para não se cansar, quando mostraram os cabos e a bateria com os quais pensavam em eletrocutá-lo, e quando desceram a bermuda mijada e o amarraram pelas mãos a uns fios que desciam do teto, Brando não teve escolha e falou do quarto fechado: a porta essa no andar de cima da casa da Bruxa que sempre estava trancada; que nenhum dos dois conseguiu derrubar naquela tarde, por mais que tentassem arrombá-la. Precisou confessar também, quando Rigorito colocou os fios desencapados sobre suas bolas, que naquela mesma noite ele havia retornado para casa, depois do assassinato, depois de ter jogado o corpo dela no canal de irrigação, já sem Luismi nem Munra, para ele mesmo conferir a casa outra vez, pois como era possível não ter nada lá, caralho, e depois de revirar todo o térreo subiu as escadas, e tentou mais uma vez arrombar a porta do quarto fechado, e pensou inclusive em rompê-la a machadadas, porque estava convencido de que devia ter algo ali dentro, algo de valor, senão por que ela tomaria tantas precauções para que ninguém entrasse no quarto, para que ninguém soubesse. E só depois de confessar isso, depois de choramingar de ódio e de humilhação e de dor, os porcos desgraçados pareceram satisfeitos e o tiraram daquele quarto e o jogaram na cela e vazaram a bordo do carro de patrulha, com certeza direto para a casa da Bruxa, para eles mesmos buscarem o maldito dinheiro, arrombarem a porta a bala se fosse preciso, embora Brando tivesse quase certeza de que Rigorito também não iria encontrar nada naquele quarto, e que quando se desse conta de que tudo era lorota voltaria para a delegacia para se vingar de Brando e cortar o seu pau e suas orelhas e depois deixá-lo sangrando no interior daquela cela que mais parecia um caixão de pé: o famoso "buraquinho", talvez até na companhia agradável daquele craqueiro louco que matou a própria mãe. Porque a verdade era que, para o comandante Rigorito, a morte da Bruxa não significava porra nenhuma, e a única coisa que o arrombado queria saber era onde estava o ouro: que ouro, gritava Brando, e zum, uma porrada na boca do estômago; diga-me onde foi que escondeu, e paf, uma pancada nos rins antes de ele sequer conseguir responder que não sabia, como se o puto conseguisse ler a sua mente; posso continuar assim a noite toda, matador de veado, essa porra é o meu esporte, então abre o bico: cadê a grana? Onde você escondeu? Sentia seus rins moídos por dentro e a carne das nádegas lacerada pelas porradas, mas, isso sim, os desgraçados cuidaram para não bater na sua cara, para que os jornalistas pudessem tirar fotos amanhã e que não fofocassem que surraram o moleque para que confessasse. Sua mãe ficaria sabendo de tudo no dia seguinte, ao ver seu rosto nas páginas da seção de crimes, embora o mais provável era que alguma vizinha já tivesse ido contar a fofoca do que viram quando os policiais o enfiaram dentro do carro, ali em frente à loja do seu Roque. O líder do Grupo dos Matadores de Veados era como o porco desgraçado do Rigorito o chamava; que puto exagerado, afinal, foi só um veado que mataram; também não era como se Brando se dedicasse a isso, e ademais a Bruxa fez por merecer: por ser veado, por ser feio, por ser cuzão e por ser podre. Ninguém iria sentir falta desse veado de merda; Brando nem sequer estava arrependido do que acontecera. Por que devia estar? Em primeiro lugar, ele nem sequer enfiou a faca; só deu umas porradas para dar uma acalmada nela, não?, ao entrar na casa e logo depois, quando a enfiaram na caminhonete do Munra. Mas quem matou foi Luismi; a culpa toda era do Luismi; foi ele quem enterrou a faca no pescoço, disse a Rigorito. Brando só a pegou pela empunhadura e a jogou no canal. Mas o comandante não queria saber de nada disso; ele só se interessava pelo dinheiro, o maldito dinheiro, e Brando não sabia como convencê-lo de que não tinha dinheiro nenhum, de que nunca teve, que foi tudo uma enorme decepção, e que se sentia remorso por algo era porque não teve coragem de matar todo mundo, o idiota do Luismi e também o coxo de merda tagarela do Munra, e vazar às pressas desse lugar fedorento cheio de veados; deveriam pegar todo mundo, botar todos juntos e queimá-los, disse aos policiais, queimar todos os putos veados da região, e sangue!, até a bexiga afrouxou por culpa da porrada que deram no seu lombo. E foi assim, todo mijado e mal conseguindo caminhar, com um gosto metálico na boca, que o enfiaram na cela para que os filhos da puta imundos esses o roubassem: seus tênis novos, caralho; seus tênis de marca, originais e a porra toda, que custaram boa parte dos dois mil mangos aqueles que ele pegou do Luismi; os famosos dois mil mangos que a Bruxa deu a Luismi para que ele fosse a La Zanja e comprasse cocaína, e o idiota estava tão lesado de boleta que nem se deu conta quando Brando tirou a grana do seu bolso no caminho, e a Bruxa ficou furiosa no dia seguinte quando viu Luismi chegar sem pó e sem grana, porque achou que o puto queria tirá-la de idiota, como sempre, e o expulsou de casa e disse que nunca mais queria vê-lo, em um desses surtos convulsivos de boiola despeitado que de quando em quando a Bruxa armava por nada; uma cena ridícula na qual o veado maldito acabou esperneando no chão enquanto o imbecil do Luismi gritava que ele não era um ladrão de merda, que ele não havia roubado nada, que alguém surrupiara a grana dele, ou que talvez tinha caído sem querer dos bolsos porque ele andava bem louco, e os dois ficaram tão imersos nessa cena de novela que ninguém suspeitou de Brando, que na semana seguinte, com o fim do carnaval, foi ao Almacenes Principado de Villa e comprou seu Adidas branco com vermelho que ficava da hora nos pés dele, e para todo mundo que perguntava quem foi que ele teve de chupar dizia que foi um presente do seu pai, embora havia anos o arrombado não parava no povoado para visitá-los e só mandava uma pensão miserável com a qual mal dava para ele e sua mãe viverem. Ele não precisou explicar para sua mãe de onde vieram os tênis; ela era tão tonta que nem se deu conta de que Brando nunca usava os sapatos de merda que ela havia comprado no mercado, porcarias que saíram de moda e que em dois dias já tinham buracos e estavam todos rasgados, sapatos de pobre que ela escolhia quando ia fazer compras nessas lojas escrotas onde comprava as bostas com as quais decorava a casa: anjinhos de plástico, pôsteres da Última Ceia, pastorezinhos de cerâmica e animais de pelúcia que preenchiam o sofá da sala, sendo que mal tinha espaço para sentar ali, porque não era possível colocar a bunda de um jeito confortável no maldito móvel com todas essas merdas empoeiradas ali atrapalhando, e só por isso, quando sua mãe não se dava conta, nessas tardes em que passava enfiada na igreja rezando o rosário com o resto das velhas murchas do povoado, Brando escolhia algum desses bichos de pelúcia e os estripava e os queimava com gasolina no pátio, desejando que fossem animais de verdade, de carne e osso, coelhos e filhotes de urso e gatos de olhos sonhadores cuja pelagem arderia entre gritos de agonia. Sentia ódio da idiotice da sua mãe, que era tão crédula; por sua culpa, tinham de comer feijão todos os dias, porque boa parte do que o pai de Brando mandava, que não era muito, ela doava para o seminário. Sentia um puta ódio que sua mãe ficasse enfiada na igreja puxando o saco daquele puto do padre Casto, que não fazia nada além de torrar o saco de Brando quando aparecia para comer na sua casa: por que ele não ia à missa, por que não se confessava, por que se juntava com companhias tão ruins. O que Brando estava esperando para tirar essa roupa cheia de símbolos satânicos, de diabos e cadáveres e blasfêmias contra o Senhor? Por que não jogava no lixo essa música que só o empurrava contra o mal, direto para as garras da perdição e da loucura? Não sentia vergonha por mortificar sua pobre mãe daquela maneira? Nas sextas, em vez de se juntar a esses delinquentes para encher a cara no parque, poderia assistir à missa que o padre Casto dedicava aos endemoniados da paróquia, a toda essa gente que, por acreditar em bruxaria, acabava sob controle das forças obscuras, das legiões de demônios e fantasmas soltos pelo mundo, espíritos malignos que só ficavam esperando quem lhes permitisse entrar com pensamentos ímpios, com rituais de feitiçaria e crenças supersticiosas que desgraçadamente abundavam naquela terra devido às raízes africanas de seus habitantes, aos costumes idólatras dos índios, à pobreza, à miséria e à ignorância. Brando conhecia bem essas missas; sua mãe costumava levá-lo quando era pequeno, convencida de que seu filho estava possuído. O serviço era longuíssimo e entediante porque o padre Casto cantarolava tudo em latim e Brando não entendia patavinas do que ele dizia, embora no final a coisa sempre ficasse meio interessante, porque sempre alguma das pessoas sentadas nos bancos da frente começava de súbito a se retorcer ou a ficar com os olhos brancos quando o padre Casto jogava água benta nela e colocava suas mãos para cima, e também havia um grupo de velhas loucas que sempre desmaiavam, e outras que começavam a gritar em línguas estranhas, segundo elas, preenchidas pelo Espírito Santo. Brando não tinha nem doze anos naquela época e não entendia por que sua mãe o levava ali, por que estava tão convencida de que ele se encontrava endemoniado, se na verdade nunca sentiu desejos de gritar na missa ou de se retorcer como uma centopeia dedetizada como essas velhas imundas, mas ela dizia que era porque de um tempo para cá Brando começou a falar dormindo, chorava nos sonhos, ou se levantava para passear pela casa como um sonâmbulo, falando com presenças invisíveis e às vezes até rindo. Se não estava possuído pelo diabo, então por que se tornou tão desobediente e esquivo? Por que nunca a fitava nos olhos quando ela pedia que ele tirasse as mãos do bolso, que deixasse de se tocar nos lugares onde não devia, que saísse do banheiro e parasse de fazer as besteiras que decerto fazia ali dentro? Não sentia vergonha de que Deus o visse pecando? Porque Deus enxerga tudo, Brando, especialmente o que você não quer que Ele veja, o que você faz trancado no banheiro, com as revistas de celebridade da mãe abertas no chão; coisas que você aprendeu sozinho nas noites de insônia, e os vagabundos do parque não tiveram nada a ver com isso, embora os desgraçados vivessem xingando você com: aí, moleque, quantas punhetas já bateu hoje? Tem pelo crescendo na mão, maluco, já notou? Olha só, o idiota conferiu mesmo! Pensou que não tinha se depilado, hein? Vai negar, moleque? Quer dizer que não estava descabelando o palhaço? Não estava socando uma mesmo? Mas aposto que essa piroquinha nem levanta, não é? E Brando, envergonhado, cercado por rapazes que fumavam e bebiam, alguns com o dobro da sua idade, respondia: claro que levanta, pergunte para sua mãe, e os vagabundos se cagavam de rir, e Brando se sentia orgulhoso por ser aceito nesse círculo que se reunia no banco mais distante do parque, embora os idiotas ficassem tirando onda com ele, com seu nome de frutinha, da piroquinha certamente microscópica que ele tinha e, acima de tudo, do fato de que Brando, com doze anos, jamais tinha afogado o ganso. Maluco, você não é de nada! Maluco, na sua idade, eu trepava até com as professoras. Que mentiroso da porra você é, Willy, gritava o Gatarrata. Não inventa, idiota, não se lembra daquele dia em que o Borrega deu *yohimbe* para a nossa professora do sexto ano e de como a mulher ficou bem louca e teve um piripaque no chão? Tinha umas tetas delícia, mané, mas nesse dia ninguém viu porra nenhuma, nem conseguiu trepar com ela, porque nunca mais voltou. Com quem a gente de fato trepou no sexto, agora lembro, foi com o Nelson, disse o Mutante. Não zoa, o Nelson, caralho, o que será que aconteceu com esse veado? Pois dizem que foi para Matacocuite e que montou um salão de beleza, e que ninguém mais o chama de Nelson, que agora o nome dele é Evelyn Krystal. Puta veado, que bunda ele tinha, lembra, maluco? E como passava na nossa frente rebolando essa raba e fazendo que não se dava conta de que a gente estava de olho? Era bem moleque quando a gente rompeu o lacre, mas é que não dava para aguentar mais ele sacudindo a bunda, doente de tesão, e um dia a gente o levou para perto da ferrovia e deu a foda da vida dele, você lembra, cara? O veadinho até chorava de alegria, não sabia o que fazer com tanta pica! Sério que você nunca meteu, Brando? Carai! Nem num putinho? Sério? Nem num porquinho, numa ovelhinha? Os desgraçados rachavam o bico e Brando, roendo as unhas, só ria, porque era verdade que por volta dos doze, treze, catorze anos, ainda não tinha trepado com nenhuma menina, só socava uma no banheiro, com as revistas de celebridade que a sua mãe comprava pelo chão; revistas que logo precisava jogar às escondidas no lixo porque ficavam todas respingadas de porra, o sêmen que finalmente saiu dele, tal como os moleques do parque tinham avisado, embora isso de que o seu pau aumentaria quanto mais punheta batesse não era verdade, e o fato é que Brando se preocupava sim com o tamanho da sua pica, ou melhor, com a largura; ele sentia que a dele era magra demais, escura demais, quase roxa na base, e bem, a verdade é que também parecia pequena, ainda mais se comparada com os troncos dos caras dos filmes pornôs que comprava do Willy, quando as mulheres de biquíni das revistas de fofoca o entediavam. O ponto do Willy estava escondido no fundo de um prédio junto aos banheiros públicos do mercado de Villa; era uma loja onde o cara guardava todos os filmes piratas que se vendiam nos postos, embora seu verdadeiro negócio fossem os filmes pornôs e os baseados já enrolados que guardava em um pote desses de aveia. Willy riu muito na primeira vez que Brando chegou para comprar pornografia: vai crescer pelo na sua mão, maluco, ele dizia; por isso você está aí cheio de manchas, magro desse jeito, de tanto bater uma, e Brando respondia: e você com isso?, e segurava a raiva e as piadas desde que Willy permitisse que ele se enfiasse na sala dos fundos para escolher os filmes, onde ele se deixava ser guiado pelas fotos das capas mal impressas em papel brilhante, e depois dava uns pegas no baseado que Willy sempre oferecia, e voltava logo para casa e colocava os vídeos no aparelho da sala e se esbaldava enquanto sua mãe estava na missa ou rezando um rosário, o que podia durar várias horas e lhe permitia se acabar na punheta diante da tela, olhando várias vezes as cenas de que mais gostava dos filmes: aquela na qual um negro imenso metia numa loira peituda em cima de um porta-malas; ou aquela outra em que duas minas eram penetradas ao mesmo tempo, cu com cu, com um dildo gigante; ou a parte daquele filme onde uma chinesinha chorava e seus olhos ficavam brancos como aquelas endemoniadas das missas do padre Casto enquanto dois caras a comiam amarrada na cama. Cenas que logo o entediavam e das quais ele se cansava com rapidez, até que um dia, por puro acaso, ou por erro do Willy ou das pessoas que fizeram as cópias piratas na capital, ele testemunhou a cena que mudaria tudo, o vídeo que marcaria um antes e depois em sua vida sexual, no mundo das suas fantasias: o trecho esse que apareceu entre duas cenas de filmes diferentes, com uma menina muito magrinha, de cabelo curto e cara de menino, completamente nua e com sardas claras cobrindo os ombros e os peitos pequenos e pontiagudos, e com ela um cachorro preto imenso, uma cruza de dinamarquês que tinha um par de meias nas patas dianteiras; um bruto babão que não parava de perseguir a menina por todo o quarto, de encurralá-la contra os móveis para meter seu focinho preto entre as pernas da garota e lamber com sua língua rosa a boceta também rosa daquela garota sorridente que ria como uma idiota e que fingia repreender o cão em um idioma que Brando não entendia. O filme terminava dois minutos depois, quando a garota fingia cair de costas sobre uma poltrona e o cachorro saltava sobre ela e botava suas patas que calçavam aquelas meias amarelas ridículas sobre os ombros da garota, que aproximava seu rosto da pica perfurante do animal, e bem no momento em que ela abria seus lábios de morango para envolver a ponta do membro do cão, a cena era cortada bruscamente com um segundo de tela azul e o que vinha a seguir era uma cena entre um sujeito sendo chupado, de quem nunca se via o rosto, e outra dessas loiras de peitos siliconados. Brando lançou um gemido de frustração e se apressou em avançar o filme para ver se a garota e o cachorro voltavam a aparecer, mas foi inútil; precisou se conformar então com aqueles dois minutos, que reproduziu em *loop* por horas, embora o que de fato gostaria de ver era como o cachorro trepava com a mina: como depois de chupar sua pica, a garota ficava de costas e o cão montava sem piedade nela até encher a sua boceta rosada de leite pegajoso, leite quente de cachorro escorrendo pelas coxas pálidas da garota que gemia e se retorcia tentando se desgrudar daquele cão asqueroso; uma cena imaginária que Brando não pôde deixar de reproduzir em sua mente nos meses seguintes, inclusive quando se encontrava em situações e lugares em que de fato era inoportuno que seu pau ficasse duro ao se lembrar da cena: na escola, por exemplo, onde bastava que uma das suas colegas se abaixasse para recolher um lápis do chão para que Brando se imaginasse transformado no cachorrão preto que saltava sobre a companheira e arrancava sua calcinha a mordidas e a dominava contra o chão para enfiar sua pica negra, cruel e inumana. Às vezes, acordava à meia-noite e se masturbava para aplacar a lembrança do vídeo, mas como as imagens mentais não bastavam, e nessa hora era impossível reproduzi-lo na sala, com sua mãe dormindo no outro quarto com a porta aberta, Brando se escapulia para o pátio da casa, subia no terraço e descia para a rua usando as proteções da casa vizinha como escada, e se punha a vagar pelas ruas vazias do povoado, buscando os sinais propícios – latidos abafados, gemidos silenciosos – que o conduziam ao lugar onde se celebrava aquele ritual cíclico, primitivo: no beco atrás da loja do seu Roque, ou entre os canteiros do parque em frente à igreja, ou nos fundos dos terrenos baldios que se estendiam para fora do povoado, os lugares onde as sombras escorregadias dos cães sem dono se congregavam para fornicar em sagrado silêncio, com a língua de fora e o sexo inchado e os caninos expostos que exigiam respeito a uma hierarquia imposta pelo desejo ofegante da cadela. O que ela fazia para escolher o primeiro? Porque para Brando todos eram igualmente belos, livres e belos e seguros de si mesmos como ele não era e não seria nunca. Ele os contemplava a uma distância prudente para não assustá-los nem provocá-los e, com o auxílio de sua mão direita, participava a distância da orgia e derramava sobre a terra até a última gota daquele veneno que queimava suas veias, para logo retornar a casa e se enfiar na cama, embalado pelo torpor paralisante do vazio divino, a calma que o invadia quando enfim conseguia se desfazer da peçonha que enchia suas bolas. Talvez aquela fosse a prova, a demonstração irrefutável de que ele de fato tinha o diabo no corpo, embora nunca conseguisse detectar as marcas que supostamente, segundo o padre Casto, apareciam no rosto de todo endemoniado, por mais que as buscasse no espelho, quando era noite e estava às escuras, parado diante da pia, olhava por um bom tempo seu reflexo sem encontrar a menor presença do satânico, do demoníaco, só a sua cara abatida e bochechuda, o olhar severo de sempre, a imagem banal do cotidiano. Gostaria de descobrir um brilho maligno nos olhos, um resplendor avermelhado no fundo das pupilas, ou o assomo de um chifre na testa, ou a súbita aparição de caninos, de algo, do que quer que fosse, caralho, qualquer coisa menos essa cara ridícula, de pirralho cada vez mais magro e enfraquecido, em parte por causa das escapadas noturnas, cada vez mais frequentes, e em parte também pela quantidade enorme de maconha que começou a fumar mais ou menos nessa mesma época, e não só quando ia à loja de Willy aos sábados, mas também na sua própria casa, antes de se masturbar, e também com os vagabundos do parque, com Willy, Gatarrata, Mutante, Luismi e outros caras com quem agora passava as tardes depois da escola, bebendo aguardente e fumando maconha e às vezes cheirando cola ou cocaína, quando tinham dinheiro e o Munra concordava em levá-los aos Pablo, lá no bairro de La Zanja, quase na entrada de Matacocuite, onde compravam uma coca barata e muito adulterada que Brando preferia fumar antes de enfiá-la pela narina, na ponta de um cigarro de tabaco ou maconha. Brando adorava o gosto de plástico fundido daquele vapor adocicado que enchia os pulmões e embotava de maneira agradável os sentidos, mas já tinha se dado conta de que quando estava bem chapado de pó não conseguia gozar, nem vendo o trecho da garota e do cachorro. Podia passar horas inteiras batendo punheta enquanto na tela transcorria aquela perseguição fingida entre o animal e a garota, a linda garota sardenta com cara de menino e sua racha rosinha que não parecia com nenhuma das bocetas em que, aos quinze, dezesseis anos, ele tinha conseguido penetrar, ainda que sem gozar. Por culpa das drogas, é claro, do pó, acima de tudo do pó, que adormecia sua mente e corpo, e por culpa também desses pentelhos que riam às suas costas, e, sobretudo, por culpa da maldita mulher essa, na qual mal conseguiu meter, porque não ficava duro, que vergonha, mas foi tudo culpa do pó, do álcool e da falta de sono daquela manhã, a primeira vez que virou a noite agitando com o grupo de amigos; a primeira vez que Brando desobedeceu às ordens de sua mãe e as admoestações do padre Casto a respeito da natureza pagã e perdulária do carnaval de Villa, uma festa que não passava de um sabá desenfreado que induzia os jovens do povo à fornicação e ao vício. Brando estava de saco cheio de ficar trancado com sua mãe nesses dias, só escutando, a distância, a música dos desfiles e a folia das pessoas que passavam a noite toda bebendo e dançando na rua, e o estrondo dos fogos de artifício e das garrafas quebradas nas brigas de madrugada, e o pranto interrompido pelo vômito dos bêbados perdidos, e a melodia pegajosa dos brinquedos mecânicos que todos os anos instalavam próximo à igreja, monstros metálicos que Brando só tinha a oportunidade de contemplar quando já estavam desmontados sobre o asfalto, suas luzes e seus neons opacos à luz do dia, a manhã da Quarta-Feira de Cinzas, quando sua mãe o obrigava a levá-la à missa pelas ruas ainda cheias de lixo, de latas de cerveja, de garrafas de aguardente vazias, e famílias inteiras de camponeses esfarrapados roncando sobre os canteiros do parque e as calçadas cobertas de confete, e Brando sempre se perguntava como era possível que toda essa excitação percorresse o povoado nos dias anteriores ao carnaval, que todo esse glitter e essas luzes de artifício terminassem naquele esgoto apocalíptico de trogloditas desmaiados sobre poças de vômito, até esse ano no qual Brando completou dezesseis anos e decidiu sair para curtir o carnaval sem se importar que sua mãe chorasse e o chamasse de crápula e libertino e o ameaçasse de denunciá-lo ao seu pai, uma ideia tão ridícula que Brando não conseguiu conter as gargalhadas, porque havia anos que o pai nem sequer contava como autoridade nessa casa: porque havia anos que o sujeito nem se dignava a telefonar para eles, que dirá aparecer no povoado, e além disso porque parecia que a mãe de Brando era a única pessoa em toda Villagarbosa que não sabia que o pai já tinha outra casa lá em Palogacho, outra família com outra mulher e filhos pequenos, e que era só por pena que o cara continuava mandando dinheiro, para que não morressem de fome, enquanto a idiota de sua mãe ficava enfiada na igreja, negando o que acontecia, pensando que com rezas e preces as coisas iriam se resolver por conta própria, por intervenção divina; que Brando voltaria a ser a criança dócil e calada, quase autista, que algum dia fora o idiotinha submisso que a levava pelo braço na rua, como se fosse seu diminuto marido, enquanto os vagabundos do parque riam deles a distância e gritavam: Brandãe, filhinho da mamãe, é ela quem ainda limpa a sua bunda? Ela ainda lhe dá banho, põe talquinho e puxa o seu pintinho para você dormir com os anjos? Quando você vai deixar de ser esse moleque putinho imbecil, Brando? Não tem vergonha de continuar só na punheta? Sem nunca ter comido uma mina? Eis a sua oportunidade, maluco, disseram esses idiotas; come, come ela bem gostoso, antes que ela acorde, na noite em que saiu para curtir o carnaval com eles no seu primeiro desfile; ou melhor, na manhã da primeira noite em que saiu com eles, porque Brando nunca havia varado a madrugada com seus amigos, e essa foi a primeira vez que passou a noite inteira na companhia deles, vagando pelas ruas do povoado transformadas pela algazarra das diferentes músicas que ressoavam ao mesmo tempo dos alto-falantes dos carros alegóricos. Os olhos de Brando deslizavam, ébrios e dilatados, pela pele nua das mulheres no desfile, pelos rostos anônimos da multidão reunida sobre a calçada, pelas máscaras grotescas dos meninos que logo surgiam para arrebentar seus ovos cheios de farinha e confete contra a cabeça dos adultos distraídos; o ar defumado de fevereiro cheirava a espuma de cerveja, a gordura fundida dos trailers de tacos, a fritura deliciosa, a maconha e a lixo, a mijo e a fezes esparramados na calçada e a suor dos corpos que se apinhavam ao redor do seu. A praça de Villa também estava cheia de policiais trazidos da capital expressamente para conter, ainda que sem muito sucesso, a turba que se amontoava ao redor do trono da rainha, que era apenas uma menina envolta em tules e brocados como uma princesa de outro século; uma garota de olhar perdido e sorriso impostado que sacudia seus graciosos membros no ritmo sincopado que trovejava da parede de alto-falantes às suas costas: *A ella le gusta la gasolina*, com uma mão na cintura e outra segurando sua coroa, *dale más gasolina*, e aquele olhar vazio, quase espantado, *cómo le encanta la gasolina*, pelas obscenidades que os bêbados aos seus pés gritavam com algo mais parecido com fome do que com luxúria, *dale más gasolina*, dispostos talvez a devorá-la, a cravar seus dentes naquela carne suave, quase colada ao osso, se os policiais permitissem que a rainha ficasse ao alcance deles. E Brando nunca rira tanto em sua vida, a ponto de verter lágrimas histéricas e de ter de se apoiar nas paredes e nos amigos para não cair no chão, com o cérebro aturdido da maconha, da cerveja, e o ventre dolorido de tanto gargalhar do espetáculo que as loucas ofereciam, a legião de boiolas e travecos saídas de todos os cantos da República só para se soltar no famoso carnaval de Villagarbosa, para flertar livremente nas ruas do povoado enfiadas em malhas apertadas de *ballerina*, fantasiadas de fadas com asas de borboleta, de enfermeiras sensuais da Cruz Vermelha, de líderes de torcida e ginastas musculosas, policiais desmunhecados e mulheres-gato barrigudas, com botas de salto agulha; loucas bem loucas vestidas de noiva perseguindo os homens pelos becos; loucas apalhaçadas com bundas e tetas gargantuescas tentando beijar os fazendeiros na boca; loucas cheias de pó branco como gueixas, com antenas de alienígenas e garras cavernícolas, loucas capuchinhas e escocesas; loucas disfarçadas de caras bem machões, tão homens como qualquer outro, até que tiravam os óculos escuros e você notava a sobrancelha depilada, as pálpebras com glitter colorido, o olhar safado; loucas que pagavam a cerveja se você dançasse com elas; loucas que disputavam você a socos, que se arrancavam as perucas e as tiaras e rodopiavam no chão aos gritos, perdendo sangue e lantejoulas enquanto a turba ria. Naquele desbunde demencial, Brando não soube como o tempo passou tão rápido, mas quando se deu conta já tinha amanhecido havia um tempo e seus amigos insistiam que deveriam comprar cocaína para continuar a festa, que Munra os levaria a La Zanja para comprar pó, e de repente Brando já estava em cima da caminhonete de Munra, observando como o maldito coxo ziguezagueava pela estrada em direção a Matacocuite, e na verdade foi culpa de tanta maconha, tanto trago e tanta baderna, porque Brando também não soube a que horas a mina de vestido verde se juntou ao grupo, a que horas subiu com eles na caminhonete. Ninguém a conhecia, ninguém sabia seu nome, mas ela não parecia se importar; estava chapadíssima e bastante aturdida e pelo jeito com muito tesão porque estendia suas mãos desajeitadas em todas as direções, tentando agarrar o pau dos seus amigos. Willy foi o primeiro que se animou a desnudá-la: tirou as tetas do vestido e começou a apertar seus mamilos de um jeito rude, como se quisesse tirar leite ou algo parecido, mas a mina adorou aquilo e começou a lançar gemidos e a pedir que a comessem, que todos a comessem, ali mesmo no assento da caminhonete, e foi justamente isso que os desgraçados fizeram: todos a comeram, primeiro Willy, aquele malandro, e depois Mutante e Gatarrata e Borrega e Canito, todos menos Munra, que estava dirigindo e via tudo pelo espelho retrovisor com uma cara irritada porque iriam manchar os assentos de porra, esses porcos; todos menos Luismi, também, que por estar lesado de comprimidos adormeceu com a cabeça grudada no vidro da janela, no assento dianteiro, enquanto Brando observava a cena com uma mescla de fascínio e espanto. O cheiro da boceta cinza e peluda da mulher revirou seu estômago. Era esse o cheiro das partes íntimas da mulher? Será que esse era o odor da delicada racha da menina do vídeo do cachorro? Caralho! Preferiu então virar a cabeça para a janela, olhar o céu azul-pálido sobre os canaviais, mas depois de um tempo seus amigos começaram a chamá-lo: Brandãe, oh, Brandãe, só falta você, Brandãe; enfia de uma vez, maluco, mete enquanto está quente, gritava Willy, antes que ela acorde, porque a mina desgraçada tinha desmaiado ou sofrido uma overdose de pica, ou sabe-se lá o que acontecia, mas todos riam e gritavam: enfia, Brando desgraçado, enfia que está quente, e Brando, de muita má vontade, mas incapaz de negar, foi para o assento traseiro e procurou seu pinto dentro da braguilha, sem descer as calças porque nem fodendo que iria deixar sua bunda à mostra na frente desses malucos degenerados, e se cravou entre as pernas levantadas da mulher e rogou, com toda a fé que já nem possuía, que seu pau ficasse um pouquinho duro que fosse, pelo menos para conseguir fingir que a comia, e não fazer papel de ridículo diante dos seus amigos, e quase estava conseguindo, com os olhos fechados e pensando na sua garota, no seu cachorro, e batendo uma com os dedos da mão direita dissimuladamente enquanto conseguia enfiar a cabeça do pinto naquele buraco viscoso, quando de repente sentiu que um jato quente molhava sua barriga. Baixou os olhos e viu como a braguilha de suas calças e a borda da sua camiseta ficavam rapidamente escuros, e lançou um grito de nojo, e caiu de costas contra a porta de correr da caminhonete, e todos os presentes ficaram mudos por um segundo, e logo irromperam em gargalhadas selvagens e uivos enquanto apontavam para a virilha de Brando, e o jato de urina que a porca continuava soltando. Mijou nele!, gritaram os desgraçados. Mijou nele enquanto trepavam! Que porca asquerosa, que mulher imunda de merda! Ninguém deteve Brando quando ele se lançou na direção da mulher e a atingiu com um bom soco na cara; todos estavam ocupados demais rindo. Então foi uma sorte que naquele momento Munra tenha parado a caminhonete, a cinquenta metros da casa dos Pablo, e começado a xingar por causa do cheiro de mijo e exigir que largassem a mina ali, na beira da estrada, porque se não fosse por isso Brando teria continuado golpeando-a, até afundar sua cara e fazer cair seus dentes e talvez matá-la, por ter sujado o seu pau e sua roupa com seu mijo asqueroso, mas sobretudo por tê-lo deixado num papel de ridículo diante do grupo, diante desses arrombados imundos que continuariam se cagando de rir de Brando anos depois do incidente, e Brando aguentava o tranco porque sabia que eles zoariam mais ainda se ele deixasse transparecer que se afetava com aquilo, e talvez por isso, para distraí-los, para que o incidente fosse esquecido, embora também porque depois de tantos anos de punhetas diárias já tinha cansado de suas mãos, Brando virou amante da Leticia, essa negrinha bunduda, uns dez anos mais velha, que dava mole para ele sempre que se encontravam por acaso na loja do seu Roque. Leticia era casada com um petroleiro que ia e vinha diariamente de Palogacho; estava sozinha o dia todo e ficava muito entediada, ou pelo menos era isso o que contava a qualquer um que quisesse saber quando ia comprar cigarros. Brando não falava com ela; ignorava os olhares que a mulher lhe dirigia quando ele ia à loja, pois quase sempre estava ocupado demais tentando derrotar algum pirralho na maquininha de fliperama que seu Roque tinha na calçada. Não falava com ela, mas olhava para a bunda dela, de forma descarada, sem dissimular, e ela sabia, porque até exagerava no rebolado daquelas nádegas rotundas, nádegas que pareciam ter vindo a este mundo para ser açoitadas, mordidas, castigadas. Um dia ela piscou e lhe fez sinais diante dos idiotas do parque, e Brando não teve opção além de segui-la até sua casa. Sortudo desgraçado, falaram, quando ele voltou para contar como a mulher abriu a porta e o convidou a entrar e logo em seguida, sem dizer nada, levantou a saia para mostrar que estava sem calcinha. Ele a comeu ali mesmo, contou, primeiro de pé na entrada da casa, e depois contra o respaldo da poltrona na sala, e mais tarde com ela surgindo pela janela do segundo andar, espiando entre as cortinas para ver se o marido não chegava mais cedo justamente naquele dia. A idiota se recusava a trepar na cama onde dormia com o marido. Também se negava a chupar o pau de Brando; dizia que não gostava, que tinha nojo do cheiro de sêmen. Eu tenho nojo do fedor da sua boceta, pensava o moleque, mas nunca disse nada. Sentia um grande prazer comendo a negra, sempre por trás ou de quatro sobre as poltronas da sala. Ela implorava, entre gemidos, para que ele puxasse seus cabelos, pegasse na sua bunda, separasse as nádegas para meter mais fundo, que enfiasse o pau no seu cu e comesse com força. O único problema era que Brando não conseguia gozar. Mas isso ele não contava aos seus amigos, é claro. A própria Leticia não tinha se dado conta, ou talvez a safada nem se importasse: ela estava feliz com o fato de que Brando ia vê-la e a comesse e a levasse ao orgasmo. Dizia que ele era o melhor amante que já tivera, o mais generoso, o que aguentava mais tempo: ela gozava novecentas vezes enquanto Brando mandava ver atrás dela, cada vez mais cansado e suado, cada vez mais de saco cheio. O prazer que sentia logo ao penetrá-la ia se transformando pouco a pouco em nojo, ao passo que o fedor de Leticia ficava mais forte a cada orgasmo, e se enfiava nas narinas de Brando, provocando arquejos. Não adiantava fechar os olhos e pensar na mulher do cachorro, na sua racha de menina, aquela bocetinha delicada e inofensiva que certamente tinha cheiro de mel de framboesa: a realidade pungente da buça de Leticia e seu cheiro de água velha de bacalhau acabavam amolecendo sua pica, e então ele precisava fingir que gozava. Saía de cima dela e ia apressado ao banheiro tirar a camisinha sebosa, mas vazia, e a jogava na privada, e então lavava as mãos, o pau, os testículos e toda a pele que tinha entrado em contato com a boceta de Leticia, e ainda assim, às vezes chegava em casa e precisava tomar vários banhos porque era como se a peste o seguisse. Mas não contava isso ao grupo do parque. Ao grupo do parque descrevia com um luxo de detalhes a sensação daquelas nádegas pretas golpeando sua pélvis enquanto ele investia contra elas. E com frequência lhes contava cenas que nunca ocorriam, como, por exemplo, quando descrevia a suposta maneira como Leticia chupava seu pau, ou de como ela implorava para que ele gozasse na sua cara e nos peitos, cenas que tirava dos filmes que tinha visto. Também não dizia que com frequência sentia vontade de mandar a negra à merda; de nunca mais voltar para a sua casa nem comê-la de novo, mas a verdade é que precisava dela; precisava da realidade de suas nádegas bamboleantes, de seus gemidos melindrosos e sua boceta apertada, porém infecta, para continuar contando histórias aos seus amigos, para entretê-los com aquelas sacanagens, e para que eles enfim parassem de zoar da cara dele por causa da mulher porca que mijara em seu pau. Porque eles ainda enchiam o saco dele com aquela anedota, os malditos; eles, cacete, que trepavam com qualquer coisa que se movesse e que inclusive transavam com as bichas em troca de grana, grana para comprar álcool e drogas, mas às vezes também só pela zoeira, pelo prazer de trepar com os putos que desciam em ondas para Villa durante as festas carnavalescas. Algo que Brando achou, de início, monstruoso e degradante, mas com que acabou se acostumando, pois uma vez se viu envolvido na lógica irrefutável dos argumentos do grupo: Maluco, não me diga que um veado nunca chupou seu pau, dizia Willy, com a mandíbula travada pelo pó. Você não sabe o que está perdendo, bicho, continuava Borrega; fazem uma chupeta e ainda lhe dão grana e pagam sua breja. Você só fecha os olhos, dizia o Mutante, e pensa em qualquer mina e curte o boquete, mané. Sério que você nunca meteu no cu de um veado?, perguntavam, com sorrisos zombeteiros. Um veadinho delicado e apertadinho que até geme como um cachorrinho quando se ajoelha para chupar suas bolas? Os desgraçados sempre encontravam uma maneira de direcionar a piada para Brando; se ele os zoava fazendo com que se vissem como uns putos veadinhos por desmunhecarem assim, seus amigos sempre terminavam mostrando como ele era um pobre idiota inexperiente, puta que pariu. E um pobre idiota que teve o pau mijado por uma puta desgraçada! Caralho! Mas nem tudo eram flores com os malditos veados, e Brando se dava conta disso. A maioria dos putos com os quais Willy e os outros (até o maldito Luismi, quem diria!) trepavam era um amontoado de gordos velhos que iam para os bares de Villa de quinta a sábado em busca de carne jovem e pica fresca. Umas bichas feias e meio malucas, como essa tal de Bruxa, caralho; o traveco de La Matosa que vivia encerrada naquela casa sinistra em meio aos canaviais e que deixava Brando todo arrepiado por um bagulho bem louco que não tinha nada a ver com as trepadas, e sim com algo que falavam para ele quando era criança, quando brincava na rua e sua mãe queria que ele fosse para dentro e ele não queria, e então a mãe dizia que se ele não entrasse imediatamente a bruxa iria levá-lo, e um dia, caralho, casualidades da vida!, por pura zoeira, ia passando pela rua essa louca, que de vez em quando aparecia em Villa toda vestida de preto, com aquele véu que cobria seu rosto por completo, a quem chamavam de Bruxa, e sua mãe apontou para ela e disse a Brando: viu só? Aí está a bruxa para levar você, e Brando ergueu o olhar e se deparou com aquele espectro grotesco, e saiu correndo feito doido para dentro de casa, onde se escondeu debaixo da cama, e passou um bocado de tempo antes que o coitado se atrevesse a brincar na rua de novo, tamanho era o medo que a Bruxa provocou nele; um medo que, com o tempo, conseguiu varrer para debaixo do tapete de sua memória, mas que ressurgia cada vez que precisava ir com seus amigos para a curtição na casa dessa bichona de merda. Porque a Bruxa sempre pagava as brejas e o trago, e às vezes até as drogas, desde que o pessoal ficasse na sua casa, de onde ela nunca saía. Um casebre que se erguia em meio aos canaviais de La Matosa, logo atrás do complexo do Engenho, uma construção tão feia e repelente que Brando achava que era a carapaça de uma tartaruga morta mal sepultada na terra; uma coisa cinza e sombria na qual você entrava por uma portinha que levava a uma cozinha imunda, e depois avançava por um corredor até chegar a um salão enorme, cheio de tralhas e sacos de lixo, com umas escadarias que levavam ao segundo andar, onde ninguém nunca ia, porque o veado ficava puto se visse alguém subindo, e logo debaixo das escadas havia uma espécie de porão onde a Bruxa dava festas; uma sala com poltronas e alto-falantes e até luzes coloridas como as das baladas de Matacocuite, bem louco isso porque logo depois de recebê-los e levá-los àquela espécie de masmorra a bichona desgraçada desaparecia e retornava sem véu e todo maquiada e fantasiada, até vestia perucas coloridas com glitter, e quando todo mundo já estava bem doido, quando todos já estavam bêbados ou chapados da maconha que a Bruxa plantava em sua horta, e os cogumelos esses que cresciam na bosta das vacas na temporada de chuvas, e que o puto colhia e conservava em calda para deixar os caras que o visitavam bem loucos, bem insanos e bem viajandões, com as pupilas parecendo de desenho japonês e a boca aberta por causa de todas as coisas que alucinavam – que as paredes se derretiam, que as caras se enchiam de tatuagens, que cresciam chifres e asas na Bruxa, e a pele ficava vermelha e os olhos amarelos –, então a música começava a brotar dos alto-falantes e o veado aparecia naquela espécie de palco que tinha montado no fundo do quarto, cercado de refletores, e começava a cantar, ou melhor, a lançar berros com essa voz terrível que nunca conseguia atingir as notas altas daquelas músicas que Brando conhecia muito bem, porque eram as mesmas porcarias que sua mãe gostava de ouvir enquanto fazia alguma tarefa: as que transmitiam na estação de música romântica do povoado, umas cafonices tristonhas que diziam coisas como: *y la verdad es que estoy loca ya por ti, que tengo miedo de perderte alguna vez*; ou: *seré tu amante o lo que tenga que ser, seré lo que me pidas tú*; ou: *detrás de mi ventana, se me va la vida, contigo pero sola*, e até fazia gestos enquanto cantava, maldita Bruxa, com o microfone na mão e o olhar perdido no vazio, como se a desgraçada estivesse num palco de verdade, em um estádio, cercada de admiradores, e sorria, e às vezes parecia prestes a cair no choro e Brando não conseguia acreditar como todos os seus amigos e também os outros caras que chegavam sós, rapazes das fazendas próximas na maioria das vezes, embora também um ou outro inútil meio afeminado saído sabe-se lá de onde, ficavam todos boquiabertos olhando para ela, como se estivessem extasiados, ou talvez assustados, mas ninguém nunca se atrevia a zoar o puto, nem a gritar para que calasse o focinho, que cantava mal pra cacete; e a verdade é que Brando nunca gostou de ir à porra dessa casa, porque quando andava bem louco de pó e todo acelerado o que menos desejava era se trancar dentro daquela carapaça tétrica para escutar essa mesma música de merda que sua mãe ouvia, e ficava bem paranoico e achava que todos ali queriam que ele ficasse muito louco para se aproveitar dele, para estuprá-lo, caso chegasse a fechar os olhos ou adormecesse, como acontecia com muitos depois de tomar esses comprimidos que a Bruxa distribuía como se fossem balas, e que os deixavam bem tontos, bem idiotas, só rindo e rindo com os olhos quase fechados, e uma vez o puto insistiu tanto para que Brando tomasse um desses comprimidos de merda que Brando teve de fingir que tomava, mas logo depois cuspiu o comprimido e enfiou no canto da poltrona onde estava sentado, e ficou ali só vendo como todos iam se derretendo sobre os assentos e caindo no chão, tão idiotizados que já nem conseguiam aplaudir a louca de merda que se sacudia sob as luzes de cores de palco como um fantoche horrível e gigantesco, um manequim de pesadelo que de repente ganhou vida. Mas o mais terrível veio depois, quando o veado se cansou de latir suas canções cafonas e quem apareceu para cantar no microfone foi o maldito Luismi, e sem que ninguém dissesse nada, sem que ninguém o obrigasse a isso, como se o mané tivesse ficado esperando a noite toda por aquele momento para pegar o microfone e começar a cantar com os olhos semicerrados e a voz meio rouca de tanta aguardente e tantos cigarros, mas apesar disso, não zoa, maldito Luismi, quem diria que esse cara sabia cantar tão bem? Como era possível que esse moleque magricelo com cara de rato, chapado até não poder mais, teria uma voz tão bela, tão profunda, tão impressionantemente jovem e ao mesmo tempo masculina? Até então Brando não fazia ideia de que Luismi tinha esse apelido porque sua voz era parecida com a do cantor Luis Miguel; pensava que o apelido era mais uma paródia cruel do visual do moleque, que com seus cabelos encaracolados, queimados pelo sol, seus dentes tortos e seu corpo esquálido era o oposto do cantor bonitão e famoso. *No sé tú*, cantava o cara, *pero yo no dejo de pensar*, com aquela voz límpida como cristal, *ni un minuto me logro despojar*, trêmula como uma corda vibrando, *de tus besos, tus abrazos, de lo bien que la pasamos la otra vez*, e Brando ficou com um nó na garganta, se arrepiou todo, e por um instante, ao sentir uma espécie de cãimbra nas tripas, pensou que talvez não tivesse conseguido cuspir o comprimido, que tudo aquilo era uma alucinação, um pesadelo estranho, uma *bad* causada acima de tudo por essa aguardente barata que beberam, por ter fumado tanta maconha e passar tantas horas trancado naquela casa horrenda com aquela maluca medonha. Nunca contou a ninguém o quanto a voz de Luismi o comovera; e morreria antes de aceitar que a verdadeira razão pela qual continuava indo às festas da Bruxa era para ouvir Luismi cantar. Porque a verdade era que depois de vários anos frequentando esse rolê, Brando ainda ficava com os pelos da nuca arrepiados quando precisava falar com a louca de merda: como era feia e esquisita, com esse jeito estranho e rígido com o qual movimentava seus membros magros, como uma marionete sem cordas que de repente recebeu um sopro de vida; e se dependesse dele jamais teria dirigido a palavra a ela; só ia a essa casa para acompanhar o grupo, embora em uma ocasião teve de deixar a Bruxa chupar seu pau, ali mesmo em uma das poltronas do porão, enquanto Luismi cantava, para calar a boca dela, porque se não deixasse o puto veado o teria expulsado do rolê, e Brando não gostava da ideia de voltar sozinho a Villa caminhando entre os canaviais a essas horas da madrugada, então, chegado o momento, *no sé tú*, ele tirou o pau para fora, *pero yo quisiera repetir*, e deixou que o puto o chupasse, *el cansancio que me hiciste sentir*, e fechou os olhos e escutou o canto de Luismi, *con la noche que me diste*, mas jamais meteu as mãos, *y el momento que con besos construiste*, e só fez como Borrega e Mutante diziam, que bastava fechar os olhos e pensar em outra coisa enquanto aquela língua envolvia o seu membro, e nunca, nunca, nunca permitiu que o veado esse tocasse seu rosto ou lhe desse um beijo; porque uma coisa era deixar os putos desejarem você, deixar que pagassem umas cervejas e bebidas, e ganhar quinhentão para suportar essas putarias, ou inclusive comer o cu deles por um tempo, ou meter na boca, e outra coisa era ser um porco asqueroso como o maldito Luismi quando enchia a Bruxa de beijos. Vai saber por que Brando ficava tão enojado de ver isso; nem sequer o espetáculo do bicho feio todo marcado do Mutante enrabando a louca parecia tão espantoso. Talvez porque no fundo isso de beijar as bibas parecia algo asqueroso, um atentado contra a nobreza de sua hombridade, e como era possível que Luismi se atrevesse a beijar a louca diante de todo mundo, se Brando sempre pensou que Luismi era um cara bem direito, bem macho; um cara que apesar de ter só dois anos a mais que Brando já fazia o que lhe dava na telha e não prestava contas a ninguém, muito menos à mãe histérica e beata que chorava todos os dias e batia no peito ao vê-lo chegar bêbado em casa. Luismi se envolvia no que quisesse, fazia o que tinha vontade, e ninguém ria dele porque uma puta porca mijou no seu pau em uma noitada. Ninguém se metia com Luismi, e Brando invejava isso, embora não demorasse para se dar conta, na época em que começou a frequentar os bares da estrada com seus amigos, à caça de bichas e frutas, que na verdade Luismi tinha uma sombra que o perseguia por todos os lados: sua prima, a Lagarta, uma mulher feia e magra e focinhuda que muitas vezes entrava nos lugares furiosa para tirá-lo pelos cabelos depois de dar um tapa na cara dele na frente de todo mundo. Ninguém entendia qual era a dessa louca, nem por que ela parecia odiar tanto Luismi; ele só ria com tristeza quando o pessoal enchia o saco dele por causa da prima, mas nunca dizia nada. A fofoca era de que a prima o observava porque queria pegá-lo fazendo putaria; que estava obcecada em fazer a avó do moleque deserdá-lo. E Luismi tinha cara de idiota, mas não era tanto, porque sempre conseguia escapar da Lagarta para transar com os veados sem que ela o pegasse, até essa noite em que a prima louca apareceu na casa da Bruxa; a noite em que Brando, por pura casualidade, tinha saído para fumar um *freebase* no pátio, debaixo da árvore frondosa de tamarindo perto da porta da cozinha. Saiu para fumar no pátio porque o rolê havia ficado muito pesado para os seus nervos, e chegou um ponto em que ele não aguentava mais os berros da Bruxa no microfone nem os chiados dos sintetizadores das suas canções de merda nem o resplendor das luzes coloridas, e saiu para o pátio a fim de ficar um momento a sós e fumar seu *freebase* em silêncio enquanto contemplava a noite com as pupilas dilatadas, sem outra companhia além do canto dos insetos e o assovio do vento agitado que atravessava a planície, o vento filho da puta que queria arrancar a brasa onde o pó da cocaína se fundia com as folhas da maconha presas no pó de cigarro, e cujos vapores produziam um barato delicioso. Talvez tenha sido o pó que deixou sua visão mais aguda, ou que talvez suas pupilas tivessem se acostumado à escuridão do pátio, mas justamente depois de jogar a bagana acesa nas profundidades sussurrantes do canal, Brando percebeu uma figura que se aproximava dele pela rua, uma sombra esquálida que avançava, silenciosa e curvada, pelo caminho de areia, e ao espremer os olhos logo reconheceu quem era: a prima de Luismi, a mina aquela que apelidaram de Lagarta. Ela não o vira ainda, decerto porque os galhos da tamarindeira o encobriam, ou talvez porque a lâmpada pendurada sobre a porta da cozinha a ofuscasse tanto quanto os gigantescos caruncos que voavam enlouquecidos ao redor da lâmpada, mas o fato é que Brando, por pura maldade repentina, segurou a vontade de falar com a mulher até ela chegar bem perto, e bem quando ela estava quase encostando na grade para abri-la, espetou-a, com sua voz mais grave e sinistra: Vai aonde?, e a mulher soltou um grito de pássaro ferido e ficou com uma tal cara de espanto que Brando se dobrou de tanto rir. Sem dúvida borrara as calças de susto, a idiota, porque não parou de olhar para a tamarindeira com cara de pavor absoluto até que Brando saiu do meio dos galhos e a luz da lâmpada iluminou seu rosto jocoso. Só então a Lagarta pareceu reconhecê-lo, embora nunca ninguém os tivesse apresentado. O que você tem na cabeça, moleque idiota?, ela grasnou, a voz ainda estrangulada pelo susto ou de ódio. Quase infartei, idiota, e Brando não conseguiu se segurar e caiu na risada outra vez. A mulher deu-lhe as costas e abriu a grade da cozinha, e Brando precisou dar um passo adiante para detê-la. Vai aonde?, voltou a perguntar. Ela tirou a mão dele do seu ombro com um gesto violento e mostrou os dentes: não é da porra da sua conta, moleque idiota, e Brando, sem perder a calma, com uma espécie de cólera fria, sorriu com os lábios tensos e ergueu as mãos e mostrou as palmas: sim, tem razão, aqui não sou ninguém, disse; passe, mas não volte gritando... Ela o olhou com ódio e entrou em casa, mas, antes de se perder nas sombras da cozinha voltou-se um instante para dizer a ele: você é o diabo, imbecil. Brando resolveu não a seguir; permaneceu ali junto à porta, agarrado às grades com ambas as mãos, porque se sentiu tonto de repente e seu coração batia forte no peito, com certeza por causa do *freebase*, não? Ou talvez porque na verdade morria de vontade de ver o escândalo que iria se armar ali dentro, quando a prima de Luismi conseguisse entrar no porão e visse o que acontecia ali e partisse para cima do primo entre gritos e golpes, como quando o flagrava nos bares. Mas nessa noite Brando ficou esperando em vão, porque não saiu nada ali de dentro, nenhum grito além dos da Bruxa cantando: *tu amante o lo que tenga que ser, seré*, enquanto lá fora, no pátio, a noite se tornava cada vez mais espessa, *lo que me pidas tú*, o farfalhar das folhas e as matas vibrando sob a brisa teimosa vinda do sul, *reina, esclava o mujer*, mal apaziguando a serenata que os sapos e as cigarras dedicavam à lua, *pero déjame volver, volver contigo*... E quando menos esperava, a grade se sacudiu com violência, e a figura da Lagarta emergiu da escuridão da cozinha, e o afastou com um empurrão e fugiu para a rua, mas não gritando como ele alertara e sim correndo como se o próprio demônio a perseguisse. A música não tinha parado de tocar nem por um segundo, então Brando decidiu entrar e ver o que ocorrera, mas antes de chegar ao corredor topou com Luismi. O cara estava sem camisa e tinha o rosto transtornado pelo espanto: cacete, foi a primeira coisa que disse: acho que vi minha prima, maluco; e Brando, pousando uma das mãos sobre o ombro direito de Luismi, buscou tranquilizá-lo: não inventa, maluco, não pira, disse; eu estava lá fora e não vi ninguém. E Luismi, confuso: mas eu a vi bem direitinho; vi direitinho a cara dela entrando no quarto, e Brando, ainda sorrindo: o lance é que você está bem doido; com certeza imaginou isso, maluco; eu estava lá fora, estou dizendo, não vi ninguém, e Luismi: mas, mas... E já nem conseguiu dizer nada, nervoso que estava, e nessa noite não quis cantar no palco e se dedicou a beber e beber até que perdeu a consciência, e teve de passar vários dias para que Brando ficasse sabendo que Luismi não morava mais com a avó e as primas, e sim que tinha ido para a casa de sua mãe, com quem não se dava nem um pouco bem, e por isso parecia que fora morar com a Bruxa, porque o sujeito passava o tempo todo enfiado na casa dela, quando não estava nos bares da estrada, ou lá perto dos trilhos atrás do velho armazém abandonado da ferrovia de Villa, embora isso fosse pura fofoca, na verdade; uma fofoca bastante grave, é claro, porque uma coisa era comer uns veados quando estava sem grana para um teco de pó, mas isso de se enfiar atrás do armazém abandonado, onde a qualquer hora do dia dava para ver uns caras enfiados nos arbustos trepando e chupando pelo prazer de ser putão, era algo muito diferente, algo francamente asqueroso, porque todo mundo sabia que ali nos trilhos ninguém cobrava, e a verdade é que Brando tinha uma curiosidade mórbida de um dia seguir Luismi para ver se de fato o jovem ia aos trilhos para trepar de graça com os soldados que desciam do quartel de Matacocuite, ou para ser comido por vários deles como uma cadela no cio, mas se continha porque morria de medo de andar por ali e ser confundido com um puto, então só imaginava. E às vezes, quando as loucas levavam Brando para os mictórios de El Metedero para chupar sua pica por dinheiro, ele fechava os olhos e imaginava que a língua que acariciava sua glande era a língua de Luismi, e o pau ficava duríssimo, e o veadão por sua vez lançava suspiros fascinados e o chupava com mais vigor ainda, e Brando ejaculava pensando nos olhos de Luismi, naquele olhar sem-vergonha que o jovem exibia ao ver seu engenheiro chegar, a bichona barriguda e meio calva que trabalhava para a Companhia Petroleira e que toda sexta-feira ao sair do trabalho aparecia em El Metedero para sentar com Luismi e beber uísque, e era estranho vê-los bebendo juntos, em completo silêncio, como esses casais de muitos anos, ou esses compadres de tempos atrás que não precisam mais conversar para fazer companhia um ao outro, o engenheiro era todo um senhor de camisa impecável de manga comprida e pulseira de ouro sobre o punho peludo e o celular de última geração enfiado no cinto das calça, e o maldito Luismi olhando para ele como uma adolescente deslumbrada, com os cabelos desgrenhados e as patas sujas de andar o tempo todo de chinelos, e então você se distraía e quando olhava de novo para eles já não os encontrava, e sabia que tinham ido para a caminhonete do engenheiro para trepar no descampado ou em um dos quartos do motel Paradiso, ali mesmo na estrada. Só uma vez Brando conseguiu vê-los se beijando, em um canto do pátio de El Metedero, se agarrando no escurinho como um casal de amantes clandestinos, com a bocas bem grudadas e os olhos fechados e as mãos do engenheiro saboreando a bunda do maldito Luismi com a luxúria de quem agarra as nádegas de uma mulher por quem ainda tem um bocado de tesão. Caraio, mano!, o grupo exclamou em uníssono, quando Brando entrou correndo no lugar para contar o que tinha acabado de ver: o Luismi e o puto do engenheiro! O Luismi, um veadinho de merda, quem diria! Caraio! Agora vamos ver quem come ele antes, riu Borrega, e todos brindaram com as garrafas e começaram a especular acerca de como seria meter no Luismi, se ele tinha o cu apertado ou frouxo, ou como seria seu boquete, e Brando, em silêncio, se permitiu imaginar aquilo até a náusea inundar seu peito e, diante da falta de veados gananciosos naquela noite, teve de sair do lugar, sem esperanças de encontrar outra vez Luismi agarrando-se com o boiola, e bateu uma punheta com a palma molhada de baba, entre grunhidos cheios de culpa enquanto imaginava como seria comer Luismi por trás ao mesmo tempo que o masturbava com suavidade para que ele também pudesse gozar junto com Brando, gozar de quatro como o cachorro que ele era, como a cadela magra e suja que era, uma cadela no cio que sacudia o rabo com luxúria sempre que via seu engenheiro chegando, seu puto engenheiro; porque até a Bruxa tinha se dado conta de que o Luismi estava bem ligado nesse boiola, que não parava de falar dele nunca, e de como era firmeza, e do trampo que iria conseguir na Companhia Petroleira; puras punhetas mentais, porque Luismi precisou se esforçar para terminar o ensino primário e não sabia fazer nada além de trepar e ser comido e ninguém em sã consciência daria trabalho a ele, nem sequer de gari. E vai saber quem foi que fofocou para a Bruxa, mas de repente a louca começou a encher o saco sempre que Luismi saía com o pessoal, por ciúme, é claro, e uma noite mandou ele à merda, dias antes do carnaval, porque segundo ela Luismi tinha roubado uma grana sua, e Luismi dizia que não, que era mentira, que ele tinha ficado bem chapado e outra pessoa roubou dele, ou talvez caiu do bolso, não tinha certeza, e armaram um barraco feito umas bichas na frente de todo mundo, com gritos e xingamentos ressentidíssimos, e a Bruxa logo deu uma bofetada no Luismi, e Luismi foi para cima do puto e o agarrou pelo pescoço e começou a estrangulá-lo, até que os demais os separaram e a Bruxa ficou chorando no chão, esperneando como uma personagem de desenho, enquanto Luismi fugia da casa, com Brando correndo atrás dele, seguindo-o até a porta do Sarajuana, onde enfim conseguiu alcançá-lo e acalmá-lo, pagando umas cervejas com o dinheiro que havia roubado, uma parte dos dois mil pesos que a louca tinha dado a Luismi para que ele comprasse uns saquinhos de pó para a galera que iria na sua casa e que precisaria de um incentivo para aguentar suas músicas cafonas, suas músicas de merda, sua atuação patética e ridícula. E depois, quando o Sarajuana ficou vazio por volta das três da madrugada, quando Luismi tinha a voz já rouca de tanto reclamar da Bruxa e suas loucuras, saíram do lugar e caminharam uns quinhentos metros que os separavam da casa de Luismi, o casebre imundo que o desgraçado dizia ser sua casa, e ali mesmo, no colchão no piso, deitaram juntos e Luismi logo adormeceu, enquanto Brando, jogado de boca aberta, o escutava respirar e esfregava o pau por cima da roupa, até que a ânsia, a maldita ânsia em possuí-lo, tornou-se tão intensa que o obrigou a baixar as calças e ajoelhar-se próximo ao rosto de Luismi e aproximar a ponta do pau dos lábios entreabertos do amigo, esses lábios cheios que o puto abriu de repente para deixá-lo entrar na sua boca, entrar com tudo até o fundo, e gozar na hora em que sentiu a língua de Luismi envolvendo o seu freio, gozar em espasmos tão intensos que foram até dolorosos. Aquilo era a última coisa de que se lembrava daquela noite; a última que desejava recordar, porque com certeza desmaiou depois de gozar; com certeza sua mente ficou em branco depois de ter sofrido a intensidade devastadora daquele primeiro orgasmo na boca de Luismi, e por isso foi um choque terrível acordar no dia seguinte sobre aquele colchão, com uma dor de cabeça monstruosa e as calças enroscadas nos tornozelos e a mão direita enredada nos cabelos desgrenhados de Luismi, cuja cabeça descansava com ternura sobre o ombro de Brando. Seu primeiro instinto foi se afastar de um salto de Luismi, cuja cabeça caiu contra o colchão sem que o desgraçado acordasse. Sua segunda reação foi subir as calças e tirar a tábua que servia de porta e correr para a rua, rumo à estrada, e pegar o primeiro ônibus com destino a Villa, implorando para que ninguém, especialmente Munra, o maldito fofoqueiro do Munra, o tivesse visto saindo do casebre de Luismi. E foi só quando chegou em casa, depois de ter tomado um banho para tirar os restos de sêmen que grudavam nos pelos de sua coxa, enquanto jazia nu sobre a cama, que se deu conta do erro tremendo que havia cometido: que em vez de fugir como um puto covarde, devia ter saltado em cima de Luismi e, aproveitando que estava indefeso, estrangulá-lo com as mãos, ou melhor ainda, com o cinto de suas calças, tudo para não passar o carnaval completo trancado em casa com sua mãe (para a alegria dela), por medo de se reunir com seus amigos e que estes, que saberiam com muitos detalhes o que tinha acontecido entre ele e Luismi, o zoariam diante de todo o povoado, chamando-o de veado, puto, bichona, caralho. Ainda esperou uma semana depois da Quarta-Feira de Cinzas para reaparecer no parque, com as mãos enfiadas nos bolsos e o estômago embrulhado de nervoso e os pés calçando seu Adidas novinho, para comprovar aliviado que ninguém sabia de nada, que Luismi não contara nada a ninguém, talvez porque ele estivesse chapadíssimo naquela noite e nem sequer se lembrasse do que havia acontecido entre eles, as coisas que tinham feito sobre aquele colchão hediondo, ou pelo menos foi isso que Brando pensou até que duas semanas mais tarde, já no começo do mês de março, se deparou com o famoso engenheiro de Luismi, em um lugar que acabavam de abrir na estrada, o Caguamarama, e embora nunca tivesse trocado uma palavra com esse cara, o engenheiro o conhecia pelo nome e insistiu para que tomasse uma garrafa de uísque com ele, e quando estavam na metade, o boiola pediu que ele o levasse para comprar pó, e Brando o guiou até La Zanja, a bordo da picape do engenheiro, e até fez o favor de descer para pegar uns gramas com os Pablo, e de lá se dirigiram a um descampado onde usaram essa porra – Brando sempre fumando a cocaína na ponta de um cigarro, do jeito que gostava –, e quando acabaram o maldito boiola deu um suspirou e virou-se para Brando e pediu, com um sorriso sedutor, que ele por favor baixasse as calças porque tinha vontade de chupar seu cu, e por um segundo Brando ficou em silêncio porque pensou não ter ouvido direito; pensou que o engenheiro queria que ele baixasse as calças para que chupasse seu pau, e já estava levando as mãos à cintura para abrir o cinto quando se deu conta do que acontecia, do que o engenheiro queria, e com a voz engasgada de ódio mandou o cara tomar no cu, que chupasse o cu da sua avó, que ele não gostava dessas veadagens, e o engenheiro caiu na risada, com essa risada meio asmática que ele tinha, e buscou confundi-lo com palavras: vamos ver, como você sabe que não gosta que chupem o seu cu se nunca ninguém fez isso em você, rapaz? E Brando voltou a mandá-lo à merda, desta vez com mais raiva, mas o engenheiro não desistia; continuou insistindo que ele iria gostar, vamos, não se faça de difícil, como se Brando fosse um desses putos que só precisam de um pouco de insistência para abrir as nádegas, baixar as calças e ficar de quatro sobre o assento para que o engenheiro passasse a língua pelo seu ânus e depois sem dúvida enfiasse no seu rabo, aproveitando que ele já estava na posição. Vamos, faço de um jeito delicioso, dizia o maldito boiola barrigudo, e até lambia os bigodes, e foi a visão daquela língua pálida que fez Brando explodir: vá tomar no cu, veadinho de merda, repetiu, abriu a porta da caminhonete, e se virou para descer, e o engenheiro só riu e disse: não finja que você não sabia por que veio comigo, não se faça de idiota: Luismi já me contou que você fica doidinho quando passam a língua no seu fiofó... E Brando já estava com um pé no chão quando ouviu aquilo, e em vez de sair de uma vez do veículo, retornou ao assento e se aproximou do engenheiro e lhe deu uma cabeçada no seu rosto que quebrou seus óculos e o nariz também, a julgar pelo ruído que Brando sentiu contra a testa, e também pelos gritos que aquela puta bichona perfumada começou a soltar, mas não ficou ali para contemplar o dano, saltou da picape e cruzou apressado a estrada e se enfiou num campo e correu e correu pelo pasto até sentir que seu peito ardia, e só então parou. Ele também estava sangrando um pouco na testa, mas a ferida já tinha secado quando voltou ao povoado, e era tão pequena que ninguém notou nada, nem sequer sua mãe perguntou o que havia acontecido. Maldito boiola de merda; maldito Luismi, idiota, por que teve de sair fofocando, por que não conseguiu guardar o segredo; por que teve de contar para esse engenheiro puto de merda? Por que não matou Luismi naquela manhã, quando acordou ao lado dele sobre o colchão? Devia ter matado e fugido com o dinheiro roubado, merreca que fosse. Isso era tudo no que pensava ultimamente: matar e fugir, mais nada; a escola era um saco sem fim, uma perda de tempo; as drogas e o álcool o deixavam com nojo, já nem era mais capaz de aproveitar os efeitos; seus amigos eram todos uns pobretões idiotas, e sua mãe, essa maluca que continuava acreditando que o pai de Brando voltaria um dia para morar com eles de novo, uma pobre coitada imbecil que preferia fingir que não sabia que o pai de Brando já tinha outra família lá em Palogacho e que só mandava dinheiro todo mês porque se sentia culpado por tê-los deixado na merda como se fossem lixo, mãe, como se fôssemos merda, mãe, se liga: do que adianta rezar tanto, do que adianta se você não é capaz de reconhecer a verdade, todo mundo já sabe, idiota! Mas ela se trancava no seu quarto e começava a rezar suas litanias quase gritando para não ter de ouvir as palavras e os chutes que Brando desferia contra a porta, chutes e socos que ele adoraria dar na cara dela, para ver se assim ela finalmente entendia, para ver se finalmente morria e partia de vez para o seu céu maldito e parava de encher o saco dele com rezas, sermões, queixas e choramingos de meu Deus, o que eu fiz para merecer um filho assim? Onde está o meu menino adorado, meu Brando tão doce e bonzinho? Como você permitiu que o diabo entrasse no seu corpo, Senhor? O diabo não existe, idiota, ele ladrava, do outro lado da porta. O diabo não existe e o seu Deus de merda também não, e a mãe lançava um grito de agonia e as rezas prosseguiam, com mais intensidade e devoção, para compensar as blasfêmias do filho, e Brando se virava e entrava no banheiro e parava diante do espelho e olhava o reflexo do seu rosto até que suas pupilas negras e sua íris também negra cresciam e se dilatavam até cobrir por completo a superfície do espelho, e uma escuridão terrível o invadia: uma escuridão na qual nem sequer existia o consolo do resplendor das chamas incandescentes do inferno; uma escuridão desolada, morta, um vazio do qual nada nem ninguém poderia resgatá-lo nunca: nem as bocas ávidas das bichonas que o abordavam nas espeluncas da estrada, nem as escapadas noturnas em busca de orgias caninas, nem mesmo a lembrança do que ele e Luismi fizeram, nem isso. *No se tú, pero yo te he comenzado a extrañar*, cantava o rádio do Sarajuana, *en mi almohada no te dejo de pensar*, mas Luismi já não cantava as palavras, nem sequer as cantarolava distraído como sempre quando botavam uma canção de que ele gostava, *con las gentes, mis amigos*, nem sequer falava mais, de tão lesado pelos comprimidos que estava, *en las calles, sin testigos*, porque o engenheiro parou de responder às suas ligações e ninguém voltou a vê-lo nas espeluncas da estrada, e havia o rumor de que o desgraçado fora transferido para outra estação devido à crescente insegurança que reinava na zona canavieira, e Brando não contou nunca a

Luismi o que aconteceu com o engenheiro naquela vez que o puto boiola propôs chupar seu cu, nem reclamou da sua indiscrição quanto ao que passara entre eles, porque fazer isso seria admitir que aquela noite tinha ocorrido de fato, e Brando não estava preparado para enfrentar isso, embora a verdade é que tampouco estivesse preparado para enfrentar a encheção de saco que foi Luismi chorando dias inteiros pelo engenheiro e ficando chapado nos banheiros das espeluncas e na beira da estrada, a noite em que chegou feliz e radiante ao Sarajuana para anunciar a todos que... tinha se casado! Não inventa, maluco! Sério? Casado, casado mesmo? Ahã, assentiu o idiota. Ela se chama Norma e é de Ciudad del Valle. Eita! A novinha essa que você pegou no parque esses dias? Vários caras do grupo estavam de olho na menina essa quando Luismi os superou e a levou para casa, para La Matosa, e agora era sua mulher, pois, sua esposa e... E se liguem nessa, seus putos: Norma está grávida e daqui a uns meses o Luismi vai ser pai. Eita! Não inventa, maluco! Parabéns, cara!, gritou o pessoal, e dizendo que era para festejar o casamento naquela mesma noite todos tomaram um porre asqueroso, e Luismi andava feliz da vida, bichona de merda, e todos os veados do povoado disputavam para chupar o pau do recém-casado, e o maldito Luismi recuperou seu humor e até dizia que não voltaria a tomar comprimidos, e os olhos brilhavam pela primeira vez em muito tempo, e Brando só sentia raiva de pensar no que tinham feito juntos, nessa noite que nunca voltou a se repetir e cuja lembrança o atormentava a ponto de querer arrancá-la do cérebro, e não deixava de se perguntar quem mais sabia do segredo, para quem mais ele contara. Ou talvez o engenheiro nem soubesse de nada e só tivesse dito aquilo para ver se funcionava, para poder comê-lo, pois...? Porque ninguém tirava onda de Brando, ninguém o incomodava ao lado de Luismi nem se atrevia a insinuar nada, e até o próprio Luismi se comportava como sempre, como se tudo o que aconteceu naquela noite fosse só uma alucinação maldita da mente de Brando, como se nunca em sua vida tivessem se tocado e se beijado e trepado, e o tratava da maneira mais normal do mundo, como sempre: cumprimentava-o levantando as sobrancelhas quando o via chegar ao parque, e batia seu punho contra o dele como o protocolo exigia, e no meio do rolê oferecia uns pegas no seu baseado no pátio do El Metedero, pegas que Brando consumia sem falar com ele, sem olhá-lo, e é claro, sem tocá-lo, como se nada tivesse acontecido, como se Brando tivesse imaginado tudo, embora é claro, isso não fosse possível: ele não era um veadinho de merda, não é?, para ficar imaginando essas putarias aí... Mas por que tinha de fazer um esforço tremendo para tirar os olhos de Luismi quando bebiam com a galera, ou quando transavam com os veados? Por que tinha a impressão de que Luismi estava esperando o momento certo para contar a todo mundo o que tinha acontecido? Por que Brando estava cada vez mais obcecado por matá-lo antes que isso ocorresse? Tudo que precisava fazer era conseguir uma arma, o que era fácil; e matá-lo, o que não era complicado; e se desfazer do corpo, embora talvez pudesse deixá-lo boiando em algum canal de irrigação, e finalmente ir embora do povoado, fugir para onde ninguém nunca pudesse encontrá-lo, muito menos a idiota da sua mãe; talvez inclusive teria de matá-la também antes de partir; dar-lhe um tiro enquanto dormia, ou algo assim, algo rápido e discreto para mandá-la para o céu desgraçado dela, acabar de uma vez por todas com seu sofrimento. Porque a verdade era que sua mãe não servia para nada: não trabalhava, não ganhava nem um tostão, passava o dia na igreja ou grudada diante da TV assistindo às suas novelas e lendo suas revistas de fofocas de celebridades, e seu único aporte ao mundo era o dióxido de carbono que exalava com cada respiração. Uma vida completamente ociosa e irreversível. Matá-la seria fazer-lhe um favor; um ato de compaixão. Mas antes de levar tudo isso a cabo, precisava conseguir dinheiro, dinheiro suficiente para chegar a outra cidade e encontrar um lugar para viver, e poder se sustentar até conseguir um trabalho, fazer uma vida nova, uma vida tão livre como a que certamente seu pai construiu quando a Companhia o transferiu a Palogacho e ele pôde enfim se livrar deles, da mãe beata e frígida e do moleque idiota que só obedecia cegamente ao que a mãe dizia, ao que a mãe queria, o pamonha que ajudava o padre Casto todos os domingos nas missas, vestido de coroinha, e que achava que bater punheta era pecado e que iria ao inferno se o fizesse. Que vão à merda, pensava; que todos neste povoado de bosta vão à merda, enquanto lambia os lábios dormentes porque como era boa a cocaína polvilhada na ponta de um cigarro, que vigor entrava em seus pulmões, que ânimo quando a brasa ainda viva se reacendia, puta que pariu, Brando estalava os dedos, puta que pariu, boa demais, não quer?, oferecia a Luismi, mas ele ria com seus dentões tortos e dizia que não, que havia largado, assim como os remédios, que agora só ficava com breja e maconha. Willy falava de suas aventuras em Cancún, de como se divertiu quando saiu de casa aos dezessete anos e foi trabalhar de garçom na península. Brando tinha vontade de perguntar quanto dinheiro precisaria para começar uma vida nova lá, mas ficou ressabiado que os outros notassem que ele estava interessado demais no assunto, que pensassem que ele tramava algo. Com trinta mil mangos eu consigo, calculou; trinta mil mangos seriam suficientes para chegar a Cancún e alugar um quarto e começar a buscar trabalho; fosse lá o que fosse, garçom, ajudante nos restaurantes, lavador de pratos, se fosse necessário, o que precisasse para se instalar, e depois aprender um pouco de inglês e buscar um trampo nos hotéis, onde sempre havia um gringo veado com desejo de pica, mas nunca ficar no mesmo lugar, sempre em movimento, beber e trepar e agitar diante daquele mar azul-turquesa quase verde. O que você acha?, perguntou a Luismi, quando saíram para fumar um no pátio do El Metedero. De repente, sabe-se lá como, teve uma ideia para conseguir o dinheiro, os trinta mil mangos: tirar da Bruxa. O lance era colar na casa dela e pedir a grana emprestada, ou quem sabe pegá-la de uma vez se acharmos que vale a pena; dizem que ela tem ouro escondido ali, Luismi, dessas moedas velhas que valem uma fortuna; dizem que uma vez um cara encontrou uma moedinha enfiada debaixo do pé de um móvel que a Bruxa queria que movessem, e quando foi vendê-la no banco disseram que valia cinco mil pesos, essa moedinha suja aí, e o veado estava com ela ali jogada, sem nem se dar conta de quando rolou para baixo do móvel; porque sem dúvida em algum lugar dessa casa havia cofres ou sacos cheios dessas moedas; do que mais viveria a Bruxa, pois, se não trabalhava, se as terras os cretinos do Engenho já tinham roubado; de onde tirava o dinheiro para continuar pagando o álcool e as drogas aos moleques que iam para a sua casa ficar doidões e ouvir suas músicas de merda e às vezes comê-la naquelas poltronas; e pensa só, Luismi, que mesmo se não encontrarmos a grana há coisas de valor nessa casa: os alto-falantes e os aparelhos no porão, e a tela gigante e o projetor, tudo isso vale uma nota e podemos carregar até a caminhonete do Munra, que com certeza nos levaria para a casa da Bruxa se oferecêssemos dinheiro; pensa só, com certeza há alguma coisa escondida no quarto de cima, senão por que deixaria sempre fechado, por que ficava furiosa cada vez que alguém subia as escadas, cada vez que alguém perguntava o que ela deixava guardado ali? O que escondia? Brando não sabia. Valeria a pena? Brando não tinha a menor ideia; mas sabia, sim, que não podiam deixar testemunhas, embora nunca dissesse isso a Luismi, para que não tivesse ideias antes da hora. Matar o veado e deixar o idiota do Munra enrolado na história, e depois ele e Luismi vazariam, e Brando teria apenas de se livrar dele, cedo ou tarde, mas só quando já estivessem longe do povoado, longe de Villa, de tudo o que conheciam, só então Brando faria Luismi pagar pela humilhação e pela angústia que o fizera sentir esse tempo todo, especialmente desde que Brando o viu com aquela menina que segundo Luismi era sua esposa, uma ranhenta com cara de índia, magricela mas barriguda que nunca falava nada e que ficava vermelha quando alguém lhe dirigia a palavra. Era tão burra que nem se deu conta de que Luismi a enganava; o cretino tinha inventado que trabalhava de segurança em Villa para que pudesse continuar farreando com seus boiolas gorduchos de sempre: os motoristas e os operários e os que se diziam engenheiros que nem tinham terminado o colégio e que se achavam muito influentes por andar com uma camisa bordada com o logotipo da Companhia e por beber Buchanans. Maluco, Brando dizia a Luismi, quando o via sozinho no parque, bora pegar essa grana, vamos colar na Bruxa e roubar essa bufunfa e saímos daqui para sempre, eu e você juntos, mas Luismi balançava a cabeça e dizia que ele não queria mais ver a Bruxa, que ainda não a perdoava por não ter acreditado nele: ela que vá à merda se acha que vou andar rastejando pedindo perdão depois de me chamar de ladrão e cretino; e Brando insistia, todos os dias, cada vez que o via insistia, porque queria vazar logo dali e pensava que a única maneira de a Bruxa abrir a grade era se visse Luismi ali parado, porque todo mundo sabia que a louca ainda chorava por Luismi e passava o tempo todo perguntando por ele e sentindo saudade, e que se Luismi se desculpasse decerto ela o perdoaria e talvez até desse o dinheiro sem necessidade de matá-la; mas Luismi continuava decidido que não, não queria ver a Bruxa, e além disso que besteira essa de sair de La Matosa, melhor ficar aqui, algo surgiria lá na frente, não precisava se desesperar, ainda mais com Norma grávida, não podia se arriscar que algo acontecesse com ela no caminho; e Brando assentia solidário e dizia: claro, tem razão, enquanto pensava por dentro: filho da puta desgraçado, como eu o odeio, maldito, como eu o odeio. E prometia a si mesmo não voltar a falar nada para Luismi, mas no dia seguinte voltava a vê-lo e as palavras brotavam sozinhas dos seus lábios: vamos, maldito Luismi, vamos roubá-la, vamos vazar desta merda de lugar, porque não conseguia pensar em mais nada; noite e dia pensava em como matariam a Bruxa, como fugiriam com o dinheiro, no que fariam para poder trocar aquelas moedas de ouro sem levantar suspeitas, em como finalmente terminariam o que tinham começado naquela noite sobre o colchão de Luismi, e em como Brando mataria o desgraçado enquanto ele dormia. As férias da Semana Santa terminaram e Brando já nem se deu ao trabalho de voltar para a escola; não via motivos para continuar estudando, e de toda maneira não conseguia se concentrar em nada. Sua mãe não ousou reclamar e, de fato, parecia contente porque ele estava em casa com ela; já nem se importava que Brando saísse para beber todas as noites até o amanhecer, desde que ele ficasse para ver a novela das nove; o que fazia depois pouco importava: ela rezava por ele, ela rezava e deixava tudo nas mãos de Deus, Jesus e da Virgem, e que acontecesse o que tivesse de acontecer, que fosse feita a Sua Santíssima Vontade. E Brando estava cada vez mais de saco cheio dela, da novela das nove, das risadas imbecis das personagens das comédias e da música pegajosa dos comerciais e do gemido do ventilador ao girar a toda a velocidade no teto. Estava de saco cheio do povoado, de saco cheio também da idiota da Leticia e do barraco que ela armava por telefone porque Brando já não queria mais comer ela. A preta maldita ficou obcecada com a ideia de ter um filho de Brando; dizia que seu marido era um idiota sem colhões porque não era capaz de gerar um moleque por mais que trepassem todos os dias, então queria que Brando fosse vê-la, para comê-la e ejacular dentro dela, para que ela engravidasse. Ela criaria o moleque como se fosse filho do marido, dizia; Brando não precisava se preocupar com nada além de encher a buça com sua porra e lhe dar um filho, dizia. Só encher a buça com sua porra, dizia a idiota! Fazer um filho! Que se fodesse: a última coisa de que Brando precisava era deixar algo seu naquele povoado de merda. Não, nem fodendo, não toparia, por mais que ela implorasse, por mais que oferecesse até dinheiro. Ele poderia conseguir a grana de outra maneira; iria embora para Cancún depois e trabalharia de garçom, comeria os gringos, e não ficaria parado nunca: para não se entediar, para que não fossem pegos. Vamos, maldito Luismi, voltava a insistir, quando ninguém os escutava, porque Brando não queria testemunhas: vamos nesta segunda, nesta terça, na semana que vem, Munra nos leva se pagarmos; chegamos e tocamos na porta e você a convence a abrir a grade, e lá dentro conseguimos a grana, emprestada ou roubada, tanto faz, e vazamos naquele mesmo instante, sem malas nem nada para não despertar suspeitas, sem avisar ninguém, só eu e você, vamos, maldito Luismi; e Luismi: mas temos de levar a Norma; e Brando balançava a cabeça e pensava: como se você realmente se importasse com essa novinha, veado maldito, mas logo se recuperava e sorria e em voz alta dizia: claro, é verdade, não podemos sair sem a sua esposa, não é? E a palavra "esposa" tinha gosto de merda na sua boca. Tantas negativas por parte de Luismi o frustravam. Por um tempo achou inclusive que Luismi havia farejado suas intenções de roubá-lo, matá-lo quando já estivessem longe, e por uns dias contemplou seriamente a ideia de fugir só ele, sem dinheiro, até que, numa sexta à tarde, Luismi, coisa rara, foi buscá-lo na sua casa. O cara estava um trapo: estava havia dois dias sem dormir porque Norma – e Brando mal conseguiu entender o que Luismi contou porque só apertava os dentes, de tanto ódio que o inundava –, sua esposa, estava em estado gravíssimo no hospital e a culpa era da Bruxa, de algo que a Bruxa fizera à pobre coitada, e por isso o moleque agora queria que fossem à casa dela e fizessem essa merda naquele dia: hoje, agora, mané, quando o lance está quente, hoje, Brando desgraçado, louco até não poder mais de remédio e mal conseguia parar de pé, e Brando esteve a ponto de mandá-lo à merda, de dar umas porradas nele para que ele se ligasse das bobagens que estava falando, mas logo pensou que talvez aquela fosse a oportunidade que esperava. Pouco importava quando o fariam e os motivos de Luismi, o que perderia com a tentativa, se talvez nunca voltasse a aparecer uma ocasião como aquela, então disse que sim, que fossem, mas antes deviam beber mais, para se preparar, para criar coragem, e entrou no quarto e vestiu uma camiseta preta – para ocultar o sangue que acabasse respingando nele, pensou com prudência – e depois botou outra do Manchester por cima, e pegou a grana que tinha e sem dizer nada para a mãe saiu de casa e pegou Luismi pelo braço para que ele não fugisse e o conduziu até a loja do seu Roque, onde compraram dois litros de aguardente de cana e misturaram com uma garrafa de bebida sabor laranja, água açucarada com corante e veneno que beberam em quatro pessoas, porque no caminho Willy se juntou a eles, e depois Munra apareceu a bordo de sua caminhonete, e Brando na verdade não acreditou que Luismi falasse a sério; tinha a impressão de que a qualquer momento o cara daria para trás, ou que faria a idiotice de alardear o plano diante de Munra e Willy, estragando tudo, e por isso ficou surpreso que Luismi, por mais idiota que fosse, tenha tido o tino de esperar que Willy ficasse bem derrubado sobre o banco do parque, antes de pedir a Munra que fizesse o favor de levá-los a La Matosa. Talvez o cara não estivesse tão drogado quanto Brando imaginasse, ou de fato o seu desejo de vingança era real. O idiota do Munra disse que os levaria aonde quisessem se eles pagassem, pelo menos cem mangos para ir ao povoado, e Brando disse cinquenta agora e cinquenta na volta, depois do lance, é o que eu tenho, depois dou todo o resto e enchemos a cara com o que conseguirmos, e Munra disse: bora nessa, e lá se foram, e aconteceu aquilo, aconteceu aquilo, aconteceu aquilo de que só conseguia sentir a força das suas mãos e que não devia ter dado um golpe tão forte na louca com a muleta quando se virou para sair da cozinha correndo, e justo nessa parte do crânio, caralho, porque ela voou para o chão, e Luismi ainda deu uns chutes na cara dela, e já depois disso não voltou a falar nem uma só palavra, nem mesmo quando Brando deu umas bofetadas nela para que confessasse onde tinha escondido o dinheiro; ela só choramingava e babava no chão da cozinha enquanto o sangue brotava do ferimento e empapava os cabelos, e apressados os dois tiveram de sair em busca do tesouro. Sabe-se lá quanto tempo demoraram para revirar a casa toda, porque Munra disse que só se passara uma meia hora, mas Brando sentiu como se tivesse ficado dias inteiros ali dentro, cada vez mais decepcionados conforme percorriam os quartos do andar de cima; quartos desabitados, quase sem móveis, quatro paredes e dois móveis, uma cama e uma cômoda, ou uma cama e uma cadeira, ou uma mesa no centro de um quarto totalmente vazio; um banheiro pequeno e escuro como uma latrina; cortinas penduradas diante das janelas trancadas, paredes cinza, desenhos incompreensíveis e um fedor bestial, inumano, de morte velha. E vai saber, pensava Brando, horrorizado, qual daqueles quartos era o da Bruxa, onde a louca se deitava à noite, porque todos os quartos daquele andar pareciam desabitados, inclusive como se ninguém nunca tivesse descansado sobre essas camas de aparência rígida, cobertas de edredons empoeirados. Verificou os quartos e os armários cheios de roupas carcomidas por traça, sacos de lixo, papéis podres, até chegar ao fundo do corredor lúgubre, onde se encontrava a única porta fechada a chave, pelo jeito trancada por dentro, e por mais que Brando batesse com o ombro e por mais chutes que desse na maçaneta, a porta continuou fechada, e assim permaneceu quando Luismi subiu para ajudar, embora a verdade é que nesse momento Luismi já não servia para nada; a agitação de atacar a Bruxa já tinha passado e agora o cretino parecia estar pasmo, e Brando começou a achar que tudo aquilo tinha sido uma grande cagada, porque não havia nada naquela casa além de uma nota de duzentos pesos sobre a mesa da cozinha e um punhado de moedas normais jogadas na sala, moedas que Brando precisou recolher como um mendigo porque as mãos de Luismi tremiam e ele deixava tudo cair: em meio à loucura em que se encontravam, finalmente começava a cair a ficha do que tinham feito, de que a Bruxa já era, estava mais para lá do que para cá, e que respirava sabe-se lá como, entre arquejos e bufos, e que se notava que ela estava sofrendo pela maneira como gemia, e Brando disse a Luismi que precisavam levá-la a outro lugar, jogá-la da colina, para que não fosse fácil encontrá-la; que se a deixassem ali na casa as mulheres que ainda apareciam às sextas poderiam encontrá-la, e chegar até eles, e que por isso precisavam sair o quanto antes daquele lugar, naquele mesmo instante, e enrolaram como puderam a Bruxa em suas próprias saias e com o véu asqueroso esse embrulharam sua cabeça para que o cérebro não saísse pelo ferimento, e assim os dois a levantaram e a meteram na caminhonete, e a levaram pelo caminho que sobe até o Engenho, mas antes de chegar ao rio viraram em uma trilha que fazia a volta no canal de irrigação e lá a tiraram do carro, e a arrastaram até a beira da água e Brando entregou a faca a Luismi, a faca que pegara da cozinha da Bruxa, a mesma que estava havia anos ali na mesa, desde que Brando era capaz de lembrar, sobre o prato de sal grosso, e que aquele tempo todo Brando apertou em seu punho enquanto mostrava o caminho a Munra, e na hora Luismi se negou a segurar a faca e Brando teve de colocá-la em sua mão, e fechar os dedos do punho de Luismi, para que apertasse bem o cabo. Também não queria olhar para a Bruxa, mas Brando necessitava convencê-lo de que a pobre louca estava sofrendo, que era urgente acabar com sua dor e dar-lhe a facada, veja bem, o tiro de misericórdia, só que não dispunham de uma pistola nem balas, então teriam de usar a faca, enterrar a faca na bichona que tremia e gemia sobre a grama, com a cara manchada de sangue e dessa merda amarela que saía do ferimento na sua nuca e que fedia tanto. Crava no pescoço, disse a Luismi, crava fundo no pescoço, para que termine de sangrar, mas o putão do Luismi só fez um talho bem capenga e não conseguiu cortar nenhuma veia importante, só fez com que a Bruxa abrisse bem os olhos e mostrasse seus dentes cheios de sangue, e Brando não conseguiu suportar mais aquilo, e se ajoelhou junto a Luismi e voltou a envolver o punho dele com as próprias mãos e com toda a força de seu corpo, guiou a faca até a garganta da Bruxa, uma vez, e de novo, e uma terceira vez, só para garantir, agora atravessando as camadas de pele e de músculo, as paredes das artérias e a cartilagem de sua laringe e inclusive os ossos das vértebras, que na terceira facada se partiram com um estalo seco que fez o veado do Luismi chorar como um bebê, com a faca ainda apertada no seu punho e o sangue respingando por todas as partes, manchando suas mãos, roupas, sapatos, cabelos, inclusive os lábios, e Brando teve de tirar a faca das suas mãos e jogá-la no canal, embora tivesse preferido limpá-la e conservá-la, talvez para usar outra vez, na mesma noite, contra sua mãe e contra Luismi, porque ele precisava voltar para La Matosa naquela mesma noite: precisava voltar à casa da Bruxa, depois da novela das nove, depois do noticiário, e na metade do programa de variedades que sua mãe contemplava já cochilando; voltaria de bicicleta, lutando contra as moscas que insistam em entrar na sua boca semiaberta, por causa do esforço, e contra as raízes das árvores que cresciam por cima do chão, e contra o vento impiedoso que bagunçava seus cabelos e que arrancava da sua testa as gotas de suor que acabavam salpicando a terra ressecada. Tinha voltado à casa da Bruxa para buscar o dinheiro, e mais uma vez não encontrou nada: a sala estava vazia como o interior de um caracol morto, cheia de ecos e um silêncio chocante, e o mesmo no sótão e nos quartos do térreo e do andar de cima, onde não encontrou nada apesar de ter movido de novo todos os móveis e revirado o lixo e até rompido alguns sacos de plástico que se acumulavam contra as paredes, sem encontrar nada. Nada de nada. Por último, dirigiu-se à porta fechada que não conseguiram abrir à tarde porque estava completamente selada e se ajoelhou diante dela para olhar por baixo da fresta que se abria entre a madeira e o piso, mas não viu nada além de pó e escuridão e aquele cheiro de morte que impregnava o corredor. Pensou que em algum lugar daquela casa devia haver um facão, ainda que enferrujado, e que se usasse contra a fechadura talvez conseguisse arrancá-la, ou ao menos destroçar a madeira que a sustentava, e desceu correndo pelas escadas e ao chegar à soleira do corredor parou de repente ao deparar-se com os olhos amarelos de um imenso gato negro que o olhava da porta da cozinha, e Brando não sabia como esse animal conseguira entrar, esse bicho que o fitava de forma tão descarada, se ele mesmo havia trancado a porta da cozinha, para que ninguém entrasse enquanto ele revirava a casa. O maldito gato não se mexeu quando Brando levantou uma perna como se fosse chutá-lo; não se moveu nem sequer piscou, ainda que do seu focinho fechado começasse a se ouvir um rugido furioso que fez com que Brando desse um passo para trás e olhasse para a superfície da mesa, implorando para que tivesse outra faca ali em cima, e naquele momento as luzes da cozinha e da casa inteira se apagaram de repente, e Brando soube então que aquele animal raivoso, aquela fera que bufava na escuridão, era o diabo, o diabo encarnado, o diabo que o seguia havia tantos anos, o diabo que enfim aparecia para levá-lo ao inferno, e soube também que, se não corresse, se não escapasse naquele instante da casa, ficaria preso com aquela fera horrível na escuridão para sempre, e deu um salto para a porta da cozinha, e levantou a tranca e a empurrou com todas as suas forças e caiu de bruços sobre a terra dura do pátio, com o rugido do demônio perfurando seus ouvidos. Arrastou-se pela poeira até encontrar sua bicicleta e partiu desesperado através da noite sussurrante, pedalando enlouquecido pelas ruas que cruzavam os canaviais, suando de medo, por causa da convicção terrível de estar perdido no meio do nada, pedalando em círculos por caminhos que terminariam, cedo ou tarde, desembocando no canal de irrigação, onde a Bruxa o esperava com a garganta aberta e o cérebro de fora e os dentes cheios de sangue... e já tinha quase perdido as esperanças de salvar-se, quando finalmente enxergou as primeiras luzes de Villa, aquelas das casas perto do cemitério. Pedalou até alcançar a avenida principal, completamente vazia, e chegou em casa meia hora depois. Comprovou que a mãe estava dormindo antes de se enfiar no banheiro para lavar o rosto e as mãos cheias de terra, mas quase soltou um grito quando ergueu o olhar para encarar-se no espelho embaçado e viu seu próprio reflexo, e em vez de olhos seu rosto exibia dois aros luminosos que brilhavam sobre o mercúrio suado. Demorou muitos minutos para se tranquilizar, vários minutos nos quais permaneceu imóvel diante da pia, com os olhos fechados e os cabelos de pé e as mãos na frente do rosto, como se temesse um ataque do seu reflexo, até que conseguiu recuperar sanidade suficiente para olhar de novo para o espelho e comprovar que debaixo da camada de vapor gorduroso que cobria a superfície do vidro não havia dois aros de luz demoníaca, e sim seus mesmos olhos de sempre, afundados e avermelhados, com olheiras e em desespero, mas totalmente normais, e terminou de lavar o rosto, o peito e as mãos e voltou ao seu quarto e se deitou sobre a cama e olhou para o teto durante várias horas, incapaz de pegar no sono. *No sé tú*, tinha quase certeza de que naquela noite Luismi também não conseguiu dormir, *pero yo te busco en cada amanecer*, que Luismi o aguardava desperto sobre o colchão de sua casa, *mis deseos no los puedo contener*, que aguardava que Brando aparecesse ao seu lado para terminar o que haviam começado, *en las noches cuando duermo*, naquele maldito colchão imundo, *si de insomnio*, o assunto que ficou pendente, *yo me enfermo*: trepar e se matar, talvez as duas coisas ao mesmo tempo. Pensou também no fracasso do dinheiro, e lágrimas de humilhação encheram seus olhos. Pensou por último em fugir de qualquer maneira: buscar refúgio em algum outro local. Talvez, se conseguisse se comunicar com seu pai em Palogacho, talvez ele poderia lhe dar refúgio por uns dias... Palogacho não ficava longe de Villa, mas pelo menos era um primeiro passo caso a polícia saísse em busca dele... E pensando naquilo tudo, e em como seria ficar por fim longe daquele maldito povoado e da sua mãe, o céu foi se iluminando e quando se deu conta os pássaros já cantavam sobre os galhos das amendoeiras, e sem ter dormido um só segundo Brando se levantou da cama e caminhou até a sala, para buscar o número do seu pai na cadernetinha que sua mãe guardava sempre ao lado do telefone, e discou, e o telefone tocou e tocou durante um bom tempo, até que o sujeito em pessoa atendeu com um "alô" todo apático, e Brando o cumprimentou nervoso – fazia anos que não falava com seu pai e era possível que ele já não reconhecesse sua voz de homem e que desligasse, pensando que era uma dessas ligações feitas por alguém querendo extorqui-lo – e se desculpou pela hora e balbuciou um par de frases de cortesia que eram falsas, mas que nem sequer conseguiu terminar porque seu pai o interrompeu: o que é que vocês querem? Diga para a sua mãe que não tenho como mandar mais dinheiro, tenho gastos demais... Um bebê começou a chorar do outro lado da linha. Brando disse: eu entendo, mas veja bem... E já é hora de você sustentar sua mãe, não acha? Está com que idade, dezoito anos? Dezenove, respondeu Brando. A mãe tinha entrado na sala, vestida com aquela camisola puída que ela se recusava a jogar no lixo, e com sinais frenéticos pediu a Brando que passasse o telefone para ela, mas ele preferiu desligar sem se despedir do sujeito. A mãe quis saber o que estava acontecendo, e Brando mandou-a calar a boca, que não estava acontecendo nada, que voltasse para a cama e dormisse, e ele retornou ao seu quarto e se vestiu com a primeira roupa que encontrou no chão, e pegou os duzentos pesos e as moedas que tirara da Bruxa, e sem dar bola para o choro de sua mãe no corredor, enfiou um pouco mais de roupa limpa na sua mochila e saiu de casa batendo a porta, e subiu pela rua principal até a saída de Villa, até o posto de gasolina, disposto a pedir carona ao primeiro caminhoneiro que parasse. Tinha de fazê-lo naquele mesmo instante, porque a festa do primeiro de maio deixaria o trânsito lento e os motoristas dispostos a dar carona ficariam mais escassos, e talvez se se apressasse conseguiria fugir a tempo, ainda que com duzentos mangos no bolso, dependendo da generosidade dos caminhoneiros e de sua própria capacidade de seduzir os boiolas até chegar a Cancún, ou à fronteira, onde quer que fosse, tanto fazia. Mas enquanto caminhava pensou também em Luismi, no quanto queria vê-lo antes de partir, acertar essa questão pendente que tinham, e a cada minuto que se passava Brando sentia mais e mais raiva, e mais e mais tristeza, e antes mesmo de chegar à estrada, virou e começou a percorrer o caminho de volta para casa. Eram quatro da tarde quando abriu a porta da entrada, e sem dirigir a palavra à sua mãe que rezava ajoelhada diante do altar da sala, entrou e foi direto para o seu quarto e tirou a roupa empoeirada e suada e se deitou na cama e dormiu cerca de doze horas seguidas, sem sonhos ou pesadelos, e acordou quando ainda estava escuro, com o corpo coberto de suor frio. Levantou-se da cama e caminhou até a cozinha, onde bebeu uma jarra inteira de água fervida, e olhou uma panela que sua mãe guardava no refrigerador, mas aqueles feijões não o apeteceram nem um pouco, antes de voltar à cama e dormir outras doze horas seguidas. Quando voltou a acordar, sentiu-se desorientado e seu corpo inteiro tremia debaixo dos lençóis, como se estivesse frio. Tinha a sensação de que as paredes da casa cairiam sobre ele caso não fugisse dali, então se vestiu e saiu para a rua, com o estômago vazio e os ouvidos zunindo. Sentia o corpo dormente, e o ar que entrava em seus pulmões era de uma consistência densa, quase líquida. Caminhou rumo à esquina da quadra, e ao virar rumo à loja do seu Roque, deparou com um espetáculo conhecido: um moleque do bairro, um menino de cara pálida e cabelos muito lisos e escuros, brincava sozinho diante da maquininha estacionada na calçada, junto à caixa de verduras, já murchas a essa hora, que seu Roque exibia na entrada da loja. Brando não se lembrava do nome daquele menino, mas o conhecia bem de vista. Havia anos que o observava no bairro, ainda mais porque era parecido com ele quando criança, só mais branquinho: uma versão melhorada de si mesmo, pois; um pirralho que a mãe permitia sair para brincar sozinho nas maquininhas de fliperama do seu Roque, e o desgraçado jogava bem, ou pelo menos parecia, a julgar pela maneira feroz como atacava as alavancas e os botões, sacudindo sua bunda impertinente ao ritmo da música. Os lábios daquele menino eram rosados; isso era o que mais chamava atenção de Brando; nunca tinha conhecido outra pessoa com os lábios dessa cor, exceto a menina do vídeo do cachorro. Com certeza os mamilos do garoto, ocultos debaixo do tecido da sua camiseta, seriam do mesmo tom, e com certeza teriam gosto de morango, fantasiou Brando; com certeza derramariam xarope de framboesa e não sangue se alguém se atrevesse a mordê-los. Percebeu que estava parado no meio da rua, então terminou de atravessá-la e se aproximou do menino e ficou um tempo observando-o jogar, até que o menino – que não devia ter mais de dez anos, calculou Brando, acariciando com os olhos aquelas bochechas completamente lisas – se virou para ele e o desafiou para uma partida, algo que Brando logo aceitou, embora nem sequer conhecesse aquele jogo de luta; não se interessava por fliperama fazia muitos anos. Entrou na loja e comprou um maço de cigarros para trocar a nota de duzentos e foi jogar com o menino, limitando-se a mover as alavancas feito louco, deixando-o o ganhar todas as vezes e jogando o corpo por cima, de forma dissimulada, para averiguar quão forte era, quão difícil seria dominá-lo depois que conseguisse levá-lo até os trilhos, e já estava a ponto de convencê-lo a ir embora com ele, com o pretexto de pagar-lhe um sorvete – embora depois dessa sequência de derrotas voluntárias já estivesse sem moedas, caralho –, quando três homens de uniforme o pegaram pelas costas e o encheram de pauladas e o jogaram no chão para algemá-lo e enfiá-lo no camburão. Cadê a grana, matador de veado, falaram, e cacete, deram-lhe uma porrada no peito, e Brando: que grana, não sei do que estão falando, e Rigorito: deixa de se fazer de idiota, ô matador de veado, e me diz onde você escondeu a grana ou vou torrar suas bolas, e Brando tinha aguentado a surra porque não queria contar que naquela mesma noite tinha voltado para a casa da Bruxa e tudo o que encontrara foi um gato-fantasma, até que começou a cuspir sangue, e eles colocaram aqueles fios desencapados nas suas bolas e não teve escolha, precisou revelar tudo: da porta trancada, o único quarto em que não conseguiram entrar e no qual sem dúvida se encontrava o tesouro da Bruxa, e logo depois de falar isso os porcos desgraçados saíram e o jogaram no fundo do calabouço, na cela aquela cheia de bêbados perdidos do desfile de primeiro de maio, e de ladrões como esses três alucinados que roubaram seus tênis, e Brando só havia visto a cara de um deles, o rosto enxuto e barbudo do líder, que não tinha nenhum dos dentes da frente, antes de se arrastar para o único espaço livre, junto à privada imunda da cela, e ficar todo encolhido e abraçar com cuidado suas pobres vísceras moídas, enquanto o magro barbudo dava voltas pelo centro da cela, pisoteando os bêbados com seus novos tênis enquanto rugia como uma fera enjaulada, excitado pelos berros daquele outro infeliz que gritava como um cachorro espancado, o matricida drogado que precisaram enfiar no "buraquinho" para que todos os outros presos não pudessem matá-lo. Cala a boca, vagabundo!, gritava o líder a plenos pulmões. Cala a boca, assassino desgraçado!, gritavam da outra cela. O cara matou a coroa! Queima no inferno, arrombado! O líder chamava Brando e dava chutes leves nas suas costelas moídas, como se quisesse chamar sua atenção mais do que machucá-lo, e cantarolava: matador de veados, matador de veados, olha, olha, e Brando tapou os ouvidos e apertou as pálpebras, mas aquele louco continuava enchendo o saco: olha, matador de veados, o inimigo, você acredita no inimigo?, e o cheiro daquele homem era até pior do que o mijo que impregnava o chão da cela, e Brando fez um esforço para sair da posição encolhida, para erguer o olhar e encarar o sujeito que o chamava de forma insistente e murmurar: que porra você quer, maluco? Não tenho mais nada, e seguir a direção para a qual apontava o dedo magro do homem: à parede na qual Brando se encolhera, ao espaço sobre sua cabeça naquele muro cheio de riscos e rabiscos feitos com pregos, que representavam nomes, apelidos, datas, corações, paus e bocetas do tamanho de monstros mitológicos e toda espécie de cena abominável, no qual se destacavam umas linhas de cor vermelha que formavam a figura do diabo. Como não tinha visto aquilo assim que entrou na cela? Aquele demônio gigantesco que presidia o calabouço como um soberano. O inimigo, maluco, dizia o demente barbudo; o inimigo está em toda parte. Tinham-no pintado com um tijolo ou algum outro pigmento avermelhado, e ele possuía uma cabeça enorme com cornos e focinho de porco e olhos redondos e vazios, cercados por raios tortos, como sóis pintados por uma criança perturbada, e patas atarracadas de bode e um par de tetas que pendiam até uma grande pica ereta que jorrava o que aparentava ser sangue seco, sangue de verdade, e o cara barbudo, o líder da cela, havia começado a gritar a plenos pulmões e chutava os bêbados para acordá-los, para que presenciassem o milagre que acontecia: o inimigo!, gritava como um energúmeno, o inimigo exige mais servos, a escória convoca a escória! Preparem-se, putos! E os bêbados gemeram e cobriram a cabeça com os braços e outros fizeram o sinal da cruz perto das grades, mas ninguém se atreveu a desviar o olhar do líder, de sua dança macabra, da sua luta de boxe no ar no centro da cela, antes de ir para cima de

Brando, mas não para golpeá-lo, e sim para acertar dois socos rápidos na parede, na barriga do diabo pintado, dois golpes secos que ressoaram no silêncio repentino, quase místico, que se fez no calabouço. Dois golpes, dois, murmuraram os asseclas do líder, alarmados; dois, dois, repetiram os mais lúcidos dos bebuns; dois, dois, começaram a gritar os prisioneiros da outra cela, contagiados, e até o cachorro surrado que chorava pedindo perdão à sua mamãezinha se uniu, com sua voz quebrada, ao canto coletivo: dois, dois, gritavam todos; dois, dois, sussurrou Brando, contra a própria vontade. Os gritos reverberaram entre as paredes do calabouço e encheram seus ouvidos, e talvez foi por isso que não conseguiu escutar o rangido da porta sendo aberta, nem o ruído de passos aproximando-se da grade, pois foi só quando separou seu olhar daqueles sóis cegos na cara do diabo que se deu conta de que havia três figuras paradas em frente às grades da cela. Abram espaço, seus bostas, gritava o carcereiro, brandindo o cassetete; como é que vocês sempre sabem quantos caras vou trazer, seus merdas, endemoniados, e logo empurrou os dois novos prisioneiros para o interior da cela: um homem baixo, de bigode grisalho e notoriamente coxo, que mal conseguia ficar de pé, e um menino magro, emaciado, de cabelos encaracolados endurecidos de sangue e a boca machucada e os olhos fechados de tomar socos, porque ele apanhou feio de todos os porcos de Rigorito, sem se importarem com os jornalistas e as fotografias e a caralhada de direitos humanos; Luismi em pessoa, o filho da puta, boiolão de merda do Luismi, ali diante dos olhos cheios d'água de Brando; seu, caralho, finalmente seu; seu para apertá-lo nos malditos braços.

VII

Dizem que, na verdade, nunca morreu, porque as bruxas não morrem tão facilmente. Dizem que no último instante, antes de os rapazes aqueles a apunhalarem, ela conseguiu lançar um feitiço para se transformar em outra coisa: um lagarto ou um coelho que correu para se refugiar no buraco mais profundo do monte. Ou no milhafre-preto gigante que apareceu no céu dias depois do assassinato: um animal enorme que voava em círculos sobre os campos e que logo pousava nos galhos das árvores para observar com olhos vermelhos as pessoas que passavam ali embaixo, como se estivesse com vontade de abrir o bico e falar com elas. Dizem que muitos se enfiaram na casa em busca do tesouro depois de sua morte. Que logo que ficaram sabendo de quem era o corpo que apareceu flutuando no canal de irrigação, jogaram-se com pás, picaretas e marretas para demolir as paredes e cavar verdadeiras trincheiras, buscando portas falsas, quartos secretos. Os homens de Rigorito foram os primeiros a aparecer; sob ordens do chefe, derrubaram a porta do quarto ao final do corredor, o quarto que pertencia à Velha Bruxa e que desde o desaparecimento da feiticeira permanecia fechado a chave. Dizem que nem Rigorito nem seus homens suportaram o espetáculo que descobriram ali dentro: a múmia preta da Bruxa Velha em meio à pesada cama de carvalho, o cadáver que começou a se descamar e desfazer ali diante de seus olhos e que virou um montão de ossos e pelos. Dizem que os covardes saíram correndo e que nunca mais quiseram voltar ao povoado; outros dizem que não, que isso não é verdade, que o que aconteceu foi que afinal Rigorito e seus homens encontraram sim o famoso tesouro escondido no quarto da Velha – moedas de ouro e prata, joias valiosas e aquele anel que parecia de vidro de tão grande que era a pedra incrustrada – e que pegaram tudo e fugiram a bordo do único veículo da polícia de Villa. Dizem que em algum momento depois de passar por Matacocuite, a cobiça enlouqueceu Rigorito, e que ele decidiu matar seus homens para não ter de compartilhar o que foi saqueado. Dizem que pediu primeiro as armas deles e depois atirou pelas suas costas; que decepou suas cabeças para que as autoridades pensassem que foram os traficantes, e que fugiu com todo aquele dinheiro em rumo desconhecido. Embora também digam que não, que aquilo era impossível, que o mais provável era que os homens de Rigorito, seis contra um, o mataram primeiro; que por certo os policiais depararam com a avançada da Raza Nueva que descia do Norte, limpando a sujeira que o Grupo Sombra deixou para trás nos poços de petróleo, e que foram eles que atacaram os policiais, e o delegado também, cujo corpo vai aparecer logo mais na cena de algum tiroteio, talvez também esquartejado, demonstrando sinais de tortura e exibindo cartolinas com mensagens para Cuco Barrabás e outros membros do Grupo Sombra.

Dizem que o lugar está pegando fogo, e logo mais os soldados da Marinha vão restaurar a ordem na região. Dizem que o calor está deixando as pessoas loucas, que como é possível que a essa altura de maio não tenha chovido uma só gota. Que a temporada de furacões virá com força. Que as más vibrações são as culpadas por tanta desgraça: corpos decapitados, esquartejados, envoltos em cobertas, escondidos que aparecem em cantos das trilhas ou em fossas cavadas às pressas nos terrenos que cercam as comunidades. Mortos em tiroteios e colisões de carros e vinganças entre clãs de fazendeiros; estupros, suicídios, crimes passionais como dizem os jornalistas. Como aquele moleque de doze anos que matou a namorada engravidada pelo pai, por ciúme, ali em San Pedro Potrillo. Ou o camponês que matou o filho, aproveitando que estavam caçando, e disse à polícia que o confundiu com um texugo, mas já se sabia havia muito que o velho queria ficar com a mulher do filho e que até se encontrava às escondidas com ela. Ou a velha louca aquela de Palogacho, a que dizia que seus filhos não eram seus filhos, que eram vampiros querendo chupar seu sangue, e que por isso matou as criaturas a golpes, com as tábuas que arrancou da mesa e com as portas de um armário e até a tela de uma televisão. Ou aquela outra velha desgraçada que afogou sua filhinha, ciumenta porque o marido não lhe dava bola, só à menina, então agarrou um lençol e o enfiou na cara da garota até ela parar de respirar. Ou os desgraçados esses de Matadepita, que estupraram e mataram quatro garçonetes, e que o juiz soltou porque a testemunha que os acusava de assassinato nunca apareceu, dizem que acabaram com sua raça por ser X9, e esses desgraçados andam livres por aí, como se não tivessem feito nada...

Dizem que por isso as mulheres andam nervosas, ainda mais as de La Matosa. Dizem que pelas tardes se reúnem na varanda das casas para fumar cigarros sem filtro e embalar os filhos menores nos braços, soprando a fumaça apimentada sobre a cabeça deles para espantar os pernilongos, e aproveitar o pouco ar fresco que consegue subir do rio, quando o povoado fica enfim em silêncio e só se escutam, a distância, a música dos puteiros à beira da estrada e o rugido dos caminhões que se dirigem aos poços petroleiros e o uivo dos cães chamando-se como se fossem lobos, de um extremo ao outro da planície; a hora em que as mulheres se sentam para contar histórias enquanto vigiam com mais atenção o céu, em busca daquele estranho animal branco que pousa sobre as árvores mais altas e contempla tudo com cara de quem quer dar um alerta. Que não entrem na casa da Bruxa, sem dúvida; que evitem essa região e não se atrevam sequer a passar em frente, que não olhem por entre os buracos que agora povoam seus muros. Que contem aos seus filhos por que não devem entrar em busca do tesouro, e muito menos ir em grupo com os amigos percorrer os quartos em ruínas e subir ao andar de cima para ver quem é o corajoso que se atreve a entrar no quarto do fundo e tocar com a mão a mancha que deixou o cadáver da Bruxa sobre o colchão imundo. Que contem como alguns saíram espantados daí, tontos pela pestilência que ainda se respira lá dentro, aterrorizados pela visão de uma sombra que se descola das paredes e que começa a persegui-los. Que respeitem o silêncio sepulcral daquela casa, a dor das desgraçadas que moraram ali. Isso é o que dizem as mulheres do povoado: que não há tesouro lá dentro, que não há ouro nem prata nem diamantes nem nada além de uma dor pungente que se nega a se dissolver.

VIII

O Avô fumava sentado sobre um tronco enquanto os empregados do necrotério terminavam de descarregar a ambulância. Foi contando todos, um por um, inclusive os que não estavam completos, os que eram puro retalho de gente, sem rosto ou sexo: o pé caloso de algum camponês que certamente se dedicara a arar no alto da colina, bêbado, e dedos e pedaços de fígado e tiras de pele que saíam sobrando das cirurgias do hospital dos petroleiros. O primeiro morto inteiro que tiraram parecia sem dúvida um indigente: tinha a pele descorada e como um pergaminho, como a de alguém que passou metade da vida delirando sem rumo sob o sol inclemente. Depois veio aquela pobre mulher esquartejada; pelo menos não estava nua, coitadinha, e sim envolta em celofane azul-celeste, para que seus membros mutilados não se espalhassem pelo chão da ambulância. Então veio a recém-nascida, a criaturinha com a cabeça diminuta como uma graviola, que seus pais certamente abandonaram em alguma clínica da região antes mesmo de a pobre criatura terminar de morrer. E, por último, o mais pesado e difícil de todos, que os funcionários tiveram de segurar com tiras de lençol pela maneira como a pele se desprendia sempre que tentavam carregá-lo pelos pés e pelas mãos; o que sem dúvida daria mais dor de cabeça ao Avô que todos juntos, inclusive mais que a pobrezinha esquartejada, porque além de ter sido morto a facadas e com violência, o cretino ainda estava inteiro; podre, mas inteiro, e esses eram sempre os que davam mais trabalho: era como se não se resignassem à morte, como se a escuridão do túmulo os aterrorizasse. Mas esses dois idiotas do necrotério não estavam nem aí. Só queriam pegar uns cigarros do Avô; falar bobagens para ver o que tiravam dele. Vai ter mais trampo, disse o mais magro dos dois. Faz um tempo que encontraram os policiais de Villa que estavam desaparecidos: bem mutilados, sem cabeça. O Avô continuou fumando, com tragadas lentas e longas, a visão cravada nos corpos que aqueles dois jogaram no buraco, calculando a quantidade de areia e cal que precisariam despejar. Melhor já ir cavando outra fossa, disse o outro, o galego, que quase não falava e só ficava olhando o Avô com seu sorrisinho idiota. Nessa ainda cabem mais uns vinte, respondeu o velho. O magro soltou uma gargalhada: disseram o mesmo em Villa, Avô, viu só? Precisamos trazer os corpos para cá, porque lá não cabem. As fossas do cemitério parecem montículos de beisebol. O Avô só ficou observando com seus olhinhos semicerrados. Por que não enterrá-los de pé?, sugeriu o galego, jogando a bituca no fundo da fossa. O idiota dizia isso brincando, mas o Avô sabia que aquilo não funcionava nunca. Davam muito trabalho se não ficassem deitadinhos, bem acomodados e um sobre o outro. Eles mesmos se sentiam incomodados e se reviravam e as pessoas não conseguiam esquecer e eles ficavam presos neste mundo e logo andavam aprontando por aí, cambaleando pelas sepulturas, espantando as pessoas. O Avô acendeu outro cigarro e só se dedicou a balançar suavemente a cabeça enquanto os funcionários do necrotério de Villa o encaravam com expectativa. Queriam que ele contasse uma de suas histórias, sem dúvida, mas o velho não lhes daria o prazer. Por quê? Para depois andarem falando que o maldito do Avô já estava bem doido? Que fossem à merda! Especialmente esse magricelo, o que começou a fofoca de que o Avô falava com os mortos, e tudo por algo que o próprio velho contou de boa-fé, pensando que o imbecil entenderia, mas não: saiu do cemitério falando para meio mundo que o Avô ouvia vozes e estava biruta, quando a única coisa que o velho quis explicar era a necessidade de falar com os cadáveres enquanto os enterrava, diabos; porque pela sua experiência as coisas saíam melhor dessa maneira; porque os mortos sentiam que uma voz se dirigia a eles, que explicava as coisas e se consolavam um pouco e paravam de atormentar os vivos. Por isso esperou que os dois fossem embora a bordo da ambulância vazia antes de se atrever a dirigir a palavra aos novos. Era necessário acalmá-los antes, mostrar que não havia motivo para ter medo, que o sofrimento da vida já tinha terminado e que a escuridão logo se dissiparia. O vento cruzava a planície e remexia as folhas das amendoeiras nas copas e formava redemoinhos de areia entre os túmulos distantes. A água já vem, contou o Avô aos mortos, enquanto contemplava com alívio as nuvens gordas que lotavam o céu. Bendito seja, a água já vem, repetiu, mas não temam. Uma gota solitária caiu sobre a mão que empunhava a pá. O Avô aproximou o dorso à boca para lamber a doçura da primeira chuva da temporada. Precisava se apressar, terminar de cobrir os corpos, primeiro com uma camada de cal e depois com outra de areia, antes que caísse o aguaceiro, e depois colocar a tela do galinheiro sobre a fossa, e as pedras por cima para que os cães sem dono não viessem desenterrar os corpos à noite. Mas fiquem tranquilos, continuou falando, em um murmúrio só um pouco mais alto que um ronronar. Não precisam se desesperar, fiquem aí tranquilos. O céu se acendeu com o lume de um raio e um estrondo surdo sacudiu a terra. A água não pode mais fazer nada contra vocês e o escuro não dura para sempre. Viram só? A luz que brilha a distância? Aquela luzinha que parece uma estrela? Vocês precisam ir para lá, explicou; para lá está a saída deste buraco.

Agradecimentos

A Fernanda Álvarez, Eduardo Flores, Michael Gaeb, Miguel Ángel Hernández Acosta, Oscar Hernández Beltrán, Yuri Herrera, Pablo Martínez Lozada, Jaime Mesa, Emiliano Monge, Axel Muñoz, Andrés Ramírez e Gabriela Solís, pela generosidade com a qual leram e comentaram as diferentes versões deste romance. A Martín Solares, pelo mesmo motivo, e por me recomendar *O outono do patriarca* no momento exato. A Josefina Estrada, pelas pistas que, inadvertidamente, me deu com sua crônica admirável, "Señas particulares". À memória da escritora e ativista social costa-riquenha Carmen Lyra, autora de vários contos, entre eles "Salir con domingo siete", sua versão afetiva desse conto popular de origem desconhecida, na qual me baseei para escrever a que aparece nestas páginas.

Aos jornalistas Yolanda Ordaz e Gabriel Huge – assassinados em Veracruz durante o governo do infame Javier Duarte de Ochoa –, cujos artigos policiais e fotos inspiraram algumas das histórias que povoam este *Temporada de furacões*.

A Lourdes Hoyos, por todo o seu carinho. A Uriel García Varela, pela luzinha que brilha a distância como se fosse uma estrela.

A Eric, Hanna e Gris Manjarrez, por ser a melhor família do universo, e por me permitir fazer parte dela.

tipologia Abril
papel Pólen Natural 70g/m3
impresso pela gráfca Loyola para a Mundaréu
São Paulo, janeiro de 2025.